恋愛ターゲットなんてまっぴらごめん！

Sakura & Syuuichi

沢上澪羽
Reiha Sawakami

Eternity

恋愛ターゲットなんてまっぴらごめん！

S a k u r a & S y u u i c h i

沢上澪羽

Reiha Sawakami

EB

エタニティ文庫

目次

恋愛ターゲットなんて
まっぴらごめん！

1　ライフプランを賭《か》けたゲーム

数多くのビルが立ち並ぶオフィス街に、佐伯《さえき》製薬本社ビルはあった。古くから続く製薬会社で、どこのドラッグストアでも、この会社の栄養補助食品や内服薬を見ることが出来る。

とあるよく晴れた午後、その本社ビルの第二会議室では、企画室所属メンバーによる新商品の開発会議が行われていた。

本日の会議の内容は、新商品のパッケージデザインについて。

昼食後で満腹な上に、暖かな日差しが降り注いでいる。そのため、誰もがあくびをかみ殺していた。だが、紺野咲良《こんのさくら》だけは違った。いつでも発言が出来るようにと、パソコンのモニターと、現在発言中の室長、佐伯柊一《さえきしゅういち》を交互に見つめていた。

「……で、新商品の鎮痛剤《ちんつうざい》のパッケージデザインなんだが、アンケート結果はどんな感じなんだ、紺野」

名前を呼ばれた咲良は、しゃきっと背筋を伸ばした。そしてずり下がった黒縁めがね

いる。真っ黒な髪の毛も後ろでただ一本にまとめているだけ。

白のブラウスに黒の地味《じみ》なスカート。黒縁めがねの上半分は厚ぼったい前髪で隠れている。真っ黒な髪の毛も後ろでただ一本にまとめているだけ。


を中指で押し上げると、パソコンを操作しながら口を開く。

　白のブラウスに黒の地味《じみ》なスカート。黒縁めがねの上半分は厚ぼったい前髪で隠れている。真っ黒な髪の毛も後ろでただ一本にまとめているだけ。

　仕事ができそう、というよりも、野暮《やぼ》ったさを絵に描いたような格好だ。化粧っ気もほとんどなく、年頃の……とても二十四歳の洒落《しゃれ》っ気は見て取れない。

　咲良としては「そんなもん」必要ないと思っている。仕事ができれば、格好なんてどうだって構わないと。それに、別に誰も自分のことなど見ていないだろうとも。

「はい。ウェブで行ったアンケートの結果ですが、鎮痛剤のパッケージカラーとして好まれた色は上位から、ブルー、ホワイト、グリーン、となっています。そしてデザインは僅差《きんさ》ですが、B案が支持された結果となっています。ですので、アンケート結果を反映させ、デザインB案を、ブルーを基調として作成するのが無難《ぶなん》ではないかと思います」

　アンケートの結果から、咲良は冷静に分析結果を口にした。

「うーん……無難、ねえ」

　けれどそれが気に入らないのか、柊一は眉間にしわを寄せ、腕組みをしている。彼はそうやってしばらく考え込んだあと、彷徨《さまよ》わせていた視線を咲良に向けた。

「まあ、確かにアンケートの結果を考えれば、その分析は妥当《だとう》だし無難だな」

と言いながらもどこか不満げな柊一に、妥当で無難なら何も問題ないじゃないかと、咲良は内心でぼやく。柊一が納得していないことは何となくわかった。でも咲良はこれが最善だと思っている。

「なあ」

「はい」

「この結果だけでは少し足りない気がしないか？」

柊一の言葉に、咲良は思い切り眉をひそめて彼を見た。

アンケート結果は完全に第三者の意見のみの、公正で信頼出来るデータのはず。データは人間と違って嘘をついたりはしないのだから。それにこのアンケートを実施する前、質問項目についてもきちんと話し合って決めたのだ。今更「足りない」とか言われても正直困る。

「どういうことでしょう？」

ため息まじりの咲良の言葉に、柊一はひとつうなずいてから口を開いた。

「色についてもデザインについても、好みの傾向はアンケート通りで間違いないだろう。けれど、デザインＢ案とＤ案が拮抗《きっこう》しているのがどうしても気になる」

確かに、それは咲良も気にはなっていた。二つのデザインの支持は本当に僅差《きんさ》だった。

「……けれど、たとえわずかでも支持の多いＢとするのは妥当だと思いますが」

「まあな。ただ、アンケートでは実際の色つきの画像は載せていない。だとしたら色付けすることでかなり印象が変わる可能性もあるとは思わないか？」

　咲良はその言葉に首をひねる。

　一番好まれるカラーと、一番好まれるデザイン。それらを組み合わせれば一番いい物が出来上がるのでは？

「もう一度アンケートを取り直そう」

　柊一の提案に、眠そうにあくびをかみ殺していた面々は、さすがに目を覚ましてざわつき出した。デザインの最終決定まで、残された期間はわずかだ。それを、アンケートからやり直すとなると、間に合うかどうかさえ怪しくなってくる。

　けれど、誰ひとりとして柊一の意見に異議を唱える者はいなかった。それは彼の意見に賛同しているからではない。単に自分以外の誰かが発言するのを待っているだけだ。

　そしてメンバーの視線は自然と咲良に集中する。

「室長、それでは間に合わなくなる可能性が出てきます。データ上、一番支持されたカラーとデザインを使ってパッケージを作成するのは妥当《だとう》なはずです」

「確かにね。お前の言う通り、妥当で無難《ぶなん》だろうな。けど、無色のデザインと色のついたデザインとでは、かなり受ける印象は違うと思う。だとしたら、上位三色で色付けしたデザインB案とD案の画像を使った上で、もう一度データを取ってみれば、また違った結果が出るかもしれない」

確かにその可能性はある。だが、あくまでも可能性であって、本当にアンケート結果に明確な違いが出てくるかはわからない。

他のメンバーの意見も割れているのか、柊一の言葉を受けてさっきとは違うざわつきが会議室に広がっていく。

「紺野」

「はい」

「アンケート、お前だったら短時間で作り直すことも可能だな?」

そう問われ、咲良は眼鏡の奥の目をすっと細めて柊一を見た。馬鹿にされては困る。前回のアンケートだって、咲良がひとりで作ったようなものなのだから。

「もちろんです」

そう答えると、柊一はくしゃっとした柔らかな笑みをその顔いっぱいに広げた。

「よし、さすがだ。じゃあ決まりだな」

「しかし、時間がそれほどありません」

「んなもん、もしもの時は俺がどうとでも引き延ばしてやるさ。要はいいもんができればいいんだよ。時間を惜しんで中途半端な物を作るより、ベストな物を作った方が気持ちいいだろうが」

一片の不安もないような笑みで、柊一が周囲のメンバーに視線を向ける。その瞬間、さっきまで不安げだったメンバーの顔が一気に変わった。「そうだ、いい物を作ろう」とでも言うように。

振り出しに戻ったと言うのに、さっきよりやる気を出しているメンバーたちを尻目に、咲良はそっとため息をついた。

——苦手。ああ、苦手……

それは紛《まぎ》れもなく、咲良の佐伯柊一への評価だ。

熱意に溢《あふ》れ、仕事熱心。多少強引でも、周囲を引っ張っていくリーダーシップを兼ね備えている。

挙句の果てに、この佐伯製薬の御曹司で、次期社長。

二十八という年齢で室長というポストは、出世している方なのかもしれない。が、次期社長になる人間なら、もっと上にいてもいいような気がするのだが。なぜ柊一がこのポストに甘んじているのか、咲良にはさっぱりわからない。まあ、それ以前に興味もない。

ただ、小さな頃から恵まれた環境で育ち、地位も財産も、人望さえも併《あわ》せ持っている柊一が、咲良はとにかく気にくわなかった。……多少の妬《ねた》みがあることは否定出来ないが。

——しかも、だ。

「紺野、もうすぐ終わるか？」

不意に背後から声をかけられた。咲良は手も止めずに、パソコン画面に向けていた視線をちらりと上げる。

「アンケート、どこまで進んだ？」

無駄に甘いマスクがそこにあって、咲良は思わず小さくため息をつく。

そう、財産も地位も人望もある柊一は、女子社員達から「王子様」と密かにあだ名をつけられるほど、整った顔立ちをしているのだ。

さらっさらの栗色の髪の毛に、目尻がやや下がった優しそうな二重瞼《ふたえまぶた》の瞳、すっきりした鼻筋に引き締まった大きめの口。すらりとした長身で、スマートにスーツを着こなしている。「王子」と呼ばれるのもわからなくはない。

そんな「王子」こと柊一の周りには、いつも華やかで綺麗な女子社員の姿があった。女子社員の方から柊一を誘っていることもあれば、その逆もある。そして会社が終われば、楽しげに夜の街へと消えて行くのだ。彼の誘いを断った女子社員がいるとは、聞いたことがない。まさに「無敗の王子」といったところだろうか。そうやって人の目もはばからず会社でナンパまがいのことをしている柊一が、咲良は苦手だった。

いや、むしろ生理的に受け付けないと言ってもいいかもしれない。

次期社長だか何だか知らないが、会社は仕事をするところであって、ナンパをするところでは断じてない。チャラ男《お》という人種を、咲良は認める気はなかった。

「もうすぐ終わりそうか？　もうみんな帰ったぞ」

柊一の言葉に、咲良は周囲をぐるりと見回した。確かに室内はがらんとしている。時間も既に二十一時を回っていた。

「はい。もう終わります」

咲良はモニターに視線を戻し、それだけ答える。

会議が終わってからずっと集中して作業を進めていたので、こんな時間になっているとは思わなかった。しかし、本当にあと数分もあれば終わるだろう。

そう、誰も咲良を邪魔しなければ、の話だけれど。

「紺野、それ終わったら食事にでも行かないか？　無茶な依頼をしてお前が遅くなる原因を作ったのは俺だからな。もちろん俺の奢《おご》りで」

「結構です」

考えることもなく咲良はお断りする。

「遠慮しないでくれ。それでなくてもぎりぎりのスケジュールで無理させてるんだから」

「お構いなく。仕事ですので」

「いや、でもそれじゃあ、俺の気持ちが」

「仕事ですので、何とも思っておりませんので」

きっぱり。

咲良はモニターから視線を上げ、真っ直ぐに柊一へ向き直る。すると柊一は目を瞬《またた》かせ、それから苦笑いを浮かべた。

「もしや俺、嫌われてるか？」

「別に好きでもなければ、嫌いでもありません」

好きだとか嫌いだとか、そんな特別な感情は抱いたこともない。ただの職場の上司というだけ。咲良は会社に仕事をしに来ているのであって、人間関係を広げようとか、社内恋愛してみようとか、そんなこと考えたこともないし、この先も考えるつもりもない。

極端な話、仕事をしているのは給料をもらうためだけなのだ。

入社してすぐの頃は同僚に食事に誘われたこともあったが、断り続けるうちにもう声はかからなくなってしまった。別に寂しいと思わないし、むしろせいせいしていたのに。

なのに……この佐伯柊一だけは、なんだかんだと理由を付けて咲良を誘ってくるのだ。もう何度断ったか知れない。しかし、全然諦める気配がない。しかもそのお誘いがこのところ頻繁《ひんぱん》で、いちいちお断りするのにも骨が折れる。

構ってなど欲しくないのに、ひとりでいたいのに。やたら距離を縮めようとしてくる柊一が、咲良はとにかく苦手で仕方がなかった。

「うーん、まあ、嫌われてないようでよかったよ」

腕組みをし、隣のデスクにもたれかかるようにしている柊一が、曖昧《あいまい》な笑みを浮かべる。

……この人はどれだけ女子社員に好かれたら満足なんだろう。

眼鏡の奥からじっと柊一を見上げ、咲良は内心でそんなことを思った。

別に上司がチャラ男《お》だったとしても、咲良には関係のないことなのだ。咲良にとって無害な人間であってくれさえいれば。

「あの、室長。仕事をしてもいいですか？」

そう言うが早いか、咲良はさっさと視線をモニターに戻した。これ以上は邪魔するなというオーラを、全身から放出する。

「……そうか、邪魔して悪かったな。早めに帰れよ」

「わかりました」

あなたのせいで、確実に帰る時間が数分遅くなりました。と思ったが、口にはしなかった。

わざわざそんなことを言って突っかかり、面倒なことになるのはごめんだから。口は災《わざわ》いのもと。なら、黙っていれば災いもないだろう。

視界の端っこに柊一が去っていくのが見えて、咲良はほっとした。

やっぱりひとりは落ち着く。

仕事をスムーズに進めるためには、完全に他人との関わりを絶つわけにはいかない。だから最低限の付き合いは心がけているが……あまり人と関わり合いたくない、というのが咲良の本心だ。

だって人は嘘をつくし、裏切る。咲良はそれを、嫌と言うほど知っているから……

残りの仕事はすぐに終わり、柊一が出て行ってから数分もせずに咲良も会社を後にする。そして外に出たところで、見覚えのある背中を見つけた。すらりと均整のとれたスマートな立ち姿は、企画室室長の佐伯柊一に違いない。その隣には、髪の長い女性……きっと社内の誰かだろうが、咲良にはよくわからなかった。

「室長に奢《おご》ってもらえるなんて嬉しいです」

「ああ、好きなものを食べるといい」

「本当ですかぁ」

妙に甘ったるい声が咲良の耳に届く。わずかに眉をひそめて、遠ざかっていく二つの背中を横目で眺めた。

——さすがチャラ男《お》。そうやって私以外の素敵な女性に手を出していてくださいな。

心の中でそっと呟《つぶや》き、咲良は駅に向かって歩き出した。


「お疲れ様、みんなぎりぎりのスケジュールの中よく頑張ってくれた。今日は俺の奢りで飲みに行くぞ！」

柊一の一言に、会議室にいた面々はわっと歓声を上げ、顔を綻《ほころ》ばせた。

画像に色付けをしたことで思った以上に印象が変わり、二度目のアンケートではD案が断トツで支持される結果となった。そして、その案に対してつい先程、上からのＯＫが下りた。まさに期限ギリギリだった。

咲良は出来上がったパッケージを手に取り、まじまじと眺める。

アンケートをし直すと言った柊一の判断は、正しかったとしか言いようがない。

最初に行ったアンケートの結果だけを受けてパッケージのデザインを進めていたら、きっと「無難《ぶなん》なもの」しか出来なかったことだろう。

それにいち早く気付き、回避させた柊一の直感やひらめきのようなものを、咲良は素直に尊敬していた。データを読むのは得意でも、そういうものには無縁だったから。

「室長、どこに連れて行ってくれるんですか？」

「そうだな、日本酒の美味《うま》い店があるんだ。日本酒、いけるか？」

「もちろんですよー」

「室長の奢りだから、高い地酒でもご馳走になろうかな」

「ある程度は遠慮しろよ。次の給料日までカップラーメンの生活になる」

そんな楽しげな声が、聞く気はなくても耳に入ってくる。手にしていたパッケージをデスクの上に置き、咲良は盛り上がる面々を横目で見た。

その中心では柊一がメンバーに囲まれ、人懐っこい笑みを浮かべていた。そんな柊一を、誰もが信頼したような瞳で見ている。

彼は毎日誰よりも遅くまで仕事をしていた。口だけでなくしっかりと仕事をこなす姿を示しつつ、常にメンバーを気遣って、そのやる気を引き出してきたのも彼だった。柊一がそこにいるだけで、メンバーの顔つきが自然と引き締まる。

苦手だと思っても、咲良は柊一の仕事ぶりは評価している。理想の上司と言ってもいいくらいだ。

まあ、本人には絶対に、口が裂《さ》けても言うつもりはなかったが。

ふと視線を上げて時計を見れば、丁度定時を過ぎたところだった。会議も終わったことだし、帰宅しようと咲良は席を立つ。

「それじゃあ、お疲れさまでした」

今日は久々に早く上がれるし、帰ったらゆっくり読書でもしよう……そんなことを考えながら咲良はドアノブに手を伸ばす。けれど咲良がドアノブを掴む前に、それは阻《はば》まれてしまった。

咲良の細い手首が、横から伸びてきた大きな手にがっしりと掴まれる。

「待て」

咲良は内心でため息をつきつつ、声の主を見やる。

「室長、手を離していただけませんか？　仕事も終わりましたので帰宅します」

「飲みに行くって言ったんだが、聞こえてなかったか？」

あれだけ近くで大盛り上がりされたのだ。聞こえないわけがない。行く気がないから、帰宅しようとしただけだ。

「聞こえていましたが、私は遠慮させていただきますので」

どうぞ皆さんで楽しんできてください。そう言おうと思ったのに。柊一が不機嫌そうに片眉を跳ね上げ、咲良の手首を上に持ち上げた。そして他のメンバーに向かって声をかける。

「今回の企画がうまくいったのは紺野のおかげだと思うんだが、どう思う？」

「は？」

いきなりの柊一の行動に、咲良は思わず素《す》っ頓狂《とんきょう》な声を上げてしまった。周囲の視線が自分の方に集まり、いたたまれない気持ちになる。注目されるのは苦手だ。

「そうだね。紺野さんが一日でアンケートを作り直してくれたのは大きいよね」

「最初にアンケートで好まれる色の傾向を調べるべきだ、って言い出したのも紺野さんだし」

「確かに今回の企画の功労者だね」

周囲から上がる声に、咲良は戸惑い口をぱくぱくさせるだけだ。

「て、わけだから、その功労者の紺野が飲みに来ないってわけにはいかないよな、みんな」

柊一の声に、他のメンバーも笑顔でうなずいている。

「そういうことだから、今日は顔を出しておいた方がいいと思うけど？　さすがにこの雰囲気で参加しなかったら、あまりにもイメージ悪いんじゃないか？」

にこにこしたさわやかな笑みを顔に貼り付けたまま、柊一は咲良にだけ聞こえるようにそっと耳打ちする。

はめられた！

そのことに気が付いた時にはもう遅かった。咲良はずるずると引きずられるようにして、飲み会の席へと連れて行かれてしまったのだった。

柊一がメンバーを引き連れて行ったのは、落ち着いた和風の居酒屋だった。

珍しい地酒も多数置いてあり、お酒も料理もかなり美味《おい》しい。柊一は店長とも親しいようで、特に注文をした様子もないのに、次々と料理が運ばれてくる。

咲良はテーブルの端っこに座った。無理やり連れてこられたとは言ってもせっかくの奢《おご》りなので、ありがたく食事を口にする。

居酒屋に着いてから小一時間ほど経つと、程よくアルコールも入っていることもあって、皆楽しそうに盛り上がっている。

「へえー。紺野さんって日本酒とか飲むんだ。意外ー」

「……そうですか？」

「うん。何となく焼酎とかロックで飲んでそうっ」

——それ、どんなイメージなんだろう……

横できゃいきゃいはしゃいでいる先輩の庄司愛実《しょうじまなみ》に適当に相槌を打ちながら、咲良は内心で小さくため息をついていた。

できればひとりでゆっくり食事をし、日本酒を楽しみたいところだった。しかし、普段飲み会の席にやって来ない咲良を珍しがって、入れ替わり立ち替わり企画室のメンバーがやって来る。しかも。

「今日はどうせ佐伯室長の奢りなんだから、じゃんじゃん飲んじゃおうよ。冷酒追加お願いしまーす」

「えっ、いや、あの、もう……」

「ほらほら、カンパーイ」

「は、はあ……」

咲良の声など、どうも耳に入っていないらしく、さっさと冷酒が追加注文されてしまった。既に咲良の前には三本ほど手つかずのものがあるというのに……

彼女が来る前にも数人の同僚がやってきて、咲良が冷酒を飲んでいるのを見ると、勝手に追加注文をしていたのだった。多分、アルコールを飲んでいる姿を滅多に晒《さら》さない咲良が酔ったらどうなるか、面白がっているに違いない。

それでも食べ物のありがたみを痛感しながら育った咲良としては、目の前にあるお酒を残すわけにもいかず、ちびちび飲み進めていたのだ。

「じゃ、たくさん飲むのよ〜」

乾杯したことで気が済んだのか、愛実はふらふらした足取りで立ち上がると去っていった。どうやら愛実もまた、すっかり酔っ払っているらしい。仲の良い同僚たちのもとへと戻り、楽しそうな笑い声を上げている。

そんな光景を横目で見ながら、咲良は息をついた。周囲の気遣いもわかってはいるが、ひとりでゆっくり楽しむ方が性に合っている。

ほっとしたのも束の間、咲良はきょろきょろと周囲を窺《うかが》った。いつもだったら過剰なほど咲良にちょっかいをかけてくる柊一の姿が見当たらないのだ。普段は人の集まるその中心を探せば、簡単に見つかるというのに、今はその姿はどこにもない。

――まあ、いないならいないで私は構わないけど……

そんなことを考えながら、咲良は立ち上がって座敷を出た。もちろん、柊一を探すためではない。間違っても絶対に、ない。

ただ勧められたお酒をたくさん飲んでしまったので、化粧室に立ったまでのこと。

多少ふらつく足取りで化粧室と表示されている細い通路を歩いて行くと、その奥から聞き覚えのある声がして咲良は思わず足を止めた。

「ねえ、このまま抜け出してふたりきりになろうよ」

「……いや、だから悪いんだけど人違いだ。それに俺には連れもいるし」

「ひどい！　また他の女に手を出したのね！　この浮気者っ！」

聞こえてきたのは紛《まぎ》れもなく佐伯柊一の声だ。もう一方は、甘ったるい女の声。女の方は、どうやらすっかり酔いが回っているようだ。その修羅場真っ最中ともとれるやりとりに好奇心が湧き、咲良は通路の角に身を隠してふたりの姿を盗み見た。

角を曲がった先に男性用と女性用の化粧室のドアが並んでおり、その前で柊一は緩《ゆる》いウェーブの髪の女と話しているらしい。どうやら企画室の女性ではなさそうだ。

その女性は柊一にしなだれかかるようにして、身を寄せている。

「いいわ。一度くらい許してあげる。だから……ねえ、ふたりで抜け出そう？」

「だからたぶん……いや、絶対に人違いだ。第一初対面《しょたいめん》だ」

「そんなこと言わないで。ね？　どっか行こうよ」

「だから……」

女性のペースに押され、すっかり困惑している柊一など、滅多にお目にかかれるものではない。会話の内容から察するに、どうやらこの酔った女性が、柊一のことを誰かと――彼氏なのか知り合いなのかは知らないが――勘違いしているようだ。

「私じゃ……駄目？」

いや、本当に勘違いしているのかどうかわかったものではない。柊一ほど人目を引く顔ならば、酔ったフリで逆ナンされる可能性だってあるだろう。

この先の展開が気にならないわけではない。けれど覗《のぞ》き見をしているのがばれてしまったら、その方が面倒くさいことになりそうで、咲良はその場を離れることにした。

確か店の化粧室はここ一か所のはず。ならば一度外に出て、コンビニにでも行ってこよう……と、咲良は踵《きびす》を返した。酔っ払っている自覚は全くなかったが、それでもいつもより飲んでいるせいか、足下が一瞬ふらついてしまった。

あっと思った時には、近くにあったビール台につまずいていた。派手な音が周囲に響く。おそるおそる振り返ると、柊一と真っ直ぐ視線が交わってしまった。

「紺野っ」

慌ててその場を立ち去ろうとした咲良だったが、再びビール台にけつまずき、今度は無様《ぶざま》に床に這《は》いつくばってしまった。

「紺野！　お前、大丈夫か？　あーあ、派手にすっ転んだな。痛くないか？」

すぐに駆け寄ってきた柊一が、咲良の腕を引いて起こしてくれる。そしてその場に咲良を立たせると、自分はしゃがみ込んで服についた埃《ほこり》を払い始めた。

「だ、大丈夫です。そんなこと、自分でできますから」

咲良は飛び退《の》くように柊一から離れると、スカートについた埃を払った。子供でもないのにそんなことをされるなんて、恥ずかしいことこの上ない。

「可愛くない。こういう時は大人しくしておくべきだ」

「結構です。自分のことは自分でしますから」

「ちょっとぉ、あんた誰よ」

声と共に割って入ってきた女性が、柊一の腕に絡みつく。睨《にら》み付けるようなきつい視線に、咲良はつい先ほど、自分がさっさとここから立ち去ろうとしていたことを思い出した。

巻き込まれることは避けたかったのに、どうやらもう遅いらしい。自分のせいなので文句の言いようもないが、とにかくこの場から離れようと咲良は考えた。

けれど。

「ああ、悪いね。こいつは俺の連れなんだ」

「は？」

咲良と女性の声が重なる。柊一は腕に絡みつく女性の体を引きはがすと、傍らに突っ立っていた咲良の肩を親しげに抱いた。

確かに連れという表現は間違っていない。他のメンバーと共にここに連れてきてもらったのだから。けれどこの状態で柊一の口から出た「連れ」の意味は、そういう一般的な意味ではなさそうだ。

柊一の意図を測り兼ねていると、彼に引きはがされてしまった女性が、じろじろと頭のてっぺんからつま先まで咲良を観察し始める。その視線があまりにも不躾《ぶしつけ》で、咲良は少しむっとして眼鏡の奥から女性を睨《にら》み付けた。

「連れ？　この子が？　この、ちんちくりんでだっさい子がぁ？」

突然女性の口から出た失礼極まりない言葉に、柊一は呆気にとられている。一方の咲良は、あり得ない言葉に、すっかり冷静になった。

柊一の腕を払い退け、ずいっと一歩踏み出し、真っ直ぐに女性を見上げる。言われっぱなしではあまりにも癪《しゃく》だ。

「残念ながら私はこちらの男性とは、全く特別な関係ではありません」

「あら、そうなの？」

咲良の言葉に女性は目を瞬《またた》かせる。その口調はさっきまでと違いシラフそのものだ。やはり酔った振りをしていたに違いない。

「はい。会社の仲間と一緒に来ていますので。けれど……そのただの仕事仲間の、ちんちくりんでだっさい女に助けを求めたくなるほど、あなたのお誘いは迷惑だってことはご理解いただけるでしょうか？」

「なっ!!」

「ご理解いただけますよね？」

「……っ、な、何なのっ、この失礼な女っ!!」

「失礼なのはお互い様です。無自覚な分、あなたの方がよほど失礼です」

その言葉に、女性はかっとして咲良に掴みかかろうとしてきた。けれど、柊一がかばうように女性の前に立ちはだかって、そして――

「ぶ……っ、ははは、はっ、あー……、お前って本当に面白いな、紺野」

柊一が、心底おかしそうに笑い出す。その目にはうっすら涙まで浮かんでいる始末。

「室長、泣くほど笑わないでください。あなたが一番失礼です」

「わ、悪い。マジで悪い。でも……ぶぶっ、お前、最高だわ」

「……あなたは最低です」

せっかく助け船を出してあげたというのに、こうも笑われてはさすがに気分が悪い。

いや、助け船を出したつもりは実のところなかった。初対面の女性に「ちんちくりん」だの「だっさい」だの言われて、さすがに言い返したくなっただけだ。

……まあ、「ちんちくりん」も「だっさい」も事実なのだけど。

「これ以上巻き込まれるのは迷惑ですので、私はこれで失礼します」

色々なことが面倒になり、咲良は大きなため息をつく。そしてぺこりと頭を下げるとさっさと踵《きびす》を返して歩き出した。

「紺野、ちょっと待て」

「後の処理はご自分でどうぞ」

後ろから追いかけてくる柊一を一瞥《いちべつ》し、咲良はそう言い放つ。

「ああ、わかった。……というわけだから、申し訳ないんだけど、俺の『個人的に特別な』連れの方が言うまでもなく大事だから、失礼するよ」

後方から柊一のそんな声が聞こえてくる。……何だか変なことを言っていたような気がするけれど、気にしない。大体、柊一はいつだって咲良にとっては「変な人」なのだから。

すっかり化粧室に行く気もなくなってしまい、咲良はそのままメンバーのいる座敷に戻った。やたらと冷酒が集まっている自分の場所に戻ると、その場に座り込む。

「いや、悪かったな」

一息つく暇もなく、隣にどかりと柊一が座った。

「……別に構いません。あの女性はいいんですか？」

美人だったから、もったいないなかったのではないかと思っただけなのに、柊一は目を瞬《またた》かせながら咲良の顔を覗《のぞ》き込んでくる。

「気になるか？　妬《や》いたか？」

どうしてそういうおめでたい思考回路になるのだろうかと思いつつ、咲良はテーブルの上の冷酒に手を伸ばす。

「……いいえ。それは一切ありませんので。どこをどう解釈したらそういう疑問が生ま

「……お前なあ……さすがサイボーグは言うことが違うな」

呆れたようにそう言う柊一を、咲良は横目で睨《にら》み付けた。

サイボーグは、咲良のあだ名だ。とは言っても、陰でそう呼ばれているだけで、面と向かってサイボーグと言われたのはさすがに初めてだった。

無表情で、無感動で、機械的で、仕事人間だから多分そう呼ばれているのだろう。他に理由があるとしても咲良の知るところではないし、別に知らなくてもいい。

「あれ？　もしかして気にしてたのか？」

「いいえ。別に構いません」

表情を変えずに冷酒をすする咲良に、柊一の方が顔をしかめる。

「少しは気にしたらどうだ？　せっかく一緒に仕事してるんだから、コミュニケーションを図れている方が、仕事はしやすいと思うぞ？」

「……そうかもしれませんね」

とは言ってみたが、人には向き不向きがあるんだと咲良は内心で思った。

柊一のように、人と上手く関わりながら信頼関係を築いていけるタイプの人間もいるだろうし、人と関わろうとすればかえってこじれるタイプもいる。自分は絶対に後者だと咲良は思っていた。かといって、口で説明したところでわかってもらえる自信はないし、上手く言える自信もない。だから咲良は黙ったままでお酒を口に運んだ。

「……何か言いたいことあるんじゃないのか？」

柊一が見透《みす》かすような目で見つめてくる。そう、この「見透かすような目」。これも彼が苦手な理由のひとつだった。

あえて心の中で思っていることを口にしないでいるのに、柊一はそんな思いを見透かすような目をする。見透かす……というよりも、探ろうとしているような。

「……いいえ」

ぶっきらぼうにそう答えると、柊一は仰々《ぎょうぎょう》しいため息をついた。

「……俺はさ、聞きたいんだけどどな。お前が本当は何を考えてるのか」

「お聞かせするほど崇高《すうこう》な思想はありません」

「それでも別に構わないけど」

柊一はそう言うと、グラスを持ち上げる。そして、有無も言わさず咲良の手にしているグラスにカチンと合わせた。

「くだらなくてもいい。お前の思ってること言ってみろよ」

その微笑みは優しくて、あたたかで。きっと誰の心をも簡単に溶かすのだ。……咲良以外の。

「……ひとりでゆっくり飲みたいです」

ぴきっと、一瞬柊一が固まる。こめかみに青筋。

「――聞こえない。よし、今日は飲むぞ。ほら飲め。上司の勧める酒が飲めないとは言わせないからな」

「パワハラですよ、室長」

「大人しく飲まされておけ」

こめかみをひくひくさせながら、柊一が咲良のグラスに冷酒をどんどん注いでくる。放っておくと零《こぼ》れてしまいそうな勢いだ。仕方なく咲良は勧められるままに杯を重ねていく。

そのうちに、最近味わったことのないような浮遊感を覚え、ああ、自分は酔っ払ったんだな、と思った。

けれどそのことに気が付いた時には、もう既に泥酔《でいすい》一歩手前だった。


目が覚めた瞬間、咲良はひどい頭痛に苛《さいな》まれて、開きかけた瞼《まぶた》を再び固く閉ざした。薄い瞼越しに光を感じる。人工の光ではない、それは太陽の光。

――太陽の光？

そのことに気が付いて、咲良は混乱した。布団に入って眠った覚えはない。重たい瞼をこじ開けると、視界に見慣れない部屋が映った。見慣れない、じゃない。見たこともない、だ。

何か考えるよりも先に、咲良は勢いよく身を起こした。その途端、頭が割れるように痛み、片手で頭を支えてしばし悶絶《もんぜつ》する。

そして、はらりと体から滑り落ちた布団の下から現れた自分の体に、今度は目を見開いた。慌ててずり落ちてしまったタオルケットを引っ張り上げる。

「これは……一体」

そうしてこわごわとタオルケットをめくり、その下を覗《のぞ》き込む。

――裸だった。真っ裸。下着も何も身に着けていない、全裸。

自分に何が起こったのかと思いを巡らせるよりも早く、視界の端っこで盛り上がった布団がもぞりと動くのを見た。その布団から腕が伸び、布団が除《の》けられた。そこから姿を現したのは……佐伯柊一だった。しかも、彼の上半身は裸だ。

予想外の展開に、冗談じゃなく心臓が止まるかと思った。

下半身は布団の下なので未確認だが、自分が下着さえ身に着けていない事実を考えると、彼も同じであろうことは簡単に予想出来る。

そして、自分と彼との間に何があったのか、それも簡単に予想出来た。

裸の男女が同じベッドで眠っているのだ。「何があったかわかりません」とか「何もなかったに決まってる」とか、往生際の悪いことを考えるつもりはない。

まあ、つまりはしてしまったのだろう……セックスを。初体験ではないのが救いだ。事実は事実として受け入れなくてはいけない。だからどうしてこうなったのか、咲良は昨夜何があったのか思い出そうと、痛む頭を必死にフル回転させた。

会社のメンバーと企画の打ち上げで居酒屋へ行き、そこでみんなに冷酒を勧められ、柊一が逆ナンされているのを見付け、流れで巻き込まれて嫌な思いをして、それから……？

座敷に戻って柊一が無理矢理乾杯してきた辺りまでは、はっきりとした記憶が残っている。けれどその後は何だか繋《つな》がらない、夢なんだか現実なんだかわからないような細切れの記憶ばかりだ。

咲良は重々しいため息を吐き出しつつ、部屋の中を見回す。

アイボリーとブラウンを基調とした部屋の中は、どうやらホテルの一室というわけではなさそうだ。だとするとここは柊一の部屋なのだろう。咲良の小さな部屋とは比べ物にならないほどベッドルームは広く、置いてある家具も落ち着いていて高級感がある。

さすがは次期社長の寝室。

と、いらぬ感心をしてしまう。

咲良はベッド脇に自分の黒ぶち眼鏡を見付け、それをかける。眼鏡をかけたことで、幾分ほっとした。レンズ越しに物事を見れば、何だか冷静な判断ができそうな気がしてくるのだ。

ついでに床にバラバラに脱ぎ散らかされた自分の服も見付け、咲良はそうっと布団を抜け出して、それを拾い集めた。

服を一枚ずつ身に着けながら、どうしたものかと考えを巡らす。けれどしっかり全ての服を身に着け終わったところで、そんなことを考えること自体ばかばかしいのだと気が付いた。

そう、どうしようなんて考える必要もない。だってお互いに酔っていたのだ。どちらか一方が悪かったということにはならないだろう。

責任能力のないふたりが、訳もわからずに本能のままについつい、いたしてしまっただけなのだ。きっと柊一も目が覚めたら失敗したと後悔するに決まっている。だとしたら、最初から何もなかったことにすればお互いにハッピーではないか。

たどり着いた結論に、咲良はひとり大いに満足していた。

くるりと振り返り、さっきまで自分が眠りこけていたベッドに目をやる。柊一はまだ静かな寝息を立てていた。

このまま何も言わずに帰ってしまおうかとも考えた。けれど、お互いに何もなかったことにしましょうという確認がとれないまま帰るのは危険な気がしたし、それに……少なくとも記憶がないほどに泥酔《でいすい》した咲良をここまで運ぶのは相当に骨が折れたに違いない。放って帰られていたら、咲良は今頃もっとひどい現実に突き落とされていた可能性だってあるのだ。

だから、一言謝罪とお礼を言うべきだろう。

咲良は手を伸ばすと、眠っている柊一の肩をゆすりながら声をかけた。

「室長、佐伯室長」

「……ん？　ああ……おはよう」

柊一は薄く目を開けて咲良を見ると、大きな欠伸《あくび》を噛み殺す。

「おはようございます」

「あれ……お前、もう服着てるのか？　それより何時だよ……って、まだ五時じゃねーか、早すぎるだろ」

柊一は枕元の電子時計に目をやって時刻を確認すると、再びもそもそと布団の中にもぐり出す。そして片手だけ布団から出すと、咲良に向かって手招きをした。

「……何ですか？」

「んー？　まだ早いから、もう少し寝よう。だから、ほら、紺野も布団に入れよ」

ひょこりと顔を出して笑みを向けてくる柊一に、咲良は思わずぽかんと口を開けてしまった。言っている意味がまったくもって理解不能だ。

酔った勢いで一夜を共にしただけであって、仲良く二度寝する仲では絶対にない。

「……いえ、結構です」

真顔で首を振ると、にっこりと微笑んでいた柊一の目が不満げに細められた。

「どうして」

彼の言葉に、咲良は思い切り眉をひそめた。ここは断るのが当然だと思う……というか、そもそもその誘い自体がおかしい。

「室長と同じ布団で二度寝する意味がわかりません」

「昨日は一緒に寝たんだし、二度寝くらいどうってことはないだろ？」

確かに昨日したただろうことを考えれば、同じ布団で二度寝くらい大きな問題ではないだろう。けれど。

「昨夜のことはまったく覚えておりません。でも……状況から考えると、酔った勢いで室長とどうにかなってしまったというのは間違いないかと思うのですが、いかがですか？」

本当のところを確かめるべく、咲良はそう柊一に問いかけた。真相が曖昧《あいまい》なままなんて気持ちが悪いし、それに真実がどうだったとして、「酔った上での過《あやま》ち」という認識は変わりようもない。

だから柊一が「やったよ」と、あっさりきっぱり簡潔に答えても、それほどショックは受けなかった。ただこれで自分もチャラ男《お》の輝かしい女性遍歴のひとりにされてしまったかと思うと、それはちょっとショックだったが。

けれど、どうしようもない。こうなってしまったのは、正体をなくすまで飲んでしまった自分のせいなのだから。身から出た錆《さび》だ。

抜け落ちた記憶が柊一の言葉によって補完され、どこかすっきりとさえした。

「やはりそうでしたか。いえ、予想通りです」

「ご理解いただけて嬉しいよ。それじゃあ、二度寝するか」

柊一は満足げに微笑むと、ここにどうぞとばかりに自分の横を手の平で叩く。

そんな柊一に咲良は思わず首をひねった。理解したとは言ったが、だからと言って柊一と仲良く寝床に入る気なんてさらさらない。

「ですから、結構です。室長との間に何があったかは理解しましたが、酔った勢い、しかも酔っ払い同士の過ちじゃないですか。忘れましょう」

「酔った勢い？」

咲良の言葉に柊一はむっとした声を出し、体を起こしてベッドの上で胡坐《あぐら》をかいた。

睨《にら》むような視線は、まるで咲良を責めているみたいだ。

「……昨日のことは、酔っ払い同士の勢いってことか？」

「それ以外に何があるって言うんですか？」

思ったままをシンプルに答えると、柊一は大きなため息をつきながら、片手で自分の髪の毛をわしゃわしゃと掻き混ぜた。その動作は、どことなく苛《いら》ついているようにさえ見える。

「酔った勢いでということは、お互いに責任能力がなかったと見なされるのが妥当《だとう》かと思います。責任能力のない者は罪に問われないのが世の常です。ですから、昨夜は何もなかったという認識でいいですね、室長」

柊一はぐしゃぐしゃに乱れた前髪の隙間から、睨《にら》み付けるような視線を咲良に送り、それから再び深々とため息をついた。

「あー……そうくるか、さすがだ。手ごわい」

「何ですか？」

「いいや、お前は俺の想像の斜め上を行ってるって言っただけだ」

「は？」

「まあ、これくらいの方が楽しみはある」

「何のお話ですか？」

「いや、お前はわからなくていいよ」

乱れた髪を掻き上げ、にやりと笑ったその顔は、いつも会社で見せる強気な柊一の表情に戻っていた。

何やらひとり納得したような柊一を見ながら、咲良はまだ自分が謝罪もお礼もしていなかったことを思い出し、慌てて頭を下げる。

「あとそれと……昨夜はご迷惑をおかけして申し訳ありませんでした。泥酔《でいすい》した人間をここまで運んでくるのは本当に大変だったと思います。さすがに外に放置されていたら、どうなっていたかわかりません。ありがとうございました」

愛想はないが、これでも礼儀は持ち合わせているつもりだ。

柊一のおかげで持ち物を紛失することもなかったし、風邪も引かずに済んだ。

……体のことに関しては、まあ、覚えてないし減るものでもないのでよしとする。

「では、これ以上ご迷惑をおかけできませんので、私は失礼します」

目を瞬《またた》かせて咲良を見ている柊一を一瞥《いちべつ》し、もう一度頭を下げる。そしてくるりと踵《きびす》を返すとさっさとドアに向かって歩き出した。

「いや、ちょっと待て」

ドアノブに指が触れたところで、背中に柊一の声がぶつかり、咲良はゆっくり振り返る。

「何でしょうか？」

小首を傾《かし》げて柊一を見ると、彼は明らかに苦り切った表情をしていた。

「何でしょうかって、お前……」

そう呻《うめ》くように言った柊一の顔は、もしかしたら落胆した表情、という方が正しいのかもしれない。だが咲良には、どうして柊一がそんな顔をしているのかわからなかった。

酔った勢いでやってしまった相手が、すんなりとお詫《わ》びとお礼を口にして帰ろうとしているのだ。むしろ、「うん、じゃあな」とほっとした表情で見送られるとばかり思っていたのに。

「あの、何もないようでしたら私は失礼させ――」

「だからちょっと待てって」

咲良の言葉を遮《さえぎ》るように柊一は言葉を発すると、ベッドからがばっと立ち上がった。

もちろん裸なので、色んなところが丸見えだ。

別に男の人の裸を見たから動揺した、というわけではないが、さすがにじろじろ見るのも失礼な気がして、咲良はさっと目をそらす。

「別に見てもいいんだぞ？　俺だって昨日、お前の裸はしっかり見たんだから。思ったよりは胸があるんだな。まあ、俺は巨乳フェチじゃないからそれくらいで十分だ」

その意地悪そうな口調からは、咲良をからかって困らせようとしている魂胆が見え見えだ。けれどもう見せることもないのだから気にしない。

ただ、柊一の裸を見ることを恥ずかしがって目をそらせたのだと思われるのは癪《しゃく》なので、咲良は視線を真っ直ぐに柊一に向けた。

頭のてっぺんから足の先まで舐《な》めるように眺める。

「はい、私もしっかり室長の裸を見せていただきました。これでお互い様です」

そんな咲良の言葉に、柊一は目を見開き、それから深々とため息をつく。

「あー……どうしてお前はそうなんだろうね。可愛げがない。恥ずかしがらずに直視されたら、こっちの方が恥ずかしいだろうが……」

ぶつぶつと文句を言いながら、柊一はクローゼットからTシャツとハーフパンツを引っ張り出してそれを身に着ける。

一応「待て」と言われていたので、大人しく待っていた咲良は、柊一が着替え終わったのを見計らって再び口を開く。

「それで室長、待てということでしたが、何ですか？」

「コーヒーを淹《い》れてくる。だから待ってろ」

「は？」

柊一の口から出た予想外の言葉に、咲良は思い切り首を傾《かし》げる。

「美味《うま》いコーヒーを手に入れたんだ。だから待ってろ」

さわやかな笑みを向けられて、咲良はますます困惑した。

「あの……私、別にコーヒーは結構ですので、このまま帰らせ」

「待ってろ、って言ってるんだ」

再び柊一は咲良の言葉を遮って語気を強める。ドアの前で突っ立ったままの咲良に大股で近づくと、説き伏せるように人差し指を突き付けた。

「いいか、コーヒーを淹《い》れてくる。待ってろよ。命令だ、いいな」

有無を言わせない柊一の迫力に、咲良は思わず怯《ひる》んでしまう。いつもは優しげな瞳の中に、強い光が宿っている。どうしてこんなにも強く引き止められるのだろう……と、咲良は戸惑いを隠せない。

「あの」

「待っていろ」

「……はい」

どうやら咲良に選択肢はないらしい。それに言い争っても無駄ならば、大人しくコーヒーをご馳走になった方が賢い。

「よし、じゃあすぐに戻ってくるからな」

柊一は満足げにうなずくと、部屋から出て行く。目の前でバタンとドアが閉まり、咲良は再び首を傾《かし》げた。

柊一が何を考えているのか、さっぱり理解不能だ。

それでもうなずいてしまった手前部屋から出るわけにもいかず、咲良は室内をふらふらと歩いた。けれど結局することもないので、窓際に立って外を眺める。

数分後、マグカップをふたつ手に持った柊一が部屋に戻ってきた。

「よろしい、ちゃんと待ってたな」

戻ってきて咲良の顔を見るなりのその一言に、思わずむっと口元が歪《ゆが》む。

「室長が待っていろと言ったので待っていたんです」

「ああ、そうだったな。でも紺野だったら、俺がいなくなった途端にこの部屋から逃走を図るんじゃないかって気がしたもんだから」

「逃走って……ここはそんなに危険な場所なんですか？」

思わず出てしまった言葉に、柊一が「くくっ」と面白そうに笑う。

「俺としてはそれほど危険な場所だという認識はないけど、もしかしたら紺野にとってはこれ以上ないほど危険な場所になるかもしれないな」

「……どういう意味でしょうか？」

「ほら、この部屋は防音もしっかりしてるし、俺がその気になったらいくらでも、どんなことでも、好きに出来るってことさ。な？　危険そうだろ？」

にやりと細められた瞳に、咲良は身の危険を感じてじりっと後ずさった。済んでしまったことは仕方ないとしても、シラフの状態でもう一度……だなんて勘弁してほしい。

警戒心も露《あら》わに柊一を睨《にら》み付けると、彼は堪《こら》え切れないとばかりに噴き出した。

「しないよ、そんなこと。さすがにそれは犯罪だ。これ以上紺野に嫌われたくもないしな。うん、でも、無表情で無反応よりも、警戒された方が男として認識されている感じがして、俺としては嫌ではない」

屈託なく笑っている柊一を見て、咲良は呆れて肩の力を抜いた。完全にからかわれているようだ。

「性格悪いですね」

「なんとでも」

直球で嫌味《いやみ》をぶつけたのに、柊一は怒ることもなく笑ったままだ。そして手に持っていたマグカップを咲良に向かって差し出してきた。

「ほら。美味《うま》いから飲めよ」

すっかりからかわれ、嫌味もスルーされ、何だか悔しくて咲良はマグカップを素直に受け取ることが出来ない。

「ん、ほら。せっかくお前のために淹《い》れてきたんだから」

だが優しい笑みでそんなことを言われてしまうと、さすがに受け取らないわけにはいかない。咲良は「ありがとうございます」と小さく言って、そのマグカップに手を伸ばした。

「飲んでみ」

勧められるままにコーヒーを口に含むと、普段飲んでいるインスタントコーヒーとは比べ物にならないほど芳醇《ほうじゅん》な味わいが口の中に広がった。

「……美味《おい》しい」

「そうだろう？　なあ、紺野、ここに来たらいつでも美味いコーヒー飲ませてやるぞ？」

またここに来いと誘っているかのようなその言葉に、咲良は戸惑った。

「……餌付《えづ》けされるつもりはありません」

「うん、まあ予想の範囲内の返答だな」

柊一は肩を竦《すく》め、それから真っ直ぐに咲良を見据えた。真剣そのものの瞳に射貫かれ、咲良は一瞬呼吸さえ忘れてしまいそうになる。

「な、何ですか？」

そんな真剣な瞳で男の人から見つめられたことのない咲良は、少しだけ怖くなった。

「紺野、俺と付き合わないか？　って言うか、付き合え」

「…………………は？」

たっぷり時間をかけた割には、相当間抜けな声が出たと思う。

「だから、俺と付き合えって言ってるんだ」

追い打ちをかけるようにそう言って、尚も真剣に見つめてくる柊一の言葉の意味を理解した時、咲良はあまりの驚愕に完全に固まってしまった。

「やっちまったんだし、別に構わないだろ？」

「む、無理です」

動揺と驚きと困惑と……様々な感情がごちゃまぜになってしまったが、なんとかいつもの調子でそれだけ答えた。

「からかわないでください」

プライベートで話したことだってほとんどないし、仕事ではいつもぶつかっているし、疎《うと》まれている自信はあっても付き合ってくれと言われるようなことをした覚えはない。

性質《タチ》の悪い冗談だ。

「からかっているつもりはないよ。そのつもりで昨日、ここに連れてきたんだから」

「……は？」

「酔い潰れてる紺野を見た時は、ラッキーだと思ったね。そんなふうにでもならなければ、お前とふたりになるなんてなかっただろうし」

「……何を」

「何度誘ってもあっさり断られるし、これくらいしないとお前、これからも逃げ続けるだろ？」

「つまり……室長は、これはラッキーとばかりに泥酔《でいすい》した私をお持ち帰りしたってことですか？」

「正解」

柊一の答えに、思わず絶句する。

まさか、昨夜の一件がただの酔った勢いではなかっただなんて。咲良にとっては酔った勢いの方がどれだけありがたかったことか。そうだったのなら、今こんなわけのわからない事態に巻き込まれずにすんでいたのに。

「ってことだから、付き合え」

「全力でお断りします」

間髪いれず、咲良はばっさり切り捨てる。

「どうして？　俺はかなりのお買い得物件だと思うけど。損はさせない」

確かに柊一はお買い得物件に違いない。次期社長の座は決まっているようなものなのだし、見かけだって標準のかなり上を行っているのだから。けれど、どんなイケメンのお買い得物件でも、咲良の心には残念ながら響かない。

「申し訳ありませんが、興味ありませんので」

「興味ないって、男に興味がないってこと？」

柊一の問いかけに、咲良は大きくうなずく。

「はい、全く興味ございません。ちなみにですが、だからと言って女性が好きというわけでもありません。至ってノーマルです」

「だったらどうして」

「男は裏切ります。男に人生を振り回されるなんてごめんこうむります」

思わず言葉に力がこもってしまった。拳《こぶし》まで握って力説した咲良を、柊一が一瞬ぽかんとした表情で見つめる。

「あの、さ。その年で、男にひどい目にあわされでもした？」

「いえ、ごく身近に男に振り回されっぱなしの、とても悪い手本のような人がいましたので、自分はそうはなりたくないと心から思っているだけです」

脳裏に自分とよく似た顔がぼんやりと浮かぶ。もう数年間も顔を合わせていない母親の……あの人のようにはならないと、遠い昔から心に誓っているのだ。

だから人一倍勉強もしたし、仕事でも努力している。貯金もそうだ。

「バリバリ仕事して、しっかりお金を貯めて、ゆくゆくは環境のいい老人ホームでのんびり余生を楽しむのが私の目標です」

胸を張って持論を展開してみせたが、柊一は呆れ顔でため息をついている。

「……それがお前のライフプラン？」

「そうです」

「それってちょっと寂しいかも……なんて、考えたことは？」

「ありません」

と、咲良は自信満々に答えた。

そう、寂しいなんてあるはずもない。ひとりには慣れている。それにひとりでいるのは楽チンだ。誰かに裏切られ苦しんだり、孤独に怯《おび》えることもない。自由気ままに余生を楽しむことのどこが寂しいというのか。

ここまではっきりと答えたのだから、さっさと前言を撤回してくれないかと思ったが、柊一は顎《あご》に手を当てて何やらうんうんとうなずいている。そして、妙に納得した顔で再び咲良を見た。

「やっぱり俺と付き合うべきだ。きっとひとりよりふたりの方がいいって理解するはずだ」

「あの」

これ以上、柊一と問答していても埒《らち》が明かない気がして、咲良はマグカップを置くと立ち上がった。大人しくコーヒーもご馳走になったたし、もう帰っても失礼には当たらないだろう。

「コーヒー、ご馳走様でした。とっても美味《おい》しかったです」

完全に話をぶった切り、咲良はぺこりと頭を下げる。そしてドアに向かって足を進めたのだが、進路を塞《ふさ》ぐように長い腕が横から伸びてきた。そしてドアと咲良の間に、柊一が割り込んだ。

「まだ話は終わってない。いい加減にしないと今すぐ襲うぞ」

そう言われても、咲良の中ではすっかり終わった話だ。

「何を言われたところで、私の気持ちは変わりませんが」

「変わらない？　何をしても絶対に？」

「絶対です」

自信を持って答えると、さすがの柊一も俯《うつむ》いて大きくため息をついた。これでわかってもらえただろう。そう思ったものの、彼は咲良の前に立ちふさがったままで、部屋から出してくれそうな気配はない。

「あの室長。そろそろ帰して——」

「よし、じゃあこうしよう」

またしても咲良の言葉を遮《さえぎ》って、柊一が声を上げる。顔を上げ、真っ直ぐに見つめてくるその表情には、なぜか余裕ともとれる笑みが浮かんでいた。

「賭《か》けをしないか？」

「賭け？」

柊一の口から出てきた言葉に、咲良は顔をしかめる。

「そう、賭け……ってよりも、そうだな、ゲームって言ったらいいかもな。簡単なゲームだよ。二か月間でお前が俺に惚れたら負け、惚れなかったら勝ち。どうだ、至ってシンプルだろ？」

「……意味がわからないんですが」

「お前が勝ったら、俺は二度とこんなふうに迫ったりしない。その代わり、俺が勝ったら……その時は付き合ってもらう。どうだ？」

どうだ、と言われても、あまりにも突拍子のない提案になんと答えていいのかわからない。だいたい、そんなことをして柊一になんの利点があるのか全く理解出来ないのだ。……からかって焦る咲良を見てみたいとか？　それとも柊一に全くなびかない咲良を落としたい、という妙な男のプライドとか？　――だとしても、やはり理解に苦しむ。

黙っていると、柊一はさらに挑発するかのように、咲良を見下ろしてきた。

「……それとも、自信がないからこのゲームはしたくない、とか？」

「まさか」

つい、咄嗟《とっさ》に反論してしまった。反論してから、柊一の挑発に乗ってしまったことに気付く。こんなにはっきりと答えてしまっては、後に引けなくなってしまう。というか、後に引けないように柊一に誘導されている気がする。

「だったら構わないな？　紺野には自信があるんだから、こんなゲームくらい、なんてことはないだろ？」

いや、誘導されたのだ。

さすがにここまで言われて、断れるはずがない。もし断れば、柊一を好きになるかもしれないと言っているのと同じになってしまう。

落ち着け、と咲良は自分に言い聞かせる。

そう、決して咲良にとって不利な条件ではないのだから。たった二か月我慢すれば、咲良はもう柊一とかかわらずに済む。会社での今後の平穏な生活、ひいては咲良が望むライフプランの実現が保証されるのだ。大きく深呼吸をし、咲良はぐっと柊一を見据えた。

「約束していただけますか？」

「何を？」

「私が勝ったら、もう放っておいてくれますね？」

咲良の言葉に、柊一はにっこりと微笑む。

「ああ、もちろんだよ。その代わり……紺野も約束しろよ？　俺が勝ったら、俺と付き合ってお前の今後のライフプランは俺の好きに変えさせてもらうからな」

何だか話が大袈裟《おおげさ》になっている。しかも口元は微笑んでいるくせに、目がちっとも笑っていない。本気で自分と付き合いたいと思っているのかと、錯覚しそうになる。けれど、百戦錬磨《ひゃくせんれんま》のチャラ男《お》であろう柊一のこと、女をその気にさせるのなんてお手の物なのだろう。どんな目的があるのか知らないが、騙《だま》されないぞ、と咲良は気を引き締める。それに咲良が負けるなど、天地がひっくりかえってもあり得ない話だ。

「負けるなんてあり得ません。いっそ、来世も差し出しましょうか？」

「へえ、それはいいね。是非そうしてもらおうか」

「ええ。万が一負けた時には、現世も来世も謹《つつし》んで差し出させていただきます。室長に惚れるなんてこと、絶対にあり得ませんから」

そう、絶対に。

「絶対に、なんて言われると、かえって燃えてくるもんだな」

自信ありげな柊一に怯《ひる》んでしまいそうになるが、咲良だって自信はある。負けるわけがない。

「環境の良い老人ホームでゆったりとした余生を過ごす」という輝かしい夢を必ず叶えるのだ。

「じゃ、いいね？　ゲーム開始だ」

「望むところです」

ばちばちとふたりの視線の間に火花が散った……気がした。

こうして咲良は訳のわからないゲームのただ中に、まんまと放りこまれてしまったのだった。

2　招かれざる同居人

土日に降り続いていた雨が嘘のように上がり、空は晴れ渡っている。普段ならば気持ちのいい青空だと思うに違いない。けれど今日の咲良には、その澄んだ青空を堪能する心の余裕はなかった。

一見パソコン画面に目を向けているようでありながら、咲良の視線は実はほとんどモニターを見てはいなかった。厚い前髪と眼鏡で隠した視線の先にあるのは、佐伯柊一の姿。てきぱきと仕事をこなし、指示を与えていく様《さま》は、普段の彼と何ら変わりがない。いかにも仕事が出来る上司だ。

柊一の部屋で目を覚ましたあの土曜日の朝、咲良はつい売り言葉に買い言葉で、彼から提案された「ゲーム」なるものを受け入れてしまった。あの時は引くに引けない状況だと思ったが、家に帰って冷静になって考えてみると、とんでもない約束をしてしまったことに青くなった。

これから自分の身にどんな災難が降りかかるのかと思うと、気が気でない。そんなふうに週末は柊一のことばかり考える始末で、ゆっくり読もうと思っていた本も、録画しておいた映画も全く楽しめなかった。

柊一と顔を合わせるのが気まずくて、今朝だって急に熱が出てくれないかと、布団の中で何度も体温計を眺めたくらいだ。……残念なことに健康としか言いようのない平熱だったが。

咲良は出社することさえ憂鬱《ゆううつ》で仕方がなかったというのに、当の柊一はというと全くもっていつも通りだった。

それはもう、身構えていた自分がバカらしくなるくらいに。

「紺野」

突然柊一に名前を呼ばれ、咲良はびくっと肩を揺らす。けれど動揺していることを気付かれたくはなくて、無表情のままで立ち上がり、彼のデスクの前に行った。

「何でしょうか、室長」

「ああ、悪いけどこの資料、整理しておいてくれ」

柊一は咲良のことをちらりと見上げただけで、分厚い紙の束を差し出してくる。

「急ぎで悪いが、今日の夕方までに頼む」

「わかりました」

咲良は紙の束を胸に抱えて、柊一に背を向けた。呼び止められることもなく、自分の席までたどり着く。思わずほっと、安堵の息が漏れた。

よく考えてみれば、会社での立場も人の目もあるのだから、そうあからさまに口説《くど》いてくることなど出来るはずがない。それに柊一とは会社以外の場所で顔を合わせることなどないのだから、万が一会社終わりに誘われたって、無視を決め込めばいい……

——そうだ。心配することないじゃない。

だいたい、見る度に別の女性を連れている柊一が、よりにもよって咲良なんかと付き合う必要などないのだ。咲良がそうであったように、柊一も売り言葉に買い言葉で引くに引けなくなっただけだと考えるのが妥当《だとう》だろう。

たどり着いた自分なりの結論に、ずっと憂鬱《ゆううつ》だった咲良の心は、すっと軽くなった。

週末にさんざん悩んだ自分が嘘のようだ。

「よし。まずはこれを片付けないと」

急に仕事に対するやる気が漲《みなぎ》ってきて、咲良は腕まくりをして分厚い資料に目を通し始めた。

そして気が付けば週末となり金曜日の夜。仕事が終わり帰宅した咲良は、重たいバッグを放り投げ、全身の筋肉を伸ばすように思い切り伸びをした。

「あーっ、今週も疲れた！」

そう言って、最近お気に入りのカクテルを一気に喉に流し込む。貯蓄のために贅沢《ぜいたく》は出来ないが、一週間頑張った自分へのせめてものご褒美《ほうび》としてこれくらいは許されるだろう。

カクテルを堪能しながら、咲良はこの一週間を振り返っていた。

結局あれから、柊一に特に変わった様子はなかった。やはりあの「ゲーム」という発言はただの勢いだったに違いない。

「ゲーム……ねえ」

思わずぽつりと口から漏れる。そして咲良ははっとして首を振った。

せっかくの週末だというのに、柊一のことなど考えたくはない。

「もうやめ。これ以上は考えない」

咲良は残ったカクテルを一口飲むと、手元にあった小説に手を伸ばした。本当は先週末には読み終わっているはずだったのに、柊一との一件のせいで全く進んでいなかったのだ。

しおりを挟んだ場所から小説の続きを読み始める。期間が空いてしまったので少しだけストーリーの流れを見失っていて、何度かページを戻しながら読み進めていた時だった。

ぽーんと、間の抜けた部屋のチャイムが鳴った。

しおりを挟んで立ち上がり、咲良は玄関に向かって「はい」と声をかける。すると、扉の向こうから「宅配便です」と声がかけられた。

先日ネットで本を購入したことを思い出し、咲良は何の疑問も抱かずに玄関ドアを開けた。

――そして、ドアスコープから相手を確認することなくドアを開けた自分に、激しく後悔することになる……

「よ。邪魔するよ」

片手を上げ、にっこりとさわやかな笑みを浮かべた相手は、ドアを開けた咲良を押し退《の》けるようにしてずかずかと部屋の中に入ってきた。あまりにも突然のことに、その人間――佐伯柊一を遮《さえぎ》ることも出来ないまま、咲良は簡単に部屋への侵入を許してしまった。

「し、室長？　どうして私の家を知って……」

突然に押し入ってきた招かれざる客に、咲良は呆然としたままで声をかける。

「ん？　ああ、企画室の女子社員から聞いた。大事なデータを渡し忘れたってことにして。それよりも、ただいま」

柊一はそう答えながら、部屋の真ん中にどかりと座り込み、ネクタイを緩《ゆる》めている。

ただいまってどういう意味だ？　とか、今は考えることも出来なかった。ただ、わかっているのはたったひとつ……

「不法侵入です。室長」

「ん？　だってお前、自分でドア開けただろう？」

「宅配便だって言われたからです」

ドアの向こうにいるのが柊一だと知っていたなら、咲良は当然開けなかった。それどころか、居留守だって使ったかもしれない。

「だってそうでも言わなかったら、ドア開けなかったろ？」

「当たり前です」

「じゃ、仕方ない。確認しなかったお前が悪い」

悪びれる様子もなくそう言われてしまうと、どう返していいかわからず、咲良は口をパクパクさせた後、がっくりと項垂《うなだ》れた。残念ながらこういった場面で上手く反論するスキルは低い。人との関わりを避けてきたツケだ。

部屋に柊一がいるだけでも大問題なのに、彼の傍らにあるものは咲良をぎょっとさせた。できればその存在をスルーしたいと切望したが、触れないわけにはいきそうもない。

ずり下がった眼鏡を押し上げながら、咲良はゆっくりと口を開いた。

「室長。その荷物は……何でしょうか？」

「ああ、これか？」

咲良が指差したものは、紛《まぎ》れもなくボストンバッグと呼ばれるものだった。しかも長期出張にでも出かけようかというような……

まさか、という嫌な予感が咲良の中で膨《ふく》らんでいく。そんな自分の考えを振り払いたくて、「出張の帰り」だとか「これから出張」だなんて言葉を期待する。けれど。

「俺の荷物だ。しばらくお前の部屋に住むことに決めたから」

王子と呼ばれる所以《ゆえん》たる甘い笑みを浮かべ、柊一はとんでもないことを口にした。咲良はその場に崩れ落ちてしまいそうになるほどのめまいと頭痛と倦怠感《けんたいかん》を一気に覚えた。

「……ふざけないでください」

やっとの思いでそれだけ口にする。

これでも十分に抑えて言った方だと思う。「頭おかしいんですか」とか「脳みそ沸いてるんですか」とか……その他諸々、もっと汚い言葉を口にすることも出来たものの、一応は会社の上司なんだという気持ちが咲良をギリギリの所で押し止めた。

咲良が必死に自分をセーブしているというのに、当の柊一はけろりとした様子だ。

「ふざけてなんかないさ。俺はゲームに勝つって言ったろ？」

「だいたいそのゲームっていうのも単なる売り言葉に買い言葉で、引くに引けなくなって口にしただけじゃないんですか？」

そうだと思っていた。いや、そうだと思いたかったのに。

「は？　何のことだ？　俺は本気でゲームをするって言ったんだが」

そう言い切る柊一に、咲良の希望的観測は粉砕《ふんさい》される。そしておかげさまで、一気にパニックに陥《おちい》ってしまった。もうゲームなんて本気ではなかったと思い込んでいたから。しかもここに住むだなんて……

「こ、困ります……ここに住むなんて」

「困る、じゃないぞ。よく思い出せ、紺野。俺もお前もあの時禁止事項なんて作らなかったろ？　だったらこうして押しかけるのだってルール違反じゃない。違うか？」

真面目くさった顔で言い募《つの》られ、咲良は思わずぐっと言葉を呑んだ。

「禁止事項を決めなかったんだから、これはしてはいけないという行為はない。そうだろう？　だとしたら俺は、出来ることを全力でするだけだ。仕事だって同じだろ？　全ての力を持って、ベストの結果のために出来得る限りの努力を惜しまない。違うか？」

その淡々とした口調は真面目くさった表情と相まって、まるで職場で仕事の話をしているような感覚を咲良に抱かせた。そのおかげで、咲良は妙な冷静さを取り戻す。

感情を前面に出して声を荒《あら》らげでもされたら、何も言えなかったかもしれない。感情むき出しの会話は苦手だ。けれど淡々と事実を述べるだけならば得意だ。

俯《うつむ》けていた顔を上げ、咲良は眼鏡越しに柊一を真っ直ぐに見据えた。

「勝手なことを仰《おっしゃ》らないでください。次期社長とひとつ屋根の下に住んでいるなんてばれたら、立場が危うくなるのは室長ではなく、私の方です。もしもの時はどうしてくれるんですか?」

「ばれないように上手くやるさ。万が一ばれたら……その時はお前に迷惑がかからないように、俺が全力でどうにかする」

「どうにかって……」

「お前に不利になるような事態にはしない。だから信じろ」

柊一の言葉は、疑うことさえ許されないのではないかと思うほど、強い響きを持っていた。けれどたとえ信じるとしても、簡単に「わかりました」と言えるはずがない。

「私の部屋はこの通り狭いですから、もうひとりここに住むなんて不可能です。無理です。お引き取り下さい」

家賃も節約している咲良の部屋は、お世辞にも広いとは言い難い。ひとりで暮らすには十分なスペースはあるが、あの柊一のマンションと比べたら、ウサギ小屋もいいところだろう。

「ああ、そんなことは気にしないでくれ。狭い方が迫りやすい」

あっけらかんと言い放った後、柊一はすっと目を細める。

「さっきも言ったように、もともとこのゲームには禁止事項なんて存在しないんだ。俺はお前を落とすためならどんな手も使う。それに……あまり往生際の悪いことを言うようなら、不戦敗とみなすが構わないか?」

「そ、そんな」

「それとも紺野は、一度交わした約束を、言い訳ばかりして反故《ほご》にするような奴なのか？」

「それは違いますっ」

そんな柊一の言葉に、咲良はかっとなって柄にもなく声を荒《あら》らげた。

「違います。そんなふうに言うのはやめてください。私は……そんな卑怯な人間ではありません」

ずっと、ずっと必死に頑張って生きてきたのだ。

苦労ばっかりで、お金もなくて……でも真面目に生きてきたつもりだ。言い訳ばかりだとか約束を反故にする人間だなんて思われるのは心外だ。

知らず力が入り、胸の前でぎゅっと拳《こぶし》を握って柊一を睨《にら》み付ける。彼は一瞬、とても真剣な眼差しを咲良へ向け、そしてふわりと穏やかな笑みを浮かべた。

「……知ってるよ」

妙に優しい響きの籠《こも》った柊一の声に、咲良は拍子抜けして目を瞬《またた》かせる。

「まあ、そういうことだから、俺が同居するのに異論はないな？」

異論なら山ほどある。けれど一連の流れでもうそれを口にすることは叶わない。

「わ、わかりました」

またしても柊一の思惑通りにまんまと流されてしまった感が否《いな》めない。というか、きっとそうなのだろう。咲良は、佐伯柊一という人間を侮《あなど》ると痛い目に遭うという事実を胸に焼き付けた。

「うん、じゃあよろしく。そうだ、同居が決まった記念に何かプレゼントでもしようか？　何がいい？　好きなものを言ってくれていい。もちろん、俺自身でもいいけど」

柊一は楽しそうに咲良を見つめてくる。

敗北感にも似た感情が咲良を苛《さいな》んではいたが、いつまでも打ちひしがれているわけにもいかない。咲良は必死に冷静さを取り戻そうと、何度か大きな深呼吸を繰り返した。

「何がいい？」

「では、お皿をお願いします」

「……は？　さら？」

「皿です、お皿、食器です。この家には私ひとり分の食器しかないので、室長が使う食器を用意してください。それで十分です。もちろん、お高いものでなくて結構です。二か月が過ぎたら無用の長物になりますので、百円均一の食器で十分です」

咲良は片手で眼鏡のフレームを押し上げ、ぽかんと口を開けている柊一を睨《にら》み付けた。

「それと、ここに住むおつもりでしたら、我が家のルールに従っていただきます。節水・節電は基本中の基本です。使わない時はすぐに止める。ごみはしっかり分別。あと狭いので、余計な物の持ち込みは禁止です。でもここで寝泊まりするのであれば、自分用の布団もしくは寝袋を持ってきてください。他人様にお貸しする布団はありません」

一気にまくしたてるようにそう言って、びしっと柊一に人差し指を突きつける。

「異論はありませんね？　室長」

思いつく限りの同居の条件を並べ立てた。

できれば面倒臭いと思って、やっぱりやめると言ってくれないかという期待も少しはあった。けれどぽかんと咲良の言葉を聞いていた柊一は、やがて「くくっ」と肩を揺らして笑い出す。

「何を笑っているんですか？　ルールを守れないのであれば、ここに住むのは断固として拒否します。文句はないですね？」

「うん、ない、ない。くく……本当に紺野は、面白い……ははは̥っ」

尚も笑い続ける柊一に、咲良は肩を竦《すく》める。

「面白いことを言っているつもりはありません。それに私は全く面白みのないサイボーグですから、面白さを求めるのであれば、いつでも飽きて出て行ってくれて構いませんので」

「いや、出て行かない。お前は十分すぎるくらいに面白い。……それより」

「何ですか？」

目尻に涙さえ浮かべて笑う柊一は、どこか嬉しそうに咲良を見上げた。

「食器を買ってこいってことは、俺の分の食事も用意してくれると解釈してもいいのかな？　正直、期待してなかったから驚いたし、嬉しかった」

言われて初めて気が付いた。

確かに押しかけ同居をしようとする輩《やから》に、ご丁寧に食事を出してやる義理もないのかもしれないが……

「あの……食事を作ってもらえることが嬉しいのですか？」

思わず素直な疑問が口をついて出る。

咲良の疑問に柊一は思い切り怪訝《けげん》そうな表情を返してくる。「お前何言ってるんだ？」とその顔が言っている気がした。

「嬉しいに決まってる」

「女が食事を作るのは当たり前だとか、むしろ作って当然だとか、あまつさえさっさと作れとかって、普通、男の人は思うものではないんですか？」

今までの経験上、培《つちか》ってきた男性像を口にする。数瞬、沈黙が流れた。

「紺野、待て。それは普通じゃない」

あっさりと、そして明確に咲良の中の男性像は否定される。

「そうなんですか？　でも今まで食事を作って嬉しいだなんて言われた覚えはありません。むしろ文句なら山ほど言われましたが」

「それ、男から？　昔の彼氏とか？」

何となく柊一の声がワントーン低くなった気がした。でも気にしない。

「はい。食事は作って当たり前。作らなかったら怒られました」

「……紺野って恋愛云々には興味ないって言ってたけど、彼氏がいたこと、あるんだな」

どこか不機嫌そうな表情で見上げてくる柊一をやはりスルーし、咲良は淡々と答える。

「まあ……一応は。どんなものかも知らずに否定するのもどうかと思ったものですから。でも、いいものじゃなかったというのが実感です。何もしないで偉そうにふんぞり返るばかりで、あんな面倒な生き物と生活するくらいなら、ひとりの方が何百倍もいいと心底思いました」

付き合ったのはふたりだけだったから、世の中の男の全部がそうではないことくらい咲良にもわかってはいる。それでも、ふたり中ふたりがそうだったのだ。つまり確率としては百パーセント。もうそれで十分だったし、これ以上のデータを集めたいとも思わない。

「なるほど、ね」

柊一は床に胡坐《あぐら》をかいたままで、ちょいちょいと咲良を手招きする。

「何でしょうか？」

「まあ、ちょっとここに座れよ」

と、柊一の目の前を指差され、咲良は大人しく彼の前に正座した。途端、いきなりその胸に抱き寄せられる。

「お前、男運がなかったんだな。男が皆そんなろくでなしな訳じゃない。俺みたいないい男だっていっぱいいるんだってことを、これからじっくりと教え……痛《い》てて っ」

苦悶《くもん》の声と共に、柊一の体が仰《の》け反《ぞ》る。

当然だ。抱きしめられた姿勢のままで、咲良が彼の後ろ髪を思い切り引っ張ってやったのだから。

「……いい男？　いい男というのは、こんなふうに手の早い人を言うんですか？」

「おかしいな、意外と喜ばれるんだけど……って、わかった、離すからお前も手を離してくれ」

「今後こういうことをしないと約束していただけるのなら」

「それは保証出来ない。痛《い》て！　それ以上引っ張るな。わかった、努力するよ」

後ろ髪を引っ張られているせいで仰け反り、それでも口元に笑みを浮かべている柊一を見ながら、咲良はその手を緩《ゆる》めて疑問をぼそりと口にした。

「……あの、こんなことをされて、怒鳴り散らしたり、逆切れしたりはしないんですか？」

後頭部を撫でながら柊一は目を見開き、そして心底気の毒そうな視線を投げかけてきた。

「……お前、相当男運がなかったんだな。一体、どんなろくでなしに引っかかってきたんだ？」

柊一の同情にまみれた視線と言葉に、咲良は首をひねる。

「確かに私には男運がないと思います。現にこうして、とんでもない面倒事に巻き込まれていますから」

嫌味《いやみ》と皮肉を言葉に込めたのに、柊一はやはり笑ったままで不機嫌になることもない。

「男運がなかったのは俺に会うまでだ。俺と一緒にいれば、今までの男運のなさは俺に出会うためだったんだって思うようになるから」

言葉の後半は何だかちょっと真剣で、しかもさりげなく手まで握られている。

握られた自分の手と、真面目くさった柊一の顔を交互に見ながら、咲良は小さくため息をついた。

「あの」

「何だ？」

「申し上げにくいのですが……口説《くど》いているつもりなら効果なしです」

「全く？」

「はい。これっぽっちも」

「……まあ、残念だが予想の範囲内だ。まだ時間はあるし、じっくり攻めさせてもらうよ」

さわやかに微笑み栗色の髪の毛を掻き上げる柊一を、咲良は素直に綺麗だな、と思った。けれどそれは美術館で絵画を見た時の気持ちと同じだ。綺麗なだけ。それ以上でもなければそれ以下でもない。

ただちょっとだけ羨《うらや》ましいなと思ったのは内緒だ。こんなふうに綺麗に笑える柊一が、ほんの少しだけ羨ましい。いつの頃からか、彼のように笑った覚えが咲良にはない。

そんなことを考えていると、柊一はおもむろに立ち上がり、そして再びボストンバッグを掴んで玄関に向かった。

「とりあえず今夜は帰るよ」

ここに住むと言っておきながらあっさりと帰ると言う柊一に、肩透かしを食らった気分になった。それでも引き止める理由もない咲良は「はい、では」と、うなずいた。そんな咲良に柊一が恨めしげな視線を寄越す。

「引き止めろとは言わないが、どうして帰るのかくらい聞かないのか?」

「引き止める気はさらさらありませんので。でも、確かに帰ると言い出すとは思っていなかったので、驚いてはいます。室長は言い出したら聞かないタイプのようですので」

思ったままを口にすると、柊一はさすがに苦く笑う。

「お前って、よく言えば正直で、悪く言えば遠慮がないな。裏表があるよりはいいけど。とにかく今夜は布団も寝袋も持参してないから、また出直すことにするよ」

咲良の出した条件を守ろうとする柊一の姿勢に、不覚にも彼を見直してしまった。

布団がなくても時期的に風邪も引かないだろうから、居座ることだって可能なはずだ。大体……咲良の知っている数少ない男の人は、「帰ってくれ」と言っても、どうでもいい理由を付けては長々と居座り、挙句の果てにはサカリのついた動物のようにのしかかってきたというのに……。

「……意外と真面目なんですね。正直驚きました」

咲良がそう言うと、柊一は振り返ってふっと笑って見せた。

「そうだね、せめて初めのうちくらいは真面目な態度をアピールしておかないと」

「初めのうち？」

「いや、何でもない。気にするな。それより、この一週間俺のことが気になって仕方なかったんじゃないか？」

にやりと笑ってみせる柊一に、彼がこの一週間何も行動に移さなかったのは、咲良の気を引く作戦だったのだと気が付く。

確かに……おかげさまで、この一週間柊一のことが気になって仕方なかったのは事実だ。けれど悔しいので、そんなことを素直に告白するつもりなどさらさらないが。

「いいえ。全く。これっぽっちも」

無表情ではっきりそう言うと、柊一はぴくりと片眉を持ち上げ、それから呆れたように笑う。

「まあ、いい。それくらいの方が攻略しがいがあるってもんだ。それじゃあな」

お気を付けて、とか社交辞令でも口にしようかと思った時だった。片方の腕がぐっと引かれ、体が前方に傾いだ。そして頬にあたたかな感触が――柊一の唇が触れる。

ふわりと視界の端っこを、栗色の髪の毛が掠《かす》める。

自分に何が起こったのか理解できないままで身動き出来ずにいると、柊一は掴んでいた腕を放して満足げに微笑んで見せた。

「じゃ、また明日。戸締まりしっかりしておけよ。変質者にでも襲われたら大変だ」

茫然《ぼうぜん》とする咲良を残して、ひらひらと手を振りながら柊一は去って行った。

「……室長の方が、変質者よりもよっぽど危険です」

閉じられた扉の内側で、咲良は盛大なため息を吐いた。


金曜日の夜、「また来る」と言って帰って行った柊一は、結局土曜日には現れなかった。

だが咲良は、その日一日妙に落ち着かず、せっかくの休日を何もしないで潰してしまった。

日曜日である今日もそわそわと過ごしてはいたが、結局何事もなく夜になった。ここにきて、今日も来ないかもしれない……という淡い期待も浮かんでくる。その期待に後押しされ、さっさと入浴を済ませてリラックスしていた咲良だったが、ぽーんと部屋に響いたチャイム音に、嫌でも現実に引き戻されてしまった。

「……どちら様でしょうか？」

ドアの向こうに誰がいるのか、咲良にだってもう見当はついている。それでもすぐにドアを開ける気には到底なれず、一応外に向かってそう声をかけた。

「俺だよ、俺」

「……どちらの俺様ですか？」

「紺野……往生際が悪い。さっさとドアを開けろ」

ドアの向こうから凄《すご》まれ、咲良はため息を吐きながらドアを開けた。

「ただいま」

両手に荷物を抱えた柊一は、開かれたドアの隙間に体を滑り込ませてくる。金曜日に持ってきた荷物よりも、その量はずっと多かった。狭い玄関に荷物をどさりと置き、柊一はふうっと息を吐き出した。

「あの、室長。先日よりも荷物が増えている気がしますが。余計な物の持ち込みは禁止だとお話ししたはずです」

「ああ、これは布団だよ」

「布団？」

「自宅の布団を引っぱがしてくる訳にはいかなかったから、一式買いそろえてきた」

まさか本当に持ってくるとは――。咲良は、眼鏡の奥の目を見開いた。いや、持ってこなければ、追い出す気ではいたのだけれど。

「布団か寝袋を持って来ないと追い出されるんだろ？　それとも……お前の布団に入れてくれる気になったのか？」

「いいえ。全く」

かるーいノリの柊一の言葉を咲良はぴしゃりと撥《は》ね除《の》けた。職場でのお堅い会話ならば苦にならないが、いちいち誘いをかけるようなこのノリはどうにも疲れてしまう。どんな返事をするのがベストなのか、その答えは咲良のデータの中には存在しないから。

ドアに鍵をかけて部屋に戻ると、壁際に荷物を置いた柊一が、床に座り込んでネクタイを緩《ゆる》めている。

目が合った瞬間、柊一は固まったように咲良を見上げ、そして慌てて目をそらした。

「……っ、お前は、よく見たらなんて格好をしているんだっ」

「……は？」

咲良は自分の姿を見下ろす。別にそれほど変な格好はしていない。いつも通り、部屋着にしているひざ丈までのパイル地のワンピースを着ているだけだ。お風呂上がりなので、もちろん生足。

「何かおかしいでしょうか？」

「お前……その無防備な格好は事と次第によっては誘っていると見なすが、いいのか？」

「誘ってなどいませんが」

目をそらしっぱなしの柊一の横顔を見つめたまま、咲良は首を傾《かし》げる。

「お前……なあ。あまりにも無自覚なのは危険すぎるぞ。俺だって男なんだ。若い女が男の前で簡単にそんな無防備な格好を晒《さら》すのはまずいだろう」

あくまで咲良の方を見ないまま、柊一はそうまくしたてた。しかも少しだけ耳が赤い。

「あの、室長」

「何だ」

「いつもお風呂上がりはこの格好ですし、このまま寝る気でしたし、それにそもそも室長を男として認識もしていなかったのですが。この格好はまずいのですか？」

しばし場に沈黙が流れた後、深々とした柊一のため息が響いた。

「……ああ、そうか。そうだな。そういう了見なわけだ。なるほどね、想像以上に強敵だ。男とさえ見なされてないとはね」

ぶつぶつと文句を垂れ流している柊一を尻目に、咲良はもう一度確認をとる。

「で、室長。この格好はまずいのかまずくないのか、どちらなのでしょう？」

まずいと言われると厄介だな……と内心で咲良は呟《つぶや》く。お風呂から上がった後までも、しっかり洋服など着込みたくはない。けれど、「まずい」と言われてしまえば、少々考えなければならないだろう。

柊一はやっと咲良に視線を戻し、頭のてっぺんから、裸足のつま先までをじろじろと見つめた。そして再びため息をつく。

「……いや、そのままでいい。よく考えてみれば、隙だらけなのは好都合だ」

「は？　好都合？」

「何でもない、こっちの話だ。ただひとつ、約束してくれないか？」

「何でしょう？」

おもむろに立ち上がった柊一が、咲良の両肩に手を置くと、その長身を屈《かが》めるようにして瞳を覗《のぞ》き込んでくる。

「いいか、お前は女なんだ。こんな無防備な格好を、俺以外の誰かに晒《さら》すんじゃない。それだけ約束しろ。わかったな？」

真っ直ぐに、心の中までも覗き込もうとするかのような柊一の眼差しに居心地が悪くなって、咲良は彼の手から逃れるように身を捩《よじ》った。

「あんなゲームがなければ、室長にだってこんな格好を見せません。もちろん他の人にもです」

そう、このゲームが終われば、以後誰かをプライベート空間に入れるつもりはない。ひとりで生きて行くのだから。

「うん、そうか。ならいい。……ただ、お前はゲームに負けて、この先もずっとそういう無防備な格好を俺に見せることになるんだろうけどな」

「勝利宣言なんてしない方がいいですよ、室長。後々恥ずかしい思いをされるのは気の毒です」

ばちっと、ふたりの間で火花が散った……気がした。

柊一は口元に余裕とも取れる笑みを浮かべると、咲良の頭をぐしゃっと撫でつけた。

「ま、いいや。二か月後には嫌でも勝敗が付くわけだし。それまでは楽しませてもらうよ」

「頭を撫でないでください。子供ではありません」

頭を撫でる柊一の大きな手を、咲良は払い除《の》けた。それほど力を入れたつもりはなかったが、ぱちんと乾いた音が響く。

その音が妙に大きく聞こえて、咲良ははっとして顔を上げた。そして咄嗟《とっさ》に、小さく「ごめんなさい」と口にした。

幼い頃の記憶がフラッシュバックする。もっと触れていてほしかったのに、幼いながらに意固地になって振り払った手は、さっきと同じようにぱちんと乾いた音を立てた。

その手の主は悲しそうな顔をして咲良に背を向け……そして、去ってしまった。

思い出すだけで心が壊れてしまいそうで、心の隅っこに追いやっていた記憶。

忘れたはずの過去だったのに……消してしまったはずの過去だったのに……どうして

今思い出してしまったのだろうか。柊一の大きな手の温もりのせいなのだろうか。

見上げた柊一は驚いたような瞳を咲良へ向け、それから何事もなかったかのように微笑んで、再び咲良の頭に優しく手を乗せた。

「別に気にすんな。痛くも痒《かゆ》くもなかった」

触れられた頭のてっぺんから、柊一の体温が流れ込んでくる気がする。咲良は、今度はその手を払えなかった。どうしてか、よくわからないが。

「……珍しいな、大人しくしてるなんて。何だ？　もう俺に落ちたか？」

「違います。自分こそ、さっきは耳が赤かったですよ。もっと女慣れしているのかと思っていたのですが、意外とそうでもないんですか？」

「お前、わかってないな」

咲良の髪の毛を掻き混ぜながら、柊一は苦笑いをした。

「何がですか？」

「無防備な格好というのは、意外と真っ裸よりそそられるもんなんだ」

「……そうなんですか？」

単純に考えて、こんな部屋着を着ているよりも真っ裸の方がよほどそそるような気がするのだが。……まあ、咲良の貧弱な体がそそるかどうかは別として。

ちらりと柊一を盗み見ると、やたらと真剣な目をして口を開く。

「チラリズムって言葉があるだろ？　まさにそれだ。見えないからこそ見たくなる。より一層そそられる。隠されているからこそ妄想も膨《ふく》らむ。わかるか？」

真面目にどうしようもない講釈を述べる柊一に、正直呆れ果てた。けれど、そんなことを力説している彼が、それ以上におかしくて……

「ぷっ」

思わず小さく噴き出してしまう。

「室長、どうしようもないことを力説しないでください。わけがわかりませ……っ!!」

浮かび上がった笑みは、けれど一瞬で引っ込んでしまった。いきなり、何の前触れもなく、咲良の小さな体がぎゅうぎゅうと力いっぱい柊一の腕に抱きしめられたせいで。

「あの……室長。どうも室長はスキンシップが過剰な気がします。ですが、日本人はあまりハグしたりする習慣がないので、こういう行動は……」

「お前が俺に笑ったところ、初めて見た」

「は？」

少しの隙間もないほど抱きしめられていた体が放され、至近距離で真っ直ぐに見つめられる。真正面にある無駄に整った柊一の顔が、嬉しそうに綻《ほころ》んでいた。

……なぜそんなに嬉しそうな顔をしているのか、咲良にはいまいちわからず、とりあえずあまりにも近くにある柊一の顔を片手で押し返す。

「近いです。私だって笑いますよ、人間ですから。本物のサイボーグではありません」

「……ああ、そうだな。でも俺は、お前が笑う顔を見られて、すごく嬉しいよ」

「嬉しいんですか？」

「ああ、嬉しい」

料理を作ると言ったり、笑ったりしただけでこんなにも喜ばれるなんて、正直思ってもいなかった。自分が何かをすることで誰かに喜ばれることがあるとは、考えたこともない。何となく、くすぐったいような気持ちがするのはなぜだろう。

けれど感じた気持ちを素直に口には出来ない。代わりに口から出た言葉は憎まれ口以外の何物でもなかった。

「そんなことが嬉しいだなんて、室長って、変わっているって言われませんか？」

「俺が？　ははっ、変わってるかもしれないが、お前ほどじゃないよ」

今の言葉は「お前は俺よりもずっと変わり者だ」と言われたに違いないのだろうが、咲良は不思議と腹が立たなかった。それはきっと、彼の言葉から一欠片《ひとかけら》の悪意も感じられなかったからだろう。

「別に……誰に何と言われようと私は構いませんが」

「うん、別にそれでいいんじゃないか？　俺だって、誰に何と思われようと気にしない」

そう言いながら、柊一は再び咲良を柔らかく抱き寄せた。柊一の腕の中に包み込まれた直後、咲良は両手を突っ張って彼の体を押し退《の》ける。

「ですから、あまり気安くパーソナルスペースに入り込まないでください」

「はいはい、わかったよ」

くくっと笑って、柊一はぱっと手を離して万歳《ばんざい》をする。

彼の手が離れ、咲良は内心ほっとしていた。人との関わりを避けて生活してきた咲良には、どうにも柊一との距離感がつかめない。それに……こんなふうに抱きしめられたり、頭を撫でられたり、温もりを与えられることにも慣れていなかった。ペースが乱される。

「じゃあ俺、ちょっと風呂でも借りるかな」

柊一はそう言うと、ボストンバッグからバスタオルを取り出して、鼻歌まじりに浴室に向かって行った。

そんな彼の後ろ姿を見つめながら、咲良は深々としたため息を吐く。

早くひとりに戻りたい……心底そう思った。

体のあちこちに、柊一の温もりが残っているような気がする。自分の体に他人の気配を感じるなんて、何だかとても怖い気がしてならなかった。

翌日の月曜日は、朝から慌ただしかった。

柊一は布団を持ち込んだことを理由に、昨日は咲良の部屋に泊まり込んだ。きっとこの先も居座るつもりなのだろうが……特に手を出してくるわけでもないのが救いだった。

それよりも問題は、柊一の寝起きの悪さの方だ。

何度目覚ましが鳴ろうと、すぐに止めて再び寝入ってしまうのだ。二度寝どころの騒ぎではない。三度寝、四度寝もお手のもの。気が付いたら寝息を立てている始末。

わざわざ起こしてやる義理もないかと思ったものの、さすがに確実に遅刻してしまうのを見て見ぬふりも出来ず、大声で呼びかけ、体を揺すり、更には布団を引っぱがし、やっとの思いで柊一を起こしたのだった。

のそのそ起きてきた柊一が、寝癖だらけの髪の毛で、ぼんやりとコーヒーを飲んでいたのはつい二時間ほど前のはず。

「提出してもらった企画書だけど、着眼点はすごくいい。ただ、他社との連携が必要になってくる点をもっと考慮した方がいいと思う。あ、それから新製品のパッケージデザイン、あれ、業者に発注かけたか？」

部下に指示を飛ばしている柊一は、二時間前とは別人のようだ。……というか、別人としか思えない。寝癖だらけだった髪の毛は綺麗に整えられ、ぼんやりと半分しか開いていなかった瞳は、生気が漲《みなぎ》っている。

バリバリ働く柊一は、確かに苦手な存在だが、やはり上司としては理想的だし、その仕事ぶりには尊敬の念さえ抱く。

仕事上の付き合いだけで十分だったのに、何がどうしてこうなってしまったんだろう……

咲良はキーボードを叩く手を止め、ずんと重たい肩をほぐすようにぐるりと回した。コーヒーでも淹《い》れてこようかと席を立ちかけた時だった。

「紺野」

柊一に呼ばれ、意図せず肩がびくんと揺れてしまう。昨夜自分の部屋で眠っていた人間だと思うと、本当に変な感じだ。

「はい」

「先週の金曜日に頼んだ資料だが……」

「それでしたら、間違いを修正し、人数分コピーして会議室のデスクに並べておきました」

柊一の言葉が終わる前に、咲良は眼鏡をくっと押し上げながら一息にそう言った。咲良が事前に頼まれたのは数字の修正だけだった。だが、その資料が今日の会議で使われることはわかっていたので、そのための準備も言われる前にやっておいたのだ。

こういった仕事ぶりも、咲良がサイボーグと言われる所以《ゆえん》なのかもしれない。

「……そうか、助かった。じゃあ俺はその会議に出てくるよ」

何かあったら内線で連絡をしてくれ、と言い残して、柊一は颯爽《さっそう》と席を立って出て行った。一瞬、蕩《とろ》けそうなほど優しげな笑みを咲良に向けて。職場にはあまりふさわしいとは言いがたい笑みに、当の咲良は肩を竦《すく》める。

王子様と呼ばれる企画室室長と、サイボーグと呼ばれるＯＬが、秘密のゲームをしていることなど、きっと誰も想像もしないだろう。

3　気持ち良かったら負け

柊一がこの部屋に住み始めて五日が経った。

他人の……柊一のいる生活は、ひとりでいる時とは比べものにならないほど目まぐるしい。つい先日月曜日だと思っていたのに、気付けばもう金曜日だ。

布団を持参した柊一は、毎日咲良のベッドの横に布団を敷き、きちんとその場所で眠っている。初めは何かされるのではないかと警戒もしていたが、ありがたいことに今のところ、その気配はなかった。

ふたりになったからと言って、咲良は生活スタイルを変える気はなかった。しかし最初は別々だった食事は、温め直す手間もなく、洗いものも一度で済ませた方がエコだからという柊一からの提案で、よほど時間がずれない限りは一緒に食べるようになっていた。

正直、誰かと食事をするなんて変な感じだった。柊一は「ひとりよりもふたりの方が楽しい」と言っていたけれど、咲良にはまだよくわからない。

……わからないけれど、それでもつい、柊一が帰ってくるまで食事を取らずに待ってしまう自分がいるのも事実。でもそれは、ひとりで食べるよりも、ふたりで食べた方がエコで効率的だから。

そして夕食時のこの会話にも、いい加減慣れてきた。

「今日は何かいいことがあったか？」

「……何も大きな失敗がなかったことでしょうか」

「そうか。じゃあ、悪いことは？」

「室長がまだゲームをやめないことです」

「またそれか。いい加減諦めろ。って言うか、他の答えはないのか？」

「……別に」

初めて柊一と夕食を食べた日から、この会話が続けられている。

どうしてこんな会話が続けられているのだろうと、咲良はご飯を口に運びながら、ぼんやりと思い出していた。そう、きっかけは彼の一言だった――

「なあ、せっかく一緒に夕食を食べるんだ。お互いその日あったことを話したりしないか？」

いい案が浮かんだとばかりに笑みを浮かべる柊一を、咲良は食事の手も止めずにちらりと見る。

「同じ所で働いているじゃないですか」

「そうじゃなくて、何かないのか？　何をしてどうだったとか」

咲良は数瞬その日一日を思い浮かべ、そしてぼそりと呟《つぶや》く。

「……仕事をしていました」

簡潔に、そして正確に今日一日の行動を口にしただけなのに、柊一は盛大なため息をついた。

「いや、だから、そういうことじゃなくて……何かないのか？　いいこととか、悪いこととか」

その言葉に、咲良はもう一度今日一日を思い出す。朝起きて、仕事に行って、ここに帰ってきて――。そして首を傾《かし》げる。

「……別に」

特別なことなどない一日だった。何も変わらない、咲良がずっと繰り返している一日と何ら変わりはなかった。……柊一が目の前にいるのを除いては。

そんな咲良にとって非日常そのものである柊一は、その答えに眉を跳ね上げて口角を下げる。どうして彼が不機嫌そうな表情をしているのかわからない咲良は、首を傾げたままで柊一を窺《うかが》う。

「別にって……いいことも、悪いことも何もないっていうことか？」

「そうですね。特別なかったと思います」

「何だよそれ」

呆れた口調で言う柊一に、さすがに咲良もむっとした。

「何だよって何ですか？　いいことはありませんでしたが、悪いこともないんです。別にそれでいいじゃないですか」

別に刺激も変化も求めていない。平坦で代わり映えのない、ぬるま湯のような毎日のどこが悪いというだろうか。少なくとも咲良はそれで満足しているというのに。

「まあ、悪くはない。だけどな」

ばんと、持っていた箸を置くと、柊一は向かい側の席から身を乗り出して咲良に指を突きつけてきた。

「な、何ですか」

さすがに咲良も、柊一の勢いに気圧《けお》されてしまう。

「いいことも悪いこともない毎日なんて、あるはずがない。そんなもん、ただ単にお前が見ようとしてないだけだ。見ようとしてないからわからない。ただそれだけなんだ。お前はわざとそうやって他人から自分を遠ざけて、何も感じないようにしているだけだろ」

ぐさり、と柊一の言葉が胸に突き刺さった気がした。

確かにそうかもしれない。でも……それが自分なので咲良にはもうどうすることも出来ない。気が付いた時には、そういうふうにしか生きられなくなっていたのだから。今さらその生き方を変えるつもりもないし、それで構わないと思っている。

「……今、それでいいって思ったろ」

身を乗り出したまま、柊一は目を細めて咲良をじっと見つめてくる。心の中まで見透《みす》かそうとしているかのような視線に居心地が悪くなり、咲良は肩を竦《すく》めて目をそらす。

「いけませんか？」

「いけなくはないが、それって、かなり人生を損しているぞ」

「損をしている覚えはないのですが……」

顎《あご》に手を置き、考え込んでいると、髪の毛をぐしゃぐしゃと掻き混ぜられた。急に頭を撫でられたことに文句を言おうと視線を上げた咲良は、思った以上に近くにある柊一の優しい笑みに驚いた。文句が口から零《こぼ》れ出る前に、喉の辺りで詰まってしまう。

「楽しいことは楽しい。辛いことは辛いって認めればいいだけだ。お前、サイボーグじゃなくて人間だって自分でも言っていただろう？　だったらもっと楽しんだり悲しんだりしろ」

「べ、別にちゃんと楽しんだり、悲しんだりしていますす」

とは言ってみたが、自分が最近楽しいと思ったことも悲しいと思ったこともすぐには思い出せない。

「へえ、じゃあどんなことが楽しかった？　言ってみろ」

頭に手を置いたまま、柊一が咲良の目を覗《のぞ》き込んでくる。数センチしか離れていない近すぎる距離から見つめてくるその目は、どこか面白がっているようにも見える。咲良は彼の顔面を手で押し退《の》けながらそっぽを向いた。

柊一は面白いかもしれないが、咲良はちっとも面白くない。

「嫌なことならありましたよ」

「へえ、どんな」

顔面を押し退ける咲良の指の間から、柊一が片目で見つめてくる。

「室長がこのゲームをやめないことです」

「ああ、なるほどね。でもそれは仕方がない」

くくっと喉の奥で笑いながら咲良から離れた柊一は、椅子に座ると再び夕食を口に運び出す。

「毎日聞くからな。それ以外の答えも用意しておけ。俺はお前が何を考えているのか、もっと知りたいんだ。話せばもっとお互いを理解出来るだろ？」

「……私は別に室長を理解したくありませんが」

咲良の素っ気ない返事にも、柊一はやはり面白そうに喉の奥で低く笑う。

「残念。知りたくなくても、知ってもらう。きっともっと理解したいと思うようになるさ」

「自意識過剰ですね」

柊一の言葉に呆れつつ、咲良も食べかけの夕食を再び口に運ぶ。

「何とでも。とりあえずお前は俺にサイボーグじゃないと証明するために、その日あったことを毎日きちんと報告するんだ。いいな？」

「拒否権は……」

「あるわけないだろ？」


そんなやり取りの後から、「今日はいいことがあったか」という会話は毎日のように繰り返されていた。別に柊一の言いつけを守る義理もないのだが、それでもサイボーグ呼ばわりされるのはやはり気持ちがいいものではない。だから初めのうちはムキになって、柊一の質問に答えるべき何かを探していた。

そう、初めの何日間か、だけは。

数日もすれば、ムキになって探さなくても自分が色々な事柄に日々遭遇していることに気が付いた。彼の言葉を素直に認めるのは大いに癪《しゃく》ではあったけれど、いいことも悪いこともない一日などないんだということに……

食事を終え、そんなことを考えながら洗った食器を片づけていると、浴室のドアがガチャリと開いた。

「ああ、さっぱりした」

Tシャツにハーフパンツという格好で、柊一は濡れた髪をタオルで豪快に拭《ぬぐ》う。

お風呂上がりで濡れた髪の毛も、スーツとは違うラフすぎる格好も、初めの二日ほどは戸惑いもしたが、今ではもう見慣れてしまった。スーツをびしっと着こなしている時よりも、その格好は彼を柔らかく見せる。

「今週もお疲れさん」

柊一は慣れた様子で冷蔵庫から缶ビールを二本取り出し、一本を咲良に差し出す。

「……お疲れさまでした」

咲良はエプロンで濡れた手を拭いながら、差し出されたビールを受け取った。そして読みかけの小説に手を伸ばしたのだが、それを横からさっと奪われてしまう。

「何するんですか?」

続きを読むのを楽しみにしていたのに……と、抗議を込めて睨《にら》み付ける。

「そんな目で見るな。せっかく明日は休みなんだ。読書もいいが、一緒に映画でも見ないか?」

「映画?」

「ああ、仕事の帰りに近くのレンタルショップで借りてきたんだ。映画は嫌いか?」

柊一はごそごそと鞄をあさり、ＤＶＤの入ったケースを取り出して見せる。

実のところ映画館に行くのも、ひとりで部屋で見るのもどちらも大好きだ。それに、映画なら見ている間は会話もしなくて済むし、その世界観にひとりで浸《ひた》ることも可能。だから、この柊一の提案は別に嫌ではなかった。

ついでに、柊一がどんなジャンルの映画をチョイスしたのか、ということにも少し興味がわいた。べたべたの恋愛モノ……というのはないだろう。派手なアクション……も、何となく柄ではない。海外ドラマ……それはありそうだ。と、色々考えを巡らせる。

「で、何を借りてきたんですか？」

そう尋ねると、柊一はにやりと笑って見せた。

「ホラー。しかもスプラッター」

「……どうぞおひとりでお楽しみください」

「お前も一緒に見るんだよ。というか、見ろ」

柊一はそう言いながら、勝手にＤＶＤの操作を始める。そして部屋の電気を消してしまった。

「……どうして部屋の明かりを消すんですか？」

「ん？　ホラーを見るんだ。暗い方が雰囲気があっていいだろ？　それから、ほら、こっち来いよ」

テレビの前の座椅子に陣取り、柊一は咲良に向かって手招きをした。

「ほら、ここに座れ」

指し示しているのは、座椅子に背を預けた柊一の、投げ出した長い足の間だ。恋人ならばいざ知らず、ここに座れと言われて、ほいほい座れる場所ではない。

「……いえ、結構です。そこじゃなくても見えますので、どうぞお気になさらずに」

咲良の言葉に、明滅するテレビの明かりに照らされた柊一は、明らかに企《たくら》んだような視線を投げかけてくる。

「紺野、わかっているかもしれないが、これはゲームにおける俺の戦略だ」

きっぱりと言い切った柊一に、咲良は思わず眉をひそめた。

「あの、室長。お言葉ですが、戦略だとしたら私に言わない方がいいのではないですか？」

「まあ聞け。つまり俺は暗い部屋でホラー映画でも見ながら、お前との距離を縮めようと企んでいるわけだ」

もしかしたらとは薄々感じてはいたが、こうもはっきり本人の口から聞かされると、何だか妙な感じがする。

「俺はゲームに勝つためにいろいろな手を使う。でも……お前は言ってたよな？　俺に惚れることなんて絶対にないって」

「言いましたが……」

何だか流れがおかしなことになってきたことに気が付きながらも、咲良にはもうどうにも出来ない。きっとこれはもう……

「だったら、俺の企みに乗ってもぜーんぜん、問題はないんだよな？」

にやり、と柊一の口元が持ち上がる。

「………問題、ないです」

もうこれ以外、何が言えるというのだろうか。

「だったら、文句を言わずにここに来い。ほら、早く」

逃げ道を塞《ふさ》がれたも同然の咲良は、渋々柊一の足の間にちょこんと腰を下ろした。彼の指し示した場所よりも多少離れているが、それは大目に見てほしい。

けれど。

「離れすぎだ。もっとこう、こっち」

背後から伸びてきた長い腕に絡め取られ、一瞬で引き寄せられた。体が後方に引っ張られ、背中にぴったりと柊一の体温を感じる。

「……室長。接近しすぎです」

突然のことに身動きもとれず、咲良は固まってぼそりと言った。

「黙って力抜いてろよ。そんなにがちがちに力《りき》んでたら、体が痛くなるぞ」

「別に力んでなんか……」

「あー、うるさい。いいから力抜け。……じゃないと、無理矢理にでも力抜かせるぞ」

「無理矢理って、何をする気です？」

首をひねって振り返ると、触れそうなほど近くに柊一の顔があり、咲良はその距離に息を詰めた。

「何だ、知りたいのか？」

間近で少しだけ垂れた目が甘い光を放ち、咲良は慌てて重なった視線を引き剥《は》がした。……何だか、そのまま見つめていたら、引き込まれてしまいそうな気がして。

「いいえ。別に知りたくありません」

「そうか、ん、残念だ。知りたくないなら黙って俺にもたれかかってろ」

その気になれば、がむしゃらに身を捩《よじ》って柊一の腕から逃げ出すことも可能だろう。けれどそれは、あまりにも往生際が悪い上にひどく格好悪い気がして、咲良はやけになって柊一の言う通りにもたれかかる。

「後で重かっただの、体が痛くなっただのってクレームは受け付けませんよ？」

「ああ、言わない」

くくっと柊一が笑う振動が咲良の背中にダイレクトに伝わってくる。背中に柊一の体温や気配を感じるだけでも落ち着かないというのに、後ろから抱くようにぐるりと胸元に回された柊一の腕が、更に咲良を落ち着かない気持ちにさせた。

「室長、その、せめて腕だけでも離してもらえませんか？」

「嫌だ」

「逃げたりは――」

「あ、始まったぞ」

言いかけた言葉さえ遮《さえぎ》られ、咲良は小さく息を吐き出した。仕方なくそれ以上の交渉を諦めて流れ始めた映像に視線を移す。

初っ端《しょぱな》から血飛沫《ちしぶき》が飛びまくり、さすがに咲良もびっくりする。

内容は……正直ちっとも面白くはなかった。母親に捨てられた子供が怨霊となって、次々と無差別に周りの人間を襲っていくという、悪趣味極まりない内容だった。

けれど、その怨霊と化してしまった女の子に、少しだけ同情もした。……自分を重ねて。

「……何だか、私みたいです」

延々と続く血飛沫のシーンにも慣れ、もう驚くことさえなく画面を見つめたまま、そんな言葉が口から零《こぼ》れ落ちていた。包み込まれるように腕に抱かれ、自分のものではない体温に包まれて、うつらうつらしていたせいかもしれない。

「何が？」

耳に近い位置から聞こえる低く落ち着いた声に、咲良はくすっと歪《ゆが》んだ笑みを浮かべた。

「母親に捨てられて……私も怨霊になれるものならなりたかったかもしれません」

どうして自分がこんな話を始めているのか、咲良にもよくわからなかった。自分から母親の話を誰かにしたことなどない。知ってもらう必要などない情報だと思っていたから。なのに、どうしてかぽろぽろと言葉が口から零《こぼ》れ落ちてくる。

体に回された腕の力が増した気がした。

体温が心地よくて、重くなる瞼《まぶた》に抗《あらが》うことなく、咲良はゆっくりと目を閉じた。

「お前……何があった？」

「私が小学生の時に……父が亡くなったんです」

眠気のせいだろうか、ずっと心の奥にたまっていた感情が、堰《せき》を切ったように溢《あふ》れ出す。

「私の母は恋愛していないとダメな人で……父の死後、好きな男の人が出来ると、私のもとからいなくなってしまいました。私を捨てて男のところに行って……その男に捨てられたら戻ってくるんです。その繰り返し。もうどこにも行かないって、帰ってくる度に言うんですが、またいなくなっちゃって……ああ、女は男でダメになるんだなって子供心に思いました」

自分ひとりの力では何も出来ない頃は、唯一の肉親と言っていい母方の祖母に泣きながら助けを求めていた。だが、母は一応家にお金を入れてくれていたので、中学生になる頃にはそのお金でなんとか生活するようになっていた。

どこにも行かないという言葉に、何度期待したかわからない。けれどその期待はいつもあっさりと裏切られ、信じるなんて行為自体がいつからかバカらしくなってしまった。

でも母の気持ちも知りたくて、恋もしてみようと思った。

「母が夢中になる恋愛がいかにいいものなのか知りたくなって、男の人と付き合ってみましたが、余計にわからなくなりました。だって、男なんてみんなろくでなしで……でも、きっと私もろくでなしです。だからひとりで生きている方がいいんです。誰にも迷惑かけないから」

最後の一言を口にして、咲良ははっとした。そして悟《さと》る。「ひとりで生きている方がいい」。この言葉を言うためにこんな話をしてしまったのだと。

背中に感じる温もりに、回された腕の力強さに、慣らされてしまわぬよう。

「そうか……」

「はい。ですから、ひとりで生きて行くって私の気持ちは、室長には変えられません。私は自分以外の誰も信用する気はありませんから。……もちろん、室長のことだって同じです。好きになるなんて……そんなのあり得ません」

言い終えて、咲良は背中から柊一の体温が離れていくのをじっと待った。

柊一は頭のいい人だ。きっと咲良の気持ちを汲《く》んでくれるに違いないと、そう思ったから。

けれど、いくら待っても背中に感じる体温が離れることも、回された腕が解かれることもなかった。

「あの……室長。ここまでお話ししたんですから、離れていただけますよね？」

「どうして？」

背後から聞こえてきたのは、考えもしなかったほどけろりとした声で、咲良はそれまで感じていた眠気が一気に吹き飛ぶのを感じた。

「どうして……って。私は室長を好きにはなりませんよ？　二か月経とうが二十年経とうが、好きになったりしません。だから、ゲームなんて時間の無駄なんです。さっさと他の誰かを探した方が建設的だと思います」

体を捻《ひね》って振り返り、眼鏡の奥から睨《にら》み付けて言葉をぶつけた。柊一のお遊びに付き合わされる咲良の身にもなって欲しいと。けれど振り返った先にあったのは、声の調子とは全く違う、やけに熱の籠《こも》った真剣な眼差しと表情だった。

どきん、と鼓動が跳ね上がる。

「建設的？　ああ、そうかもしれないな。お前にこんなゲームを仕掛けてどうにかしようって考えるよりも、どこかの気のいい美人でも口説《くど》いてる方がよほど話は早いかもしれない」

「わかっているなら、そうされたらいいじゃないですか」

さっき跳ね上がった鼓動が、いまだに咲良の胸の奥を騒がせている。それを悟《さと》られたくなくて、咲良はふいっと顔をそらせた。

……別に真剣な表情に胸が高鳴ったわけじゃない。声の調子とはあまりにも違う表情に驚いただけだ。

そんな言い訳がましいことを心の中で繰り返しながら、咲良は必死に冷静な声を喉から押し出す。

「室長ならば、きっとどんな美人だって落とせるに違いありません。健闘をお祈りします」

「……健闘を祈らなくていい。お前も大概性格が悪いな」

「……っ、ちょ、何ですか？」

回されていた腕が不意に動き、長い指先が咲良の顎《あご》を捕まえた。そして顎を持ち上げながら後ろを向かされる。

「性格が悪い上に、お前はわかってない」

なぜか怒ったような表情で咲良を見つめている柊一に負けじと、咲良も彼を睨む。

「性格が悪いのは認めますが、一体何をわかっていないと仰《おっしゃ》るのでしょうか？」

「俺がそんな簡単にゲームから降りると思ってるのか？」

「え、ちょ……っ」

どんなふうに体の向きを変えられたのかわからないが、柊一に寄りかかっていたはずがあっという間に床に押し倒されていた。柊一が真っ直ぐに咲良を見下ろしてくる。

「あの……降りていただけませんか？　私からも……できればゲームからも」

口では冷静なことを言っていても、咲良は内心ひどく動揺していた。こんな時……こんなふうに組み敷かれた時、どう対応をしていいのかわからない。ちなみに過去に付き合った男たちは、見つめ合う暇もなく、さっさと襲いかかってきたのだから余計だ。

「嫌だ」

柊一は短くそう言うと、ゆっくりと顔を近づけてきた。

「キスするつもりですか？」

唇があと数センチで触れようかという距離になって、色気の欠片《かけら》もないことを口にした咲良に、柊一は微妙な表情でちっと舌打ちをした。

「お前……なあ、普通聞くか？　そういうこと。雰囲気ぶち壊れるだろ？」

「ぶち壊れたついでに、気が変わっていただけるとありがたいのですが」

「気が変わってほしいか？」

「もちろんです」

そう答えると、柊一は一瞬こめかみをひくりとさせ、そして「危険な笑み」のお手本と言っていいような笑みをその口元に浮かべた。

「……残念。ご期待には沿えない」

「っ!!　ちょ、んん……っ!!」

拒絶する暇も与えられないまま、咲良の唇は柊一の唇によって塞《ふさ》がれていた。咲良のきつく引き結んだ唇を、慣れた動作で柊一の舌先がなぞりくすぐる。その刺激に思わず力を緩《ゆる》めると、それを待っていたとばかりに柊一の舌が咲良の唇を割った。

自分のものとは違う熱に口内をくまなく舐《ねぶ》られる。舌を絡め取られ、吸われ、呼吸さえも奪われる。

キスはしたことがないなんて、言うつもりはない。けれど、こんなふうに濃厚で……味わい尽くすようなキスの経験はなかった。正直言ってしまえば、キスがこんなにも激しいものだと咲良は知らなかった。

くちゅりと濡れた音を立てて、柊一の唇が離れていく。はぁ……と、自分の口から漏れた吐息が、妙に甘ったるい気がして、咲良は思わず眉をひそめた。

柊一の長い指が眼前に迫り、愛用の黒ぶち眼鏡をするりと外されてしまう。

「あれ？　お前これ……だて眼鏡じゃないか……」

咲良から外したばかりの眼鏡を見ながら、柊一は驚いた声を上げる。

「お前……もしかして、目は悪くないのか？」

「両目ともよく見えてますが、何か？」

そう、咲良は少しも目が悪くない。むしろ至って良好だ。それでもいつも眼鏡をかけているのは、他人から一線を画したいからに他ならない。咲良にとって眼鏡とは相手と自分とを仕切る壁、というかバリアみたいなものなのだ。

それを外され、隔てるものなく柊一と真っ直ぐに視線がまじり合う。何となくいたたまれないが、目をそらしたら負けてしまう気がして、咲良は必死に自分を見つめる彼の目を見返した。

「そうやってお前は、他人と距離を取ってきたってわけか……」

「……っん」

一度は離れた柊一の唇が、咲良の頬に、額《ひたい》に、首筋に落とされる。柔らかく触れるだけの唇は、けれど徐々に深さを増し、首筋にピリッとした痛みを与えた。

「室長……」

「何だ?」

「もしかして、ですが……この先もするおつもりではないですよね?」

このまま黙っていては流されてしまう危険を感じた咲良は、睨《にら》み付けるように瞳に力を込めた。そんな咲良の険しい視線を受けながらも、柊一はけろりと言葉を続けた。

「もしかしなくてもそのつもりだが……何かまずいか?」

「何かまずいかって……まずいとかまずくないとかと言うよりも、遠慮したいのですが」

一度目は酔った勢いで全く記憶もないのでどうしようもなかったが、今は酔ってもいないし記憶も吹っ飛んだりしていない。正常そのものだ。遠慮したいと思うのが当然だろう。

「だから……さっきも言ったろう？　残念だけど、ご期待には沿えないって。だからお前はわかってないって言うんだよ」

ふっと唇の端っこで笑われ、何だかバカにされたような気がして咲良はむっと唇を歪《ゆが》めた。

「だから、何をわかってないと言うんですか？」

「男ってものを、だよ」

「……痛っ」

柊一が覆い被さってきたかと思うと、再び首筋にピリッとした痛みが走った。

「お前、さ。俺がこの数日、どれだけ我慢してきたかわかるか？　毎日毎日無防備な格好を晒《さら》され、何の警戒心もなく眠られ……しかも今日なんて、俺に寄りかかったままうたた寝するとか、襲ってくれと言っていると同じじゃないか」

睫毛《まつげ》の数さえ数えられそうなほど間近にある柊一の表情は、苦虫を噛み潰したように歪んでいる。確かに、柊一に寄りかかったまうとうとしてしまったのは、あまりにも警戒心がなかった。そこは反省すべきだと咲良も思った。

「申し訳ありません。確かに警戒心が足りませんでした。反省します。ですが、この格好で構わないと仰《おっしゃ》ったのは室長ですし、夜だって眠らなければ次の日の仕事に差し支えますし……んんっ！」

だから別に室長を焚《た》きつけようなんてこれっぽっちも思ってはいませんでした――そう言おうと思っていたのに、その言葉は咲良の唇から紡《つむ》がれることはなかった。柊一の唇が咲良の唇をぴったりと塞《ふさ》ぎ、言葉を強制的に奪い取ってしまったから。

「言い訳は聞きたくない。無意識に俺を誘うなんて、悪い奴だな」

そんなつもりなんてない。誘うなんてあり得ない。

言おうとした言葉は、やはり柊一の唇によって塞がれ、消し去られてしまう。

差し込まれた彼の舌は、執拗《しつよう》に咲良の舌に絡まり、濡れた音を立てながら口内をかき混ぜる。くちゅくちゅと唾液の混じり合う音が直接頭の中に響き、思考がぼんやりとしてきた。

「お前がわからないって言うなら……俺がどれだけ我慢していたかを教えてやるよ。それに……」

そこで一旦言葉が区切られる。指を伸ばして咲良の唇を親指で拭《ぬぐ》う柊一の顔は、怒っているのかと思うほどに張り詰めていた。

「それに……簡単に諦められるくらいなら、最初から面倒なゲームなんか仕掛けたりしない」

あまりにも切羽詰まった表情でそう言われ、一瞬本気にしてしまいそうになる。けれど相手は常に社内の美女をとっかえひっかえし、王子様とあだ名されるチャラ男《お》なのだ。こんなふうに女心をくすぐるのは得意に違いない。

本気なわけがない。だから、本気になんてしない。

「紺野」

柊一の熱い吐息が耳朶《じだ》を掠《かす》め、耳の形をなぞるように舌を這わされる。大きな手の平は、咲良の胸に添えられている。

こんなふうに男の人に触れられるのはどれくらいぶりだろうか。緊張も確かにした。けれどそれ以上に、記憶の底から蘇《よみがえ》ってくるのは嫌悪感だった。

思わず絞り出すようなため息が漏れる。これ以上は、きっと互いに嫌な思いをするに違いない。

「室長……私、不感症なんです」

「は？」

咲良の告白に、柊一は素《す》っ頓狂《とんきょう》な声を上げた。これから襲おうとしている相手から不感症だと告白されれば、さすがに驚きもするだろう。

「その、今まで気持ちがいいなんて思ったことがないんです。ただの一度も」

そうだ、思い出しただけでも気分が悪くなってくる。痛いし気持ち悪いし……悦《よろこ》んでいたのは相手の男だけだ。でもそれも最初の内だけで、反応しない咲良はすぐに飽きられた。

「だから……室長も私としたって、つまらないと思いますよ?」

　数瞬の沈黙が流れ、柊一は心の底から気の毒そうな視線を向けてくる。

「お前……つくづく男運がなかったんだな」

「ええ、そうなのかもしれません。そういうことですので、室長は楽しめないし、私は気持ち悪いだけだし、やめておくべきです」

　咲良としては大まじめに言ったつもりだった。セックスしたってお互いに何のメリットもないのだから。それなのに、柊一は肩を震わせて必死に笑いを堪《こら》えている。

「あの……私何かおかしなことを言いましたか?　大まじめに言っているんですが」

「いや、悪い。うん、でもな、今お前が言ったことは逆に俺の闘争心に火を付けたと言うか……そういうことなら絶対に気持ちよくさせてやろうと思ってしまうと言うか……」

　せっかくの忠告も全く効果のない柊一に、咲良は半ば呆れ果てた。そして「ご冗談を」と言うと、彼を押し退《の》けて起き上がろうとする。けれど柊一に肩を押さえつけられ、床に縫い付けられてしまった。

「やめましょう室長。お互いのためです」

「じゃあこうしないか?　追加でゲームをするんだ」

咲良の両肩を床に押し付けたまま、柊一は余裕の笑みを浮かべている。

「何ですか？」

「気持ちいいと思えなかったらお前の勝ち。約束の期間、俺はお前の体には一切触れない。でも万が一気持ちよかったら、期間中、お前は俺の誘いを拒めない。どうだ？」

咲良はセックスして気持ちいいと思ったことなど本当にない。相手が変わったからといって気持ちよくなるとも思えない。確かに余裕さえ感じる柊一の表情が気にはなったが……

「……いいでしょう。別に個人的にセックスが重要な行為だとは思っていませんから」

「重要じゃない？」

「はい。それどころか必要のない行為かと……室長、痛いです」

片眉を跳ね上げ、柊一は咲良の頬をぐにっと摘《つま》んだ。威圧的でひやりとした気配を纏《まと》っている気がするが、咲良はあえてそれには気が付かないフリをする。

「もしや、俺を煽《あお》っているのか？　ん？」

「そんなんじゃありません。思っていることを口にしただけです」

「そうか、よくわかった。それじゃあ本当に重要じゃない行為かどうか、お前の体に聞いてみてもいいんだな？」

本当は聞かれたくはないが、状況的に「そうですね」としか答えられないのがもどかしい。

どっちみち、体格の差や力の差を考えると、彼が本気を出してしまえば咲良は拒みきれないだろう。それならばそのゲームに勝って、柊一に諦めてもらうのが手っ取り早い。

「色気の欠片《かけら》もないが……まあ、仕方ない」

柊一は苦笑いを浮かべながら、咲良のパジャマのボタンを外し始めた。その慣れた手つきに、あっという間にパジャマもブラまでも奪い去られてしまう。

咲良は部屋の明かりが消されていたことに心底感謝したものの、暗いからといって居心地が悪いのは変わらず、両腕で胸元を隠した。

しかしその両手は柊一によってすぐに外されてしまった。

「うーんと……じゃあ、いただきます」

「………どうぞ」

もうここまで来てしまったら、じたばたしても仕方がないと、咲良は全身から力を抜いた。これから訪れるであろう苦痛な時間を考えると、表情は自然と険しくなる。

ぎゅっと目を閉じ、顔を思い切り横にそむける。

柊一の唇が鎖骨の辺りを掠《かす》め、ちゅっと音を立てながら首筋や胸元に何度も押し当てられる。大きな手がそっと咲良の胸に触れ、壊れ物でも扱うかのようにゆっくりと撫で始めた。

円を描いて撫でながら、その中心を指先で捏《こ》ねられる。胸元を彷徨《さまよ》っていた柊一の唇が胸の中心に滑り落ち、その先端を熱い舌で舐《な》め上げた。その途端、まるで弱い電流のような刺激が、そこからじわりと広がる。

舐め上げられる度にその弱い電流はじわじわと広がり、腰の奥の方へと流れ込んでいく気がする。

硬い舌先が胸の先端を弾く。自分のそれが柊一の柔らかな口内に吸い込まれる度、弱かった電流は徐々に強くなっていくようだ。気のせいでは……きっとない。その証拠に。

「……っん……く」

胸の先端を一層強く吸われ、体はぴくんと跳ね上がり、堪《こら》え切れずに吐息が漏れた。無意識に。

そんな自分の反応に、咲良はひどく混乱していた。

勝手に体が跳ねたり、堪えきれず吐息が漏れたり……こんなことは初めてだ。じわじわと内側から焦がされていくような感覚を、咲良は味わったことがない。

片方の胸の先を指先で押し潰され、もう片方は柊一の舌先で転がされている。かと思えば急にきゅっと強く吸い込まれ、思わず「あっ」と、高い声が上がってしまった。

自分の体に起こっている変化に対応できず、咲良は柊一の手から逃れたくて、必死に彼の肩を押し退《の》けようとした。けれどその体はピクリとも動いてはくれない。

「な、何をしているんですか」

「何って……説明が必要か？」

柊一は乳首の横辺りに唇を付けたままでそう答えた。振動と共に柊一の声が体の中に流し込まれるような感覚に、咲良はぐっと息を詰める。

「ま、待ってください……お願い、待って」

柊一の体はどれだけ押し退けようとしても少しも動かなかったが、それでも彼は咲良の胸に埋《うず》めていた顔を上げて視線を寄越した。咲良を見上げてくるその瞳は、甘く艶《つや》めいた光を放っている。

「……何？」

「あ、あの、待ってください……だってこんなの……」

「嫌か？」

そう問われ、咲良は戸惑う。セックスは苦痛な行為のはずなのに、咲良は苦痛を感じていなかった。苦痛どころか……柊一から与えられているのは、多分苦痛とは真逆の感覚。

「嫌じゃないんだろ？　どこがいい？　どうされるのがいい？」

妖《あや》しい笑みを浮かべた柊一に、両方の乳首を指先で摘《つま》み上げられ、背中が仰《の》け反《ぞ》る。

「……っン」

「それとも……こう？」

摘まれた乳首を指の腹でこりこりと押し潰され、全身がぶるっと震えた。

「っや……ぁあ」

気持ちいい場所を探りながら、快感を引き出そうとする柊一に、咲良の戸惑いは困惑に変わる。

「ど、どうしてそんなふうに聞くんですか？　室長だけ……っ、気持ち良くなれば、いいじゃ、ないですか……ぁあっ！」

戸惑う気持ちをそのまま唇に乗せると、柊一は一瞬手を止めて目を見開き、優しく唇を重ねてきた。薄く開いた唇の間から覗くその赤い舌先に、腰の奥の方がきゅっと縮こまる。

「お前が気持ちよくならないと意味がないだろう？」

「意味……？」

「ああ。お前が我慢しているだけだったら俺は満たされない」

――そんなことない。私が気持ちよくなくたって、室長だけ気持ちよくなることは出来るのに。なのに……なのにどうして私が気持ちよくならないと意味がないなんて言うの？

心の中に溢《あふ》れてくる疑問を、咲良は口に出すことは出来なかった。普段でも思いを口にすることが苦手だというのに、こんな場面では尚更だ。けれど、次々に胸に湧き上がってくる思いは、すぐに掻き消されてしまう。柊一の手によって。

両方の胸の先を指先で転がされ、咲良の体はびくびくと震えた。自分の声だと認めたくないほど甘く切羽詰まった声が口から漏れる。それを閉じ込めたくて、咲良は手の甲で口元を塞《ふさ》いだ。

執拗《しつよう》に胸に加えられる愛撫に、咲良はきつく唇を噛んで懸命に声を堪《こら》えた。それでも……そうやって声を押し殺そうとしてもなお「ン……ッふ……」と、鼻にかかった甘ったるい声が漏れ出してしまう。

咲良の口元を覆っていた手が不意に外され、噛みしめている唇がそっと指先でなぞられた。

「全く……強情な奴だな。ほら、血が滲《にじ》んでる」

声を押し殺そうとしていたせいで、無意識に呼吸まで詰めていたらしく、咲良は酸素を求めるように、肩を揺らして何度も深呼吸を繰り返す。

「落ち着いたか?」

声を出すのが億劫《おっくう》で小さくうなずくと、柊一は「そうか」と答えて口元をにっと持ち上げた。

「じゃあ、次に行かせてもらうよ」

「な……っ、っん、や、ひゃん!! ん、ぁあっ」

するり、と柊一の手がパジャマのズボンに差し込まれ、下着の上から咲良の秘所に触れる。完全に油断していたせいで、咲良の口からは一層大きな声が上がった。反射的に起き上がろうとした体は、柊一にあえなく押さえつけられる。

「や……めて、くだ……さい。や、ァあ」

くんと、指先がショーツ越しに溝に埋められる。ゆっくりとその溝をなぞりながら指を動かされ、咲良の体は腰から痙攣《けいれん》した。

指先が一点を弾く度、そこから突き抜けるような感覚が全身を貫いていく。さっき胸を愛撫された時とは比べものにならないほどの刺激に、どんどんと頭の中が白く塗り潰されていくようだ。腰の奥に熱が集まり、内側から溶かされていく気がする。無意識にもじもじと腰を揺らしている自分に、咲良は気が付かない。

何も考えられなくなり、下着ごとズボンを下ろされても、抵抗することさえ出来なかった。

何も身に纏《まと》っていない咲良の素肌を、柊一の指がするするとなぞっていく。胸元からくぼんだ臍《へそ》へ。そしてその指先は足の間、薄い茂みの奥へと滑り込む。

「あっ、は、ァああ……っ！」

咲良の秘所に柊一のしなやかな指先が直接触れ、びくんと体が跳ね上がった。たった一枚薄い布を取り去っただけだというのに、その刺激はショーツ越しとは比べ物になららないほどに大きい。まるでむき出しになった神経に直接触れられているかのようだ。

「……濡れてる」

耳元で柊一の低い声が響く。そんな恥ずかしい言葉を否定することも出来ない。咲良にも、今自分がどんな状態になっているのか、はっきりとわかっていたから。

「本当に不感症？」

柊一はそう言うと、一番敏感な花芯を探り当て、触れるか触れないかほどの弱い力でそっと転がす。そんな弱い刺激にも、咲良の体は内側から燃え立つように熱くなっていった。

蜜が溢《あふ》れ出し、柊一が指を動かす度にくちゅりと濡れた音が聞こえる。ぬるぬると蜜を纏《まと》って滑る指先の感触に、甘い疼《うず》きが体の中心を貫いていく。誤魔化しようのない快楽に、もう声さえも出せず、咲良はただ震え続けた。

「ほら、力を抜いて」

柊一が耳元で囁《ささや》く度、吐息が耳朶《じだ》を掠《かす》めていく。たったそれだけでも、咲良の体は震えた。力を抜きたくても、自分の意思とは無関係につま先が反り返るほど力が入ってしまう。

苦しい、怖い、おかしくなる……

全てが、咲良の知っているはずのセックスとは全く違っていた。乱暴に触られて、濡れてもいないところに無理矢理挿《い》れられる。男が気持ちよくなれば終わり。それがセックスだと思っていたのに。

体の中で熱を上げながら膨《ふく》らんでいく快楽に、呑み込まれてしまうなんて……

「い、やぁ……っ、こ……わい、ン……っ」

「怖くない。だから力を抜け」

苦笑いしている柊一の顔が歪《ゆが》んでいる。いや、潤《うる》んでいる。咲良の目には、知らず涙が溢れていた。その潤んだ視界で柊一が身じろぐのを認める。次の瞬間、無防備になっていた胸の先に強く吸いつかれた。

「……ッ‼」

急に他の場所に刺激を与えられ、必死に堪《こら》えていた花芯への刺激から気がそれてしまう。その途端に、まるで大きな波のような快感が触れられている所から一気に膨れ上がった。

「あ……ぁア……っ‼　何……んっ、ああっ、ァアあああっ‼」

抗《あらが》うことの出来ない大きな波に呑み込まれ押し流され、瞼《まぶた》の裏で白く火花が弾けた。手足を突っ張り、背中を弓なりに反らせて、何度も何度も襲ってくる快楽の波に、咲良の体は跳ね上がる。

やっとその波が引いたのと同時に、体からはぐったりと全ての力が抜け落ちてしまった。

「どうやら俺の勝ちみたいだな」

汗で額《ひたい》に張り付いた前髪をよけ、そこに唇を落としながら柊一が満足げに言う。言葉を発することも出来ないほどの疲労感に襲われていた咲良は、彼の言葉を否定出来ない。こんな痴態《ちたい》を晒《さら》した後で、「全然感じてなどいませんでした」と言えるはずがなかった。

「でももちろんこれで終わりじゃない。悪いけど、俺ももう我慢出来ないから」

柊一はそう言うと膝の裏に手をかけて、咲良の足を持ち上げる。蜜に濡れた花びらに、柊一の脈打つ滾《たぎ》りが触れ、咲良はその質量に腰が引けた。そんな物で貫かれたらどれほどの痛みを感じるだろうと怖くなる。

「いや……っ、待って。……あ……っ、ん！」

けれど戸惑う時間も与えられず、柊一の滾りは咲良の奥まで突き立てられた。内臓まで押し上げられるその感覚に、咲良は息も出来なくなる。何度も襞《ひだ》を割り最奥を抉《えぐ》られ、粘液をかき混ぜる湿った音が高く響いた。突き上げられる度、体の奥が燃えるように温度を上げていく。

「あ……っ、んっ、ア、ああ……っ」

痛みなんて感じる暇はなかった。

いや、激しく突き上げられ、一番深いところを抉られると、確かに多少の痛みは感じた。けれどその痛みさえもあっという間に甘い悦楽に変わってしまう。

体をひっくり返され、背後から腰を持ち上げられて、今までとは違う角度で抉られる。刺激される場所が変わり、それまで意識もしなかった場所を擦《こす》り上げられ、

「……っ！　ひゃんっ！」

と、鼻にかかった声が口をついて出た。

ぐちゅっと濡れた音を立てながら、柊一自身が咲良の中を擦り上げる。思考回路まで焼きつくされてしまうんじゃないかというほどの熱が生まれ、体の芯から焼かれるようだ。全身が粟立ち、体ががくがくと震えた。

「よかったな……不感症じゃないみたいだ」

背後から柊一が覆い被さり、耳元で囁《ささや》いてきた。獣のように四つん這いになった背中に、彼の温もりを感じる。

「……っん、ふ、ァああ……ンッ」

ゆるゆると腰を動かされ、はしたない水音が自分の体から奏《かな》でられる。咲良が本当に不感症だったなら、奏でられないはずの濡れた音。

「……っく、そんなに締め付けるな」

「締め付けてなんか……っアア!!」

ぐいと腰を奥まで進められ、同時に尖《とが》り切った乳首をきつく摘《つま》まれる。なんとか上体

を支えていた腕から力が抜け落ち、咲良はがくりとその場に突っ伏してしまった。

「こんなに素直な体なのに……可哀相だったな」

優しい声と共に、頭のてっぺんに柊一の唇が押し当てられる。可哀相だと言われるのは好きではない。けれど、確かにセックスで不快感しか得られなかった自分はちょっとだけ可哀相だったのかもしれない。

そう思ってしまうほど、柊一から与えられる快楽は濃厚で、甘い。

「心配するな。これからは俺がもっと気持ちよくしてやるからな」

さっき聞こえてきた優しい声とは打って変わって、今背後から囁《ささや》きかける柊一の声は甘い悪魔のようだ。艶《つや》っぽくて……それでいて危険極まりなくて。

しっかりと腰を掴まれ、白い双丘《そうきゅう》を高く持ち上げられる。間髪いれず、柊一が咲良の中を激しく突き上げてかき混ぜる。

「……う、あっ、ぁあアア、ん、はぁ、あ、んあああっ!!」

もう声を我慢など出来そうもない。繋《つな》がった部分から感じたこともない熱が生まれ、その熱が身も心もどろどろに溶かしてしまいそうだ。甘い疼《うず》きと切ないほどの深い快楽に、咲良の意識は白く塗り潰されていく。

完全に意識が途切れる直前、「まずは体から離れられないようにするのが有効かもな」とか言う、柊一の言葉を聞いた気がした。

4　どうしようもなく気になる人

柊一と暮らすようになって、二度目の月曜日を迎えていた。

自分のデスクでパソコンに向かっていた咲良は、ちらちらと明滅する蛍光灯を見上げ、眉をひそめた。咲良のちょうど真上の蛍光灯が、朝からずっとちらついているのだ。

先日企画室でデザインした鎮痛剤《ちんつうざい》の売れ行きが好調で、他の内服薬のパッケージデザインもリニューアルする計画が持ち上がり、咲良はその案についてまとめているところだった。せっかく集中していても、時々ちらちらする蛍光灯に集中力が途切れてしまう。

このオフィスの蛍光灯の交換なら一度やったことがあるため、咲良は必要な物品を用意して自力で取り換えることにした。

脚立《きゃたつ》をセットすると、そこにするすると上る。てっぺんまで上り、ちらちらと明滅している蛍光灯を取り外した。

「紺野さん、大丈夫？　総務課に連絡した方がよかったんじゃないの？」

脚立の下では、庄司愛実が心配そうに咲良のことを見上げている。彼女の席は咲良の隣だ。

「別に大丈夫です」

咲良は掠《かす》れた声でそう言うと、こほんとひとつ咳払いをした。

「あれ？　紺野さん、風邪？　何だか声が掠れてない？」

愛実の言葉に咲良の心臓は一瞬飛び跳ね、けれどそれを決して見せないように中指でくいっと黒ぶち眼鏡を持ち上げる。

「いいえ。ちょっと乾燥しているようなので、声が掠れただけです」

「え？　乾燥している？　そんな感じしな――」

「乾燥していますっ」

咲良は愛実の言葉を遮《さえぎ》ってそう言い、もう一度こほんと咽《む》せ込《こ》んだ。

本当のことなど言えるわけがない。金曜日、追加でなされたあのゲームに負け、咲良は「気持ちよかったら、期間中、お前は俺の誘いを拒めない」と言う条件を守らなければならなくなった。

そして拒む権利のなくなってしまった咲良を、柊一はこの週末これでもかというくらいに抱きまくったのだ。

今もまだ、体のあちこちに柊一の感触が残っている。それを意識した途端に、ずくんと腰の奥が鈍く疼《うず》き、咲良は大いに慌てた。そう、咲良は全くもって不感症などではなかった。むしろ快楽に弱い体質であるという事実を、嫌というほど思い知らされたのだ。

それから……柊一が男だということも思い知った。今までは男とさえも見ていなかったが、もう違う。あんなふうに体を重ねて、それでも男だと思わないなら本当にサイボーグだ。

ただ、だからといって男として意識しているとかでは断じてない。それまで気にもしていなかった佐伯柊一という人間の性別を、思い知ったというだけのこと。

不意に体をひねった途端、腰の辺りにびきっと痛みが走った。柊一のせいで普段使わないような筋肉を酷使させられ、体中がみしみしと悲鳴を上げている。

「ねえ、本当に大丈夫？」

「はい……大丈夫です。すみませんが、そこに置いてある蛍光灯を取っていただけますか？」

「ああ、これ？」

「すみません」

咲良は腕を伸ばし、新しい蛍光灯を受け取った。

背の小さな咲良は、脚立《きゃたつ》に上がっていても体を伸ばさなければ蛍光灯に手が届かない。真っ直ぐに腕を伸ばすと筋肉痛のような痛みが走って、咲良はやはり総務課に連絡するべきだったかもしれない……と、少しだけ後悔した。けれどもうここまで来たら、自分でやってしまいたい。

ぐっと腕をいっぱいに伸ばし、古い蛍光灯に手がかかった時だった。

隣の会議室で打ち合わせをしていた面々がオフィスに戻ってきた。その中のひとりが脚立《きゃたつ》の下に立ち、咲良に声をかけてくる。

「紺野、スカートでそんな高い所にいたら、中身が見えるぞ」

その声に視線を向けることもなく、咲良は作業を続けながら答える。

「別に構いません。見たければどうぞ。見られたからといって、別に減るものでもありませんから」

数人の男性社員が、遠巻きに好奇の目で咲良を見上げているような気がするが、構わない。見たいなら見ればいい。見せようと思っているわけではないが、ちらっとパンツが見えるくらい、街中ではたまにあるハプニングだ。珍しくもない。

それに、綺麗な女性の下着ならいざ知らず、咲良の色気のないパンツを本気で見たい輩《やから》などいるとは思えないのだが。

なのに……

「構わないことがあるかっ」

多分に怒りを含んだような声に、咲良は今度こそ手を止めて声の主を見やる。不機嫌そうに眉をひそめ、鋭く目を細めた柊一が咲良を見上げていた。

「……いえ、私は構いませんが」

「お前なあ、女として大事なもんが欠落しているとは思わないのか。いいから下りてこい。じゃないと引きずり下ろすぞ」

「それはパワハラです。もしくは傷害罪に当たる可能性も……」

「反論は受け付けない。いいからさっさと下りてくる」

「……横暴な」

「上司命令が聞けないなら引きずり下ろすしかないな」

こめかみをひくっとさせた柊一が脚立に手をかけようとしたまさにその時、開け放たれたままのオフィスのドアがコンコンとノックされた。

「お邪魔してもよろしいかしら？」

聞き慣れない声に、その場にいた全員の視線が入り口に集まる。もちろん咲良の視線も。そこにいたのは見覚えのない女性だった。

「佐伯室長、こんにちは」

その女性は柊一の姿を見付けるなり、笑みを浮かべて駆け寄ってくる。

「三枝《さえぐさ》さん」

脚立に手をかけていた柊一は、そのままの姿勢でなぜか顔をひきつらせた。けれどそれはほんの一瞬のことで、すぐにいつもの隙のない笑みを浮かべてその女性に向き直る。

「時間よりも少し早かったけれど、大丈夫かしら？」

「ええ。別にこちらは構いませんが」

「そう、それならよかったわ」

三枝さんと呼ばれた女性は、柊一に親しげに話しかけている。

脚立《きやたつ》から見下ろしていた咲良は、なんて絵になるふたりなのだろうと思っていた。華やかな笑みを浮かべながら柊一と言葉をかわす彼女は、その場にいた全員がつい見惚《みと》れてしまうほどの美人だった。

きりっとした力のある大きな瞳に、肉感的で魅惑的な唇。緩《ゆる》くパーマをかけた明るい色の髪は背中まで伸びていて、すらりと均衡のとれたスレンダーな体はモデル並みだ。もしかしたら本当にモデルとかタレントかもしれない。

彼女の手足の長さも、咲良とは比べ物にもならない。というか、比べることが失礼な気がするほどだ。とても同じ人種だとは思えない……そんなことを考えていた時だった。

ふっと彼女の視線が咲良に向けられる。

「佐伯さん、こちらは？」

「ああ、こいつは……紺野、とりあえず下りてこい」

ちょいちょいと手招きされ、咲良は結局交換できなかった蛍光灯を手にしたまま、脚立を下りる。

「ああ、ほら、気を付けろ。足を滑らせるなよ。全く危なっかしい……」

周りをうろうろする柊一をうっとうしく思いながらも、咲良は危なげない様子でその場に下り立った。同じ場所に立つと、彼女は咲良よりも頭ひとつ分くらい大きい。その上腰の位置なんて、絶望的に咲良より高い。

「紺野咲良と申します。企画室です」

そう自己紹介をし一礼すると、彼女はにっこりと微笑んだ。

「私は三枝史乃《ふみの》です。雑誌の編集者で、今度こちらのプロジェクトに参加させてもらうことになったのよ」

史乃はそこでいったん言葉を切ると、咲良が脚立から下りたのと入れ替わりでそれに上り、さっさと蛍光灯の交換を始めた柊一に視線を向けてこっそり咲良に耳打ちした。

「ねえ……佐伯室長っていつもあんな感じ？　何だかあなたの保護者みたいね、彼」

「保護者……」

言われてみれば確かにそうかもしれない。ゲームに巻き込まれる前から、何かにつけ柊一は咲良に対して口うるさかった気がする。いや、咲良だけではない。柊一はきっと世話焼きな性格なのだろう。身だしなみのなっていない社員に注意をしたり、きちんと食事をしていない社員を見かければ食事に連れて行ったりしていた。

他人と関わりたくない咲良とは、きっと正反対のタイプだ。

一緒に暮らすようになってから、咲良に対してはそれまで以上に口うるさくなった気がする。

「……まあ、この部署全員の保護者のような感じですが」

「へえ、そうなの」

蛍光灯の交換を終え、がたがたと脚立《きゃたつ》を片付け出した柊一の背中を、史乃は目を細めて見つめていた。妙に優しさの込められたその視線が何となく気になったが、柊一の声にその思考はかき消された。

「ちょっとみんな、集まってくれ」

よく通るその声に、オフィスにいた社員達が柊一のデスクの周りに集まりだす。大体集まったところで、柊一は咲良の方を見て手招きをした。けれど呼ばれたのは咲良ではない。隣に立っていた三枝史乃の方だ。

史乃はまるでモデルのような颯爽《さっそう》とした足取りで柊一の隣に立つ。ふたり並んでいると、本当にお似合いだ。

「こちらは三枝史乃さん。新プロジェクトに参加して下さる女性誌の編集担当の方だ」

そう紹介され、史乃は綺麗なお辞儀をした。ただ頭を下げただけなのに、その所作はため息が出るほど美しい。

「三枝史乃です。今後私を含めて担当の者が数名、こちらに出入りさせていただくことになりますので、どうぞよろしくお願いします」

新プロジェクト。それについては咲良も話だけは聞いている。人気のある女性誌と新しいコスメを開発し販売する……というものだ。

佐伯製薬でもコスメ類は既に販売している。しかし売れ行きがよいとは言い難く、有名化粧品メーカーの商品にはどうしても敵《かな》わないのが現状だった。そこで女性誌とコラボし、より若い女性のニーズにあったお洒落《しゃれ》な商品を開発しよう、という企画が立ち上がったのだ。

製品開発は先日完了したと聞いた。今後はこの企画室でパッケージデザインや販売戦略について具体的な話が進められるのだろう。

かなり興味のある企画ではあったが、残念ながら咲良はメンバーには選ばれていなかった。

「じゃあ、色々と今後の計画について話したいから、企画メンバーは会議室に集まってくれ」

動き出したメンバーたちを横目に、咲良は自分のデスクに戻った。柊一が蛍光灯を交換してくれたので、もう明かりのちらつきもない。これなら気が散ることもなさそうだと思いながらキーボードを叩き始めたところだった。コツコツと硬質な音が聞こえ、咲良はふと視線を上げた。

「あなたはプロジェクトのメンバーじゃないの？」

咲良の顔を覗《のぞ》き込んできたのは、史乃だった。あまりにも間近に整った顔が現れ、思わず咲良は仰《の》け反《ぞ》ってしまう。

「わ、私は別の仕事がありますので」

「ふうん……そうなんだ」

じろじろと……好奇心丸出しな瞳で史乃は咲良の顔を眺めている。そしてふっと手を伸ばすと、咲良の頬に触れた。

「ね、あなたって肌がきれいね。せっかくのコスメの企画なんだもの、あなたみたいに肌のきれいな子がいてくれたら、化粧品も試しがいがあるのにな」

キラキラした綺麗な瞳に真っ直ぐ見つめられ、咲良はすっかり固まってしまう。ふんわりと史乃から甘い花の香りが漂ってきて、心臓がドキリと跳ね上がった。

「三枝さーん、打ち合わせ始めますよ」

「はーい。すみません、すぐに行きますね」

呼びかけられた声ににこやかに返事をした後、史乃は再び咲良の瞳を覗き込んできた。

「もしも一緒の仕事が出来ることがあったら、その時はよろしくね」

「……はい」

「それじゃあ、またね……咲良ちゃん」

咲良ちゃん。

同僚にだってそんなふうに呼ばれたことのない咲良の心臓は、再び大きく脈打った。

魅力的な笑顔で、ひらひらと手を振る史乃を咲良はぼんやりと見つめる。

何だか……あまりにも綺麗な人で、危うく百合《ゆり》咲く世界の縁を覗きそうになってしまった。


その夜、日付も変わろうかという時間だった。いつものように自分のベッドで横になっていた咲良は、柊一の口から告げられた言葉に驚き、思わずがばっと身を起こした。ベッドの横に敷いた布団に横たわっている柊一は、なぜか苦虫を噛み潰したような顔をしている。

「室長……今、なんて？」

「だから、コスメの新プロジェクトにお前も参加してもらうことになった。今担当している仕事は、明日他の者に引き継いでもらうようにする。いいな？」

「本当ですか？」

柊一の口から出た言葉に、咲良の心臓は大きく脈打った。鼓動が速くなる。

「本当だ。先方がお前をプロジェクトに入れてほしいって言ってきたんだ」

「そう、なんですか」

速くなった鼓動は落ち着くことなく、ふわふわとした浮遊感まで覚える。顔まで熱くなってきた。変な感じだ。でも、心地いい。こんな感覚は、咲良の記憶の中に見当たらない。

「何だ、スキルアップしたいって言ってたから、もっと喜ぶもんだと思ってたんだが……嬉しくないのか？」

「嬉しいです！」

咄嗟《とっさ》に口から出た大きな声に、自分でもびっくりする。

「嬉しいです……とっても」

そう、心の奥では、プロジェクトに参加出来ないのを悔しく思っていた。諦めることには慣れていたけれど……でも。

どきどきと自分の鼓動が大きく聞こえる。この感じは何だろう……と思っていたが、自分が興奮するほどに喜んでいる事実に、咲良もやっと気が付いた。

思わず頬が緩《ゆる》みかけたが、柊一の目の前で喜んでいる自分を素直にさらけ出すことが恥ずかしい気がして、咲良は浮かびかけた笑みを無理矢理引っ込める。

「……そうか、良かったな」

ぽん、と頭に彼の大きな手の平が乗せられる。視線を上げると、いつの間にかベッドの端に座って、嬉しそうに微笑んでいる柊一がいた。さっきまでの苦虫を噛み潰したような表情は、もう消え失せている。

「良かったって……室長。さっきまでは嫌そうな顔、していませんでしたか？」

「うーん、まあ、な。お前が新商品のプロジェクトに入るとなると、今やってもらってる仕事に多少遅れが出るだろうし、俺としてはお前だから任せたっていうのもあるし……」

何だか今、褒《ほ》められた？　そう思い、咲良はくすぐったい気持ちになった。

「それに……正直、ちょっとやりづらいな」

「え？」

「いや、何でもない。こっちの話だ」

何がやりづらいのだろうと思ったが、柊一はふっと笑みを深めた。

「お前が嬉しそうだからそれでいい。俺も嬉しいよ」

「嬉しい……んですか？　室長が？　どうして」

柊一の立場上、この配属は彼の頭を悩ませる問題のはずだ。なのに、今目の前にあるその笑顔は、咲良が驚いてしまうほど本当に嬉しそうだ。それが不思議でたまらない。

「バカだな。頭を悩ませるのは俺の仕事だ。お前が心配することじゃない。お前が嬉しいなら、俺も嬉しい。それでいいだろ？」

「それは建前というものでは……」

「お前に建前言ってどうなるんだよ」

口の端っこを持ち上げるように笑って、柊一は咲良の額《ひたい》を指で弾く。

「しっかりやれよ」

——当たり前です。仕事ですから、しっかりやるに決まっています。

いつもだったらそんな調子で答えていたかもしれない。けれど、柔らかな笑みを向けられ、優しい手に頭を撫でられてしまうと、そんな言葉は口から出なかった。代わりにほわり、と心のずっと奥の方があたたかくなったような気がした。感じたこともない、優しい温もりが。

「……はい、頑張ります」

つい素直な言葉が口から転がり落ちる。

自分の喜びを誰かが一緒に喜んでくれることが、こんなに嬉しいと咲良は知らなかった。それを口にしてしまうほど素直になることは出来ないが、浮かんだ微笑みを引っ込めようとは思わなかった。

「うん、期待してる」

「はい」

頑張ろう、そう心から思った。期待を裏切りたくはない。そして心の隅っこで、柊一をもっと喜ばせたいとも思った……そう、ほんの少しだけ。

こんなふうに他人をやる気にさせる佐伯柊一という人は、確かに上に立つ人間なのだろう。言わないけれど。

頭の上に乗せられていた柊一の手の平が、咲良の黒髪をゆっくりと滑り落ち、肩に添えられた。長身の体を屈《かが》めるようにして、柊一は唇を重ねてくる。

咲良は抵抗もせずにそれを受け入れていた。

「柊一の誘いを拒めない」。そのルールがあるから、という理由だけではない。抵抗すれば、一層激しくされるだけだということを、体に刻み込まれたからに他ならない。

口内に差し込まれた柊一の舌が、咲良のそれに柔らかく絡みつく。初めの時は呼吸のタイミングさえわからなかったのに、すっかり慣らされてしまった。

深く重なり合った唇が、ちゅっと濡れた音を立て、透明な糸を引きながら離される。ただ唇を重ねていただけだというのに、咲良の呼吸は既に甘く熱を孕《はら》んで弾む。

「抵抗しないんだな。いい子だ」

クスッと笑うその顔は、魅惑的な悪魔を彷彿とさせる。支配されてしまいそうで怖くなる。

「て、抵抗したらどうなるか、私もいい加減学習しましたから」

「そう？　俺としてはお仕置き感覚で興奮するから、抵抗してくれても構わないけど」

柊一は、ベッドから身を起こしたままの咲良のパジャマのボタンを外しながらそう言った。ひとつずつボタンが外される度、体が震える。

「どうした？　寒いのか？　それとも……怖いか？」

その問いに、咲良は首を横に振った。自分で言った言葉がどれも不正解であることくらい、柊一はきっとわかっているだろう。わかっていて、意地悪な質問をしているのだ。

「じゃあ、どうして震えてる？」

「な……何でも、何でもありませんっ」

恥ずかしくてとても言えない。ボタンを外される度肌に触れるわずかな感触にさえ、腰の奥から堪《こら》えきれない疼《うず》きがこみ上げてくるなど。

「ふうん」

「……ッ、ふぁ」

ボタンを外し露わになった白い肌に、柊一がきつく吸い付く。ぴりっとした痛みが走り、咲良の白い肌に赤い痣《あざ》が刻まれる。それはひとつではなかった。幾つもの赤い痣が、既に咲良の肌に刻まれていた。

それは激しすぎた交わりの名残だ。まるで自分のものだと印を付けるように、柊一は咲良の肌に赤い痣を刻み込んでいた。

そのままゆっくり押し倒され、柊一の顔が咲良の胸元に埋まる。

「お前が自分から欲しがるくらいに、もっと淫《みだ》らにしてやりたいな」

柔らかい膨《ふく》らみを揉みしだきながら、柊一が囁《ささや》く。指先で既に硬くなっている乳首を転がし、円を描くように乳房全体を捏《こ》ねられ、咲良の体は素直にびくんと反応してしまう。

体はもう柊一には抗《あらが》えそうもない。けれどせめて強がりくらいは言いたくて、咲良は必死に冷静な声を出す。

「じ、自分から欲しがるなんて、あるわけないじゃないですか……ぁあ、ン！」

乳房を下から持ち上げられ、乳首に舌を這わされる。その刺激に甘い疼きは一気にその強さを増す。

「まあ、いい。どこまで我慢出来るかやってみるか？」

「あ……っ、や、いや」

一気に残っていた下着もパジャマも引き下ろされ、素肌の全てを柊一の目に晒《さら》してしまう。

「欲しくなったらすぐに言えよ？」

「え？　何を……あ、や、ダメ……ッ、ア！」

柊一は咲良の腿《もも》に手をかけると、大きく開いて足の間に顔を埋《うず》める。ぬるりと舌が花芯を舐《ねぶ》り、咲良は声にならない嬌声《きょうせい》を上げた。指で触れられたことはあったが、こんなふうにされたのは初めてだ。そのあまりにも強すぎる刺激に、目の裏で火花が散った気がした。

「や……ダ、ダメで、す……そんな、とこ、ろ。やめ……ひっ、アァああ、ンンッ」

花芯を舐《な》め上げられる度に、その部分から火花が散るように、快感が全身に広がっていく。体が跳ね上がるが、そんな自分の体を制御出来ない。

「ふ……ッ、う、ぁあアっ、あ、あっ！　ン、あ、はァッ！」

血が沸騰しそうな気がした。体中が……柊一の舌が舐め上げるその部分が、熱くて熱くて、そこから発火してしまいそうだ。けれどその舌の動きが急にぴたりと止まる。解放されなかった疼《うず》きが、咲良の体の中で渦巻いている。荒い呼吸を吐き出しながら、咲良はその疼きに身を震わせた。

「ほら、そろそろイキたいんじゃないか？　ちゃんとお願いすればよくしてやるよ」

柊一は足の間から顔を上げ、口元を咲良の零《こぼ》した蜜で濡らして微笑む。そんな彼の妖《あや》しくも色っぽい笑みに、体の中で渦巻く疼きはふくれ上がり、咲良を苛《さいな》んだ。けれど自分からお願いだなんて、出来るはずがない。

それを言ってしまったら、もう、体だけでなく心さえも柊一に支配される気がした。

「しない、です」

「強情な奴だな」

呆れたように言い、柊一は中に一本だけ指を埋《うず》める。物足りない刺激に、咲良はか細く喘《あえ》いだ。

「ほら、これじゃダメだろ？　言えば気持ちよくしてやる」

ゆっくりと咲良の中に埋められた指が動かされる。やはりそれだけでは物足りない。

けれどその刺激は確実に咲良を追い詰めていく。

それでも咲良は強情に首を振った。そこまで思い通りになるものか、という気持ちが咲良を頑《かたく》なにさせていた。

涙さえ浮かべ、首を振り続ける咲良に、柊一は呆れたように苦笑いを浮かべる。

「強情な奴だ。本当に攻略しがいがあるよ。でも今日は俺の負けだな。そんな可愛い顔で我慢されたら、こっちが耐えられない」

膝裏に手をかけられ、腰が浮き上がるくらいに持ち上げられる。足の間に熱い塊が触れているのを感じた。

「悪い……あんまり優しく出来ないかもしれない」

「ん……ッ、は、ァア、ああああ………ッ!!」

一気に突き立てられ、そこからびりびりとして、それでいて甘美な快感が咲良の体を貫く。はしたないほどの水音と、皮膚のぶつかる音を立てながら、その言葉の通り柊一は初めから咲良を激しい動きで突き上げた。

襞《ひだ》を割り、最奥を抉《えぐ》られる度に、自分の中で渦巻く熱にどろどろに溶かされそうだ。ベッドに横たわっているはずの体が浮き上がる気がした。どこか遠くへ吹き飛ばされてしまうのではないかという不安感にも似た快感に、咲良は強くシーツを握りしめた。

「あ、あ、ダ、メェ……も、そんな、アッ、許し、て」

「ダメだ、許さない。俺だってもう……っ」

呻《うめ》くような言葉と同時に、咲良の中で柊一の滾《たぎ》りが一層大きさを増す。今までよりも深い場所をがんがんと抉《えぐ》られ、渦を巻いていた疼《うず》きが一気に溢《あふ》れ出した。

「……ッく、ふ、ァあああああ………ッ、ああ、アぁあ!!」

快感の波に呑まれ、何もかもが真っ白に塗り潰された。咲良は目を見開いたままで何度も激しく体を痙攣《けいれん》させる。目の奥でいくつも光が弾け、咲良の意識は一瞬ショートした。

「悪い……大丈夫だったか？」

「はい」

朦朧《もうろう》とした意識のまま、やっとそれだけ答える。まだ胸が痛いほど息が弾んでいる。裸のままは恥ずかしくてパジャマを着たいが、どうしようもなく億劫《おっくう》で動く気にもなれない。それにしっかりと筋肉のついた柊一の胸に抱き寄せられ、その体温と鼓動を感じていると、このままでもいいかなと思ってしまう。

どっぷりとした疲労感に、急速に眠気が襲ってくる。そんなはっきりとしない意識のまま、咲良はつい、疑問に思っていたことを口にしていた。

「室長……室長はどうして、こんな面倒なゲームなんてしようと思ったんですか？」

それはずっと聞いてみたかったことだ。けれど何となく聞きそびれていた。

「室長だったら、どんな女性でも落とせるじゃないですか。ああ、だからか……だから珍しいサイボーグ女を相手にしてみようと……そう、思ったんですね？　怖い物、見たさ……みたいな」

　この数日まともに眠らせてもらえていなかったせいか、瞼《まぶた》はどんどん重くなっていく。もともと寝つきの悪い方ではないが、こんなふうに抗《あらが》えないほどの眠気に襲われるのは子供の頃以来かもしれない。

「そんなふうに思ってたのか？」

「だって、それ以外には……考え、られ、ません」

　自分のことはよくわかっているつもりだ。社内で王子と呼ばれ、憧れの的である柊一に付き合おうと言われる女であるはずがない。

「全く……呆れるほどに自己評価が低いな、お前は」

　言葉通りの呆れた声が鼓膜をくすぐる。柊一の手の平が慈《いつく》しむように咲良の髪を梳《す》き、その心地よい感触に、瞼にかかる重力が更に増す。その重力に逆らえず、咲良はとうとう瞼を閉じた。

「どうしてお前にこだわるのか、理由が聞きたいのか？」

　声を出すのももう億劫で、けれど理由があるならそれを聞きたくて、咲良は小さくうなずいた。

「理由なら、ちゃんとあるさ」

柊一の言葉の先を知りたいのに、低く囁《ささや》く彼の声は、至上の子守唄のように咲良を眠りの世界に誘《いざな》っていく。深い、眠りの深淵《しんえん》へ……

「……紺野？　何だよ、自分で振っておきながら寝るなよ」

柊一は腕の中で静かな寝息を立て始めた咲良を見て、苦笑いを浮かべる。しばらく咲良の寝顔を見つめ、それからそっと剥《む》き出しになった額《ひたい》に唇を寄せた。そして切なげに瞳を細める。

「……いつか、本当のことを言ったら、お前はきっと怒るんだろうな。でも……仕方がなかったんだ」

眠る咲良に話しかけるように、柊一はどこか苦しげに小さく呟《つぶや》く。それから咲良の体に巻きつけている腕に、ぐっと力を込めた。まるで、咲良をその腕の中に永遠に閉じ込めてしまおうかというように……

深い眠りの中にいた咲良には、知りようもなかったが。

咲良がプロジェクトに加わって三日、その日は史乃たちが打ち合わせのために企画室を訪れる日だった。

女性誌との共同企画といっても、毎回史乃たちが佐伯製薬にやってくるわけではない。

会議で決定したものを持ち帰り、それぞれが次の会議までにそれを詰めてくることになっていた。

「ねえ、あまりにもわかりやすいと思わない？」

呆れた口調でそっと咲良に話しかけてきたのは、庄司愛実だ。咲良が記憶をなくすほど泥酔《でいすい》してしまった飲み会以来、デスクが隣ということもあり、よく話しかけてくるようになっていた。愛実もまたこのプロジェクトに参加している。

「何がですか？」

何のことかさっぱりわからず、咲良はほんの少し首を傾《かし》げて愛実を見た。

「何がって……気合を感じない？」

愛実は苦笑いを浮かべながら、男性社員たちの方に視線を向けた。そう言われても咲良にはやはりわからず、更に首を傾げる。そんな咲良に愛実は苦笑いを深めた。

「本当に紺野さんって仕事以外には興味がないのねえ……独身男性の気合が今日は全然違うでしょう？　服装だって、髪型だって気合入りすぎ」

「そう、ですか？　まあ、確かにそんな気もしますね」

言われてみれば、男性社員たちはいつもよりスマートにスーツを着こなしている気がするし、髪型も整えられているように見える気がする。それよりも、どこかそわそわした空気が会議室に――企画室全体に漂《ただよ》ってる気がした。

「それよりも……皆さん、なんだか今日は落ち着きがありませんね」

「当たり前じゃない。今日は彼女たちが来る日だもの。そりゃあ、気合も入るでしょうね」

「そんなものですか？」

「そんなものでしょ？」

「でも仕事でここに来るだけで、別に婚活しに来るわけでもないでしょうに」

「まあそう言わないの」

愛実に背中を叩かれ、咲良は小さく咽《む》せた。

「仕事には関係ないような感情が、時には仕事にいい影響を与えるってこともあるんだから」

「そうでしょうか？」

「そうなのよ。紺野さんも覚えがない？　誰かのために頑張ろうって思う時、いつも以上の力が出せる感じ」

愛実の言葉に咲良は自分の記憶をぐるぐると巡らせる。柊一の顔が一瞬脳裏に浮かび、慌ててそれをかき消した。

「……さ、さあ。よくわかりません」

咲良の言葉に愛実は目を見開き、それから優しく目を細めて咲良の頭を撫でつけた。

「そっか。でもきっといつかわかると思うけど」

頭を撫でる愛実の手が何となくくすぐったい。その感触に、咲良は何かあれば頭を撫でてくる柊一を思い出していた。

あたたかい、優しいあの手の感触を――

愛実の手が頭から離れたことで、咲良ははっと我に返り、ぶんぶんと頭を振った。

「こ、紺野さん？　どうかしたの？」

「いいえ、別に……」

あくまでも何もなかったかのように答えようとしたが、つい声が裏返ってしまった。

無意識のうちに柊一のことばかり思い出すなんてどうかしている。

「あ、三枝さんだわ」

愛実の声に、咲良は顔を上げた。史乃と共に、ふたりの女性編集者が企画室に入ってくる。

その途端に、場の空気が急に変わった気がした。史乃はもちろんのこと、他のふたりもファッション誌の編集らしく華やかだ。そこはかとなく、甘い香りも漂《ただよ》ってきた。

プロジェクトに加入してから史乃に会うのは初めてだった咲良は、挨拶をしようと彼女のところに行こうとした。けれどその前に史乃と目が合い、彼女の方から駆け寄ってくる。

「咲良ちゃん、引き受けてもらえて嬉しいわっ」

「え？　あの」

急に駆け寄ってきた史乃に両手を握られ、咲良は目を瞬《またた》かせた。

「他にも仕事を任されていたっていうのに、無理を言ってしまってごめんなさいね」

史乃は握った咲良の両手を上下にぶんぶんと振りながら、早口で続ける。

「でも、どうしても咲良ちゃんと仕事がしたかったのよ。だから、本当に嬉しいわ」

目の前で整った顔に鮮やかに微笑まれた咲良は、思わずその笑顔に見惚《みと》れてしまった。

「これからよろしくね、咲良ちゃん」

自分が先に言おうと思っていた言葉を史乃から言われ、ぼんやりと彼女の笑顔に見入っていた咲良は、慌てて背筋を伸ばした。

「いえ、こちらこそよろしくお願いします。色々と勉強させていただくつもりです」

「ええ。これから一緒に頑張りましょうね」

握ったままの手をさらにぎゅっと握りしめると、史乃は誰をも魅了しそうな笑みを浮かべて、同僚たちのもとへと戻っていった。

「近くで見ると、驚異的に美人ね、彼女」

隣にいた愛実が、そっと耳打ちしてくる。確かに史乃は本当に美人だ。けれどそれを鼻にかけている様子は微塵《みじん》もない。それがより一層彼女を魅力的にしているのかもしれない。

「知ってた？　あなたをこのプロジェクトにって室長に頼み込んだの、三枝さんなんだって」

「え？」

それは初耳だった。確かに先方の希望とは聞いていたが、柊一の口から史乃の名前は出てこなかった。そこでふと、咲良は疑問を感じた。

史乃と会ったのは、数日前、彼女が企画室に来た時が初めてだ。どうして初めて会った史乃が、咲良のプロジェクト加入を柊一に頼み込んだりしたのか……。

「どうして私だったんでしょうか？」

思わず素直な疑問が口から出ていた。そんな咲良の言葉に、愛実は少しだけ驚いたような表情を向けてきた。

「意外。紺野さんでもそんなこと気にしたりするのね。理由はどうであれ、仕事は仕事として淡々とこなすものだと思ってた」

愛実の言葉に、咲良ははっとして息を詰めた。言われて初めてその事実に気が付く。

確かにそうかもしれない。今までの咲良なら、理由なんて気にもしなかっただろう。気にもしなかったどころか、理由なんてどうでもよかった。スキルアップのためのいい機会だと、仕事のことだけ考えていたに違いない。なのに……。

いつから理由なんてものを考えるようになったのか……その原因には心当たりがある。

咲良の周りで変わったことと言えば、たったひとつしかないのだから。

そう、柊一が咲良の部屋で暮らすようになった。それ以外には。

「そうですね、理由なんてどうでもいいですね。重要なのはこのプロジェクトを成功させることだけですから」

ぐっと中指で眼鏡を押し上げ、咲良は気持ちを入れ替えるべく大きく深呼吸した。

余計なことなど考えている場合ではない。せっかく手にしたチャンスを存分に活かすために集中するのが、今の咲良にとっては最優先事項のはずだ。人数が不足していたというような単純な理由だとしても、人一倍成果を上げて認めてもらえばいいだけの話だ。

咲良にとって仕事以外に頼りになるものなんてないのだ。柊一のテンポに引きずられ、これまで培《つちか》ってきたものを壊すわけにはいかない。

——これだから他人に関わるとろくなことにならないのよ……気を付けないと。

咲良はそう心の中で呟《つぶや》く。

余計なことに気をとられて失敗でもしたら、咲良が人生の目標に掲げる輝かしいライフプランまでぶち壊しになってしまう恐れだってある。

「よーし、じゃあ会議を始めるぞ」

丸めた資料で肩をたたきながら、呑気な声で柊一が会議室に入ってきた。あまりにも緊張感の欠片《かけら》もないその態度になぜか小さな怒りが湧き、咲良は無意識に彼をぎっと睨《にら》み付けてしまった。

気が付くとは思っていなかったが、よほど殺気《さっき》でも含んでいたのだろうか、柊一は咲良の視線に驚いたように頬を小さく引きつらせた。そんな柊一の表情に、咲良は気まずくなって視線を伏せる。

「じゃあ、みんな座ってくれ」

柊一の声に、ぐるりと円になったデスクにそれぞれが向かう。彼はホワイトボードの前に立つと、前回の会議の進捗状況も含めて進め出す。

資料を読み込んではいたので、大体の流れを掴むことは簡単だった。一回会議に出ていないというのは、大きなロスだ。だから他のメンバーから置いていかれないように、それこそ通勤途中や昼休みにも資料には徹底的に目を通しておいたのだ。

とはいえ自宅では、柊一に邪魔されてなかなか読めなかったが。それどころか読んでいる資料を取り上げられ、「資料も大事かもしれないが、あんまり最初から頭ん中がちがちにしていたらいいアイデアは浮かばないもんだぞ」と、説教くさいことを言われてしまった。

「それじゃあ、前回決めたようにそれぞれいったん持ち帰った内容を話し合ってくれ」

咲良以外のメンバーががたがたと立ち上がり、数人のグループに分かれ出す。グループ分けされているなんて初耳だ。資料にだって書いていなかった。自分だけどう動いていいのかわからずに戸惑っていた咲良に、柊一が声をかける。

「紺野、お前は三枝さんのところな」

「わかりました」

咲良を一瞥《いちべつ》しただけで、柊一は他のメンバーとの話し合いを始めた。その表情も声も、普段と違ってやけに素っ気ない気がする。

一見、不機嫌とも取れそうなその態度に、咲良はわずかに眉をひそめて彼の背中に視線を向けた。いつもとは違う印象の柊一に、心の中が急にざわめきだす。

——もしかしたら、さっき思い切り睨《にら》み付けてしまったのを怒っているのだろうか。……それともこのプロジェクトに参加したことがやっぱり気に入らないとか？

浮かんだネガティブな思いに、資料を持つ手に知らず力が籠《こも》る。

「咲良ちゃん、こっちよ」

声をかけられ、咲良はびくんと大きく肩を揺らした。

視線を向けると、にこやかに笑みを浮かべた史乃が、咲良に向かって手招きをしている。

「す、すみません。今行きます」

——だからっ、室長がどうとか、仕事には全く関係ないでしょう!!

心の中で柊一に気を取られていた自分を、咲良は激しく叱責する。

咲良がこれからもひとりで自立して生きていくためには、仕事は必要不可欠なもの。

柊一に気を取られている暇など、今の咲良には……というか、この先の咲良にも一瞬だってないはずだ。

ひとりで生きていくために。

どうしてか、胸の奥がチクリと痛んだ気がした。ほんの一瞬。

けれど今はその理由を考えている場合ではない。気持ちを入れ替えるため、軽く目を閉じて、自分の中から余計な物を追いだすように、ゆっくりと息を吐き出す。

それから閉じていた目を開け、手招きをしている史乃に駆け寄ると、咲良は丁寧にお辞儀をした。

「よろしくお願いします」

「ええ、よろしくね」

そう答えた史乃は、笑みを浮かべたまま、おもむろに手を伸ばすと、いきなり咲良の頬にぺたぺたと触れてきた。

「あ……の？」

さすがに唐突に頬を触られて言葉に詰まっていると、史乃は更にもう片方の手も伸ばして、両手で咲良の顔を撫で回し始めた。

これはさすがに「やめてください」などと反応した方がいいのだろうか……と思ったが、史乃があまりにも嬉しそうに自分の顔を撫で回しているので、黙ってされるがままになってしまう。

「ねえ、これ、お化粧ってファンデーションだけ？　コンシーラーとか使ってないよね？」

いきなりの質問に、思わずたじろぐ。

「え、ええ。そうですが」

「それでこんなに綺麗なんて、羨《うらや》ましすぎるわっ」

瞳を輝かせながら、今にも頬ずりしてきそうな史乃に、さすがに咲良も仰《の》け反《ぞ》った。

「ねえ、毎日の肌のお手入れはどうしてるの？　こだわりの洗顔方法があったりする？　どこのメーカーの基礎化粧品を使っているの？　肌にいいものを食べるようにしているとか？」

「はいはい、史乃さん、そこまでにしてくださいね。彼女、困ってますから」

矢継《やつ》ぎ早《ばや》に質問を浴びせかけてくる史乃を遮《さえぎ》ったのは、彼女と同じ女性誌の編集者だ。女性らしい史乃とは正反対のボーイッシュな印象ではあるが、彼女もまた綺麗な顔立ちをしている。

「すみません、うちの編集長、一旦スイッチが入ると周りが見えなくなるもので」

「そんな変なスイッチ、持《も》ってないわよ、私」

同僚の言葉に、史乃は拗《す》ねたように口を尖《とが》らせる。そんな表情もまた、史乃がすると妙に可愛らしく見える。自分がしたらきっと小憎たらしく見えるだけなんだろうなと、咲良は思った。

「持ってるじゃありませんか。夢中になったら寝食も忘れて仕事に没頭。そんなだから美人のくせに彼氏のひとりも出来ないんです」

「そんなことないわよ。でも、男もいいけどやっぱり仕事も魅力的だわ」

「そんなこと言っていたら、一生ひとりかもしれませんよ？」

「その時はその時よ。ひとりでも生きていけるように、今から貯蓄してるもの」

仕事の話も咲良の話もそっちのけで会話を続けるふたりを、咲良は見つめることしか出来ない。割って入ろうにも、こんなマシンガンのような会話に入り込むのは不可能だ。それだけでなく、史乃がさっきから口にしている言葉は、自分の考えともよく似ていて興味深かった。

「……て、あっ。ほらまた仕事の話からずれてるじゃないですか。史乃さんたら、いつもこうだから仕事の進みが遅いんですよ」

彼女は呆れたようにそう言ってから、黙って立ったままの咲良に苦笑いを向けた。

「すみません、すっかり脱線してしまって」

「いいえ。それで仕事の内容なのですが……」

史乃のチームがどんな仕事をしているのかについて、資料にはもちろん書いてはいなかった。けれどデスクの上に写真や原稿が散らばっているところを見ると、記事の構成などを担当しているのかもしれない。

「咲良ちゃんには、新商品の化粧品の特集ページを作る手伝いをしてもらいたいの」

史乃の言葉に、咲良は一瞬戸惑った。

雑誌の編集作業など、経験がない。何をしていいのかもわからないし、かえって足手まといになってしまう気がする。それでもやりもしないで「出来ない」と言うのは性に合わない。

「わかりました。私に出来ることなら」

「大丈夫よ、今のところ咲良ちゃんしか出来る人はいないから」

「え?」

それは一体何かと聞く前に、史乃が咲良の手をがっちりと握り締めてきた。

「咲良ちゃんにはその肌を貸してもらいたいの」

「は……?　肌、ですか?」

思いもしない言葉に、咲良は顔をしかめた。だがそんな咲良の様子を気にすることもなく、史乃は一層笑みを深めると、まくし立てるように一気に口を開いた。

「そう。実際の使用感なんかを特集ページに載せたいのよ。モデルを起用しようかとも思ったんだけど、モデルだとあんまり親近感が湧かないじゃない。どうせ、もともと手入れしてるんでしょ?　みたいな。それに、モデルを使うとなると他の費用を削らなくちゃいけないもんだから。だから編集部の人間を使おうかって話にもなったんだけど、なかなかいなくてね……ほら、スッピン晒《さら》すのはどうしても嫌だって言われちゃったらどうしようもないじゃない？　やってくれそうな子が見つからなくて、もうこれはモデルを起用するしかないかなって思ってた時よ、咲良ちゃんに会ったのは」

そこまで言って史乃はいったん言葉を切って、真っ直ぐに咲良を見た。

「だから咲良ちゃんには、実際にコスメを使ってもらって、その使用感を特集ページに載せたいのよ」

史乃の言葉に咲良は目を瞬《また》かせて、一気に流し込まれた情報を必死に頭の中で整理した。

「それは……」

たどり着いた結論に、咲良は苦い思いを堪《こら》えるため、唇を噛む。

「必要なのは私の肌、ということでしょうか」

自分の能力が買われたわけではなく、必要なのは表面だけ。たまたま史乃の目に留まったのが咲良の肌だっただけで、咲良じゃなければならなかったわけではない。

「そうよ。不満？」

真っ直ぐに見つめてくる史乃は、咲良の瞳の奥を覗き込んでくる。試されているような気にもなる史乃の視線に、咲良はゆっくりと首を振った。

「いいえ、不満なんてありません」

理由はどうあれ参加することが出来る。だとしたらこれはチャンスだ。

はっきりそう答えると、それまでまるで吟味《ぎんみ》するように咲良を見つめていた史乃の瞳が、ふっと細められた。

「そう、よかったわ。そんな仕事は出来ませんなんて断られるんじゃないかって、正直心配してたの」

「仕事ですから」

与えられた仕事の内容はどうあれ、プロジェクトに参加出来るのと出来ないのとでは、天と地ほども差がある。メンバーになれれば、プロジェクトに関して意見を述べることだって出来るのだから。

「それで三枝さん」

「史乃でいいわ。他のみんなにもそう呼んでもらってるし。堅苦しいのは嫌いなの」

「では、史乃さん」

「何？」

「ひとつ提案なのですが、いいでしょうか？」

「ええ」

そう、要は認められる仕事をすればいいのだ。

「雑誌に付録としてコスメサンプルをつけるというのはどうでしょうか？　特集を組んでいるコスメのサンプルをつけるのは実用的だと思うのですが」

　咲良の提案に、史乃は興味深そうな表情を見せる。

「ただ……読者が雑誌の付録として、コスメのサンプルを欲しがっているかどうかのデータはありませんので、その辺りは一度調査する必要もあるかとは思いますが」

　正直、何のデータも取っていないただの思いつきなので、あまり自信はない。柊一に資料を取り上げられている間に思いついたのだ。彼の言う通り、ただ資料を眺めていただけでは思い付かなかっただろう。

　こういう提案は、プロジェクトに参加していなければ出来なかったことだ。

「付録ね……そうね、特集されているものがすぐ使えるなんて、それはいいわね」

　史乃は俯《うつむ》いてほっそりとした指を口元に添えると、ぶつぶつと独り言を言っている。

　そして顔を上げると同時に、腕を広げて咲良の体を抱きしめた。……ぎゅっと。

「いい案だわ。でもコストとかの問題もあるから、それは佐伯室長にも相談してみないと」

　間近で微笑む史乃の顔は、同性の咲良から見ても文句なしだ。更には、密着した体……身長差があるので咲良の鎖骨の辺りに、豊満な二つのふくらみがぎゅうぎゅうと押し付けられている。咲良のものとは比較にならないほどの大きさと弾力に、何だか女としての格差を感じてしまった。

「善は急げだわ。さっそく佐伯室長に相談してくるわね」

そう言って史乃は背を向けると、柊一のいる方へと走り出そうとして……けれど振り返って咲良のところに戻ってきた。

「やっぱり製品開発部の人たちの言うことは正しかったわ」

「何がですか？」

「製品開発部の人が教えてくれたのよ。サイボーグ並みにしっかり仕事をしてくれる子がいるって。だから一緒に仕事をしてみたいって思っていたのよ」

史乃はそう言うと、ウインクして再び咲良に背を向けて小走りに行ってしまった。

「……サイボーグ」

ぽつりと呟《つぶや》き、咲良は首を傾《かし》げた。

もしかして今のは褒《ほ》められたのだろうか、と考えを巡らせる。今までずっとサイボーグなんてあだ名は悪い意味しかないと思っていた。けれど、史乃の口から出たサイボーグという言葉は、決して悪意のあるものではなさそうだ。

「そういう意味もあったんだ……」

そういう意味でのサイボーグなら、悪くはないと思った。

期待してもらえるのなら、いくらでもサイボーグ並みに働こうと、咲良は心の底から思った。

その日の夕食のメニューは、ご飯にから揚げ、きゅうりとわかめの酢の物、それから味噌汁。咲良は「いただきます」を言うと、それらの食事を黙々と口に運び始めた。咲良に倣《なら》って、柊一も「いただきます」を言って夕食を口にし出す。

「よく短時間でこれだけ作れたな。感心するよ」

「別に……感心されるほどもありませんが」

「いや、大したものだよ。毎日悪いな」

柊一はそう言うと、腕を伸ばしてくる。いつものように頭を撫でられるだろうことを察し、咲良は思わず体をそらして彼の手を避けた。

一瞬の沈黙に眼鏡の奥から柊一を窺《うかが》うと、彼はひどくおもしろくなさそうに片眉を跳ね上げている。そして何が何でも咲良の頭を撫でようと、その身を乗り出してきた。

ぐっと自分の方に迫る手の平を、咲良は体を右に傾けて回避する。それを追って右に伸びてきた柊一の手を、今度は体を左側に傾けて回避。

体を左側に傾けたままで柊一の次の動きを窺っていると、彼は仰々《ぎょうぎょう》しいほどのため息をついて腕を引っ込めた。

そして椅子の背もたれに体を預けると、不満げな視線を寄越してくる。

「どうして避ける」

射るような柊一の視線が居心地悪く、咲良は視線をそらした。

「撫でられると、ペットにでもなったような気になるので」

……というのは、建前だ。触れられたくないのだ。触れられてしまうと、咲良の中に柊一が入り込んできてしまう気がするから。ふとした拍子に、つい柊一のことを考えてしまう自分に、これ以上慣れてしまうのは困る。

手の温もりに慣らされてしまうのは困る。

「どうして今更。今まで散々黙って撫でさせてたくせに」

「そ、それは……回避するスキルを獲得できていなかっただけです」

何だその言い訳は、と自分でも思ってしまう。いっそのこと「触られたくない」と言ってしまえばてっとり早いだろう。だが、柊一がどんな顔をするか考えると言えなくなってしまった。

いや、いっそ言ってしまえば柊一は出て行ってくれるかもしれない……だったら言ってしまえばいいのに。でも……だけど……

頭の中で整理のつかない感情がぐるぐるし、咲良はギュッと目を閉じて取りとめのない感情を頭の中から必死で追いだそうとする。

「へえ、じゃあそのスキルを獲得したから、回避するってわけか」

「……はい」

柊一を真っ直ぐ見ることが出来ず、咲良は夕食を口に運んだ。

「……なるほどね」

そう呟《つぶや》いた柊一は、がたんと椅子を鳴らして立ち上がった。そして咲良の横に来ると、おもむろにしゃがみこんだ。

「紺野」

間近で名前を呼ばれ、さすがに見ないわけにはいかず、咲良は首をひねるようにして柊一の方を見る。

「何ですか？」

と、口を開こうとしたが、その言葉は喉の奥で泡のように弾けて消えた。

「……んっ」

後頭部を抱え込まれ、柔らかく唇が重ねられる。咄嗟《とっさ》の出来事で、手には茶碗も箸《はし》も持っていてどうすることも出来ない。それでも何とか抵抗しようとしたが、それよりも早く柊一の唇は離された。

「な、何を……っ」

突然のキスに、顔は一気に熱を帯び、目の前がちかちかする。手に持っていたお茶碗と箸をテーブルに叩きつけるように置き、動揺しているのを見られたくなくて、咲良は思い切り顔をそむけた。

動揺している顔……というよりは、たぶん盛大に真っ赤に色付いているだろう顔を。

心臓が脈を打つ音が、ものすごい勢いで鼓膜を震わせている。

「こっちの回避スキルはまだ獲得出来ていないみたいだな」

柊一が再び自分の場所に戻る気配と共に、激しい心音にまじって彼の満足げな声が聞こえてきた。満足げで、更には挑発的な声が。

「まあお前のことだ。しばらくしたらまた回避スキルを獲得するんだろうな。でもそれでいい。お前が回避スキルを獲得する度、俺は別の方法を考えるだけだ。次はどうやろうかと思うだけで楽しくなるよ」

艶《つや》を纏《まと》ったようなその声色に、背筋がぞくりとする。恐怖心ではなく、別の……何か、自分の深いところがぞくりと波打つ感覚。

「……趣味が悪いですね。私を困らせて楽しいですか？」

横目で柊一を窺《うかが》うと、彼は面白そうにテーブルに肘をついて身を乗り出してきた。

「困るのか？」

「困ります。当たり前じゃないですか」

「そうか、困るのか」

困ると言っているにもかかわらず、柊一は相変わらず妙に楽しげだ。

「……楽しそうですね」

「ああ、楽しいよ」

あっさりと肯定した柊一に、咲良は眉をひそめる。

「人を困らせて楽しいだなんて、ドSですか？」

ぼそりと呟《つぶや》いた言葉に、柊一は数瞬目を瞬《また》かせ、それからくくっと喉を鳴らした。何だかバカにされた気がして、咲良はむっと口を引き結ぶ。

「俺は別にサドでもなんでもないよ。それはお前だって知ってるだろ？　俺がお前にひどくしたことがあるか？」

「え？」

柊一が何のことを言っているのかわからず、今度は咲良が目を瞬かせる。そんな咲良の表情を見て、柊一は更に喉の奥で笑った。

「だから、そりゃあ半強制的に服は脱がすかもしれないけど、その後はひどいことしないだろ？　むしろかなり優しいと思うんだけど、違うか？　まあ、正直なところ、ちょっとした興味で縛ってみたいとか目隠ししてやろうかとか思わないこともないけどな」

怪しげな色香《いろか》を隠そうともしない眼差しに、咲良の頭が一瞬真っ白になる。そして次の瞬間、柊一に抱かれている情景を一気に思い出してしまった。しかも、鮮やかな感触付きで。さっきとは比較にならないほど強烈な波が、咲良の体の一番深いところをざわつかせる。体から力が抜け落ちてしまいそうだ。

「……っ、やっぱり室長は立派なサドだと思います。からかうのはよしてください」

「別にからかっている気はないけど？　俺としては一度たりともお前をからかった覚えはない」

テーブルに肘をついたまま、柊一はやたらと優しい眼差しを咲良に向けている。

からかっていないのなら、どういうつもりだと言うのだろうか。このふざけているとしか思えないゲームでさえ、からかいでないとしたら……

――本気で私を欲しがっている？　まさか……そんなこと……

とくん、と胸の奥が鳴った気がした。

その身に覚えのない音にひどく驚いて、咲良は咄嗟《とっさ》に庇《かば》うように胸の辺りに拳《こぶし》を押し付ける。じんわりと、胸の奥に痛みが走る。

その痛みは一瞬で消え去ったが、咲良の眉間に刻み込まれたしわは、その痛みが消え去ってからもなくなることはなかった。感じたことのない痛みに、咲良はすっかり戸惑ってしまう。

「どうした？　難しい顔して……何か悪いことでもあったのか？」

「室長がゲームから降りてくれないことです」

いつもの質問に、つい反射的に答えてしまう。

「またそれか」

「またそれです」

「いい加減、別の答えを考える気にはならないのか？」

「室長がゲームを降りないうちは、無理です」

咲良の言葉に柊一はいつものように、くくっと喉の奥で笑った。その笑い声についほっとする自分がいる。

「じゃあ、いいことは？　何かあったか？」

やはりいつも繰り返されている質問に、咲良は「あっ」と小さく声を上げた。何も意識しないままに勝手に口が動き出す。

「今日、三枝さんから製品開発部の人が、私をサイボーグと言っていたんだと聞きました」

「それって……いいことなのか？」

微妙な表情で首を傾《かし》げる柊一に、咲良はいいことに決まっているとばかりに何度もこくこくとうなずいた。頬の筋肉がふっと緩《ゆる》む。

「はい。私をサイボーグ並みにしっかり仕事をするって言ってくれていたそうです。だから三枝さんは私と仕事をしたかったって……私ずっとサイボーグって言葉には悪意しかないと思っていたんです。でもそうじゃなかったんだって思ったら、急にサイボーグって呼ばれるのも悪くないなって……っ」

そこまで一気に話をして、咲良ははっと我に返った。真っ直ぐに見つめてくる柊一の瞳と出会い、思わず口元を手で覆う。そしてそのまま思い切り顔を俯《うつむ》けた。

恥ずかしい。

そんな感情が急激に湧き上がってきて、いたたまれない気持ちになる。思いつくままに自分の感情をべらべらとしゃべってしまった。しかも、きっと顔が綻《ほころ》んでいたに違いない。

「えっと……あの、ど、どうでもいいですよね、こんな話」

サイボーグの意味なんて、柊一にとってはどうでもいいに違いない。そのどうでもいいことをこんなにも嬉しそうに話してしまった自分が、とてつもなく恥ずかしい。

あまりにも自分らしくなく、子供じみていた気がして、咲良は口を噤《つぐ》んで肩を縮こめる。けれど。

「何が？　どうでもいいわけないだろう？　俺はそういう話が聞きたかったんだ。お前が考えているどうでもいいようなことが、一番知りたいんだ」

「……え？」

予想に反した柊一の言葉に、咲良は目を瞬《また》かせて顔を上げる。そこには、嘘の欠片《かけら》も見当たらない、柊一の表情があった。

「よかったな」

柊一がテーブル越しに手を伸ばして咲良の頭を撫でてきた。さっきはあれ程頭を撫でられることに抵抗があったのに、咲良は自分でも理由のわからないままに、柊一の手を受け入れていた。

嫌だなんて少しも思わなかった。それどころか、その手の温もりが心地いい。

「でも、俺は知ってたぞ。サイボーグのもうひとつの意味ぐらい」

「……本当ですか？」

「もちろん、俺が知らないわけがないだろ？　当たり前だ。本当だぞ？　知ってたからな」

何だか少しだけムキになっているかのような柊一の言葉に、ついくすっと笑みが零《こぼ》れ落ちる。

「嘘っぽいです」

「嘘じゃない」

「ふふ」

自然と笑みが湧いてきて、咲良は小さく声を上げて笑っていた。こんなふうに人前で声を出して笑うなんて一体どれくらいぶりだろう……そんな疑問さえも浮かんでこない。

ただ自然に。本当に自然に笑っている自分が心地よかった。

「お前さ」

「何ですか？」

「いつもそうやって笑ってろよ」

穏やかな笑みを浮かべているくせに、それでいて真っ直ぐで真剣な声音に、咲良は思わず笑みを浮かべたままで固まってしまった。心臓がきゅっと小さな音を立てた気がする。けれど自分の中で響いたその小さな音を認めてしまうのが怖くて、咲良は誤魔化すように視線を彷徨《さまよ》わせた。

そして、この変な空気を変えたくて、プロジェクトの件を持ち出そうと口を開く。

「あの、室長」

「ん、何だ？」

今日史乃と話していた、サンプルを付録《ふろく》に付けるという案について話をしようと思ったのだが、「あの」と口を開いた途端に、何か思いついたような柊一に片手で制される。

「ちょっと待て。今更なんだが、その室長って呼び方はあまりにも色気がないと思わないか？」

「は？」

彼の口から突然飛び出した言葉に、咲良は間の抜けた声を出してしまった。そんな咲良にお構いなしで、柊一はひとり納得したようにうんうんとうなずいている。そしてすっと視線を上げ、咲良を真っ直ぐに見つめてきた。

「咲良」

「は、はい」

名前を呼ばれ、うっかり素直に返事をしてしまう。返事をしてしまった手前、「急に馴れ馴れしく呼ばないでください」とか文句を言うタイミングもなくしてしまった。

「今日から仕事が終わったらお前のことは咲良って呼ぶようにする。ここは会社じゃないんだから、お前も室長じゃなくて名前で呼べ。いいな？」

「ええっ。い、嫌ですっ」

咄嗟《とっさ》に口から出た言葉に、柊一は不満げに眉を寄せる。

「嫌ってなんだ。もう決定したんだ。これは上司命令だからな」

「ここは会社じゃないんです。だったら上司命令なんて無効です。聞けませんっ」

彼の言葉の矛盾点を突くと、柊一は悔しそうに「ちっ」と舌打ちをした。が、数瞬後、彼は何やら考えを巡らせ、真っ直ぐに咲良を見つめると、どこか物悲しげな表情を見せた。

元々が綺麗な顔立ちなのだ。そんな悲しげな表情をされると、何だか妙に絵になってしまう。

「お前に室長なんてよそよそしい呼び方をされたくないんだ……ダメか？」

そう言って寂しげな笑みを浮かべる柊一に、咲良は頭を抱えたくなった。

そんな顔は反則だと心の中で喚《わめ》く。物悲しげな表情はあまりにも完璧で、柊一が計算ずくなのだとわかる。

わかりきっているが、罪悪感を刺激されてしまって、はっきりきっぱり断れない。

ほんの数週間前ならば、余裕でお断りしていたであろう自分を、咲良はもう思い出すことさえ出来ないでいた。

唇を噛んだままで押し黙っている咲良に、柊一はなおも迫る。

「簡単だろ？　柊一って言えばいいんだよ。ほら、言ってみろ」

ほらほらと迫られ、咲良は唇を噛んだまま上目遣いに柊一を睨《にら》み付けた。

さっきまでの物悲しげな表情はもうかなり崩れている。口元を片方だけ持ち上げたその顔は、完全に困っている咲良を楽しんでいるようだ。いや、楽しんでいるに違いない。

「言わないと、キスするぞ」

「何ですかそれはっ」

「脅し。嫌なら名前で呼んでみろ」

柊一はテーブル越しに身を乗り出すと、両手で咲良の頭をがっしりと包み込んで引き寄せる。こつんと額《ひたい》を合わせられ、至近距離で見つめられる。栗色の瞳の中に、甘やかで危険な光が灯《とも》っているように見えるのは、咲良の気のせいだろうか。

「ほら……言わないと本当にキスするぞ？　それとも、キスされたいのか？」

「ちっ、違います」

「じゃあ言ってみろ。言わないなら、俺にキスされたいと思っていると見なす。もちろん、それ以上のことも望んでいると見なす」

なんだそれは！　意味がわからない！

心の中の叫びは、けれど言葉にはならなかった。

至近距離から見つめられ、栗色の瞳に映った自分の姿を見ていると、何だか頭の中がぐちゃぐちゃになってくる気がするのだ。訳がわからなくなる。いつもの自分ではいられなくなってしまう。どうしていいのか……全然わからない。

「そうか、言わないってことはキスもそれ以上もされたいんだな？」

それでなくても近い柊一の顔が、更にゆっくりと迫ってくる。咲良はそれを押し退《の》けることも出来ずに、ぎゅっと強く目を閉じた。

うるさいを通り越して、最早《もはや》煩《わずら》わしいとさえ感じる心臓の音に、まとまらない思考は更にかき乱され、もう何も考えられない。

身動き出来ないまま、唇に柔らかな温もりがほんのわずかに触れた時だった。テーブルの上に置いてあった咲良の携帯電話が、けたたましい着信音を響かせた。

「いいタイミングで」

ちっと舌打ちまじりにそう言って、柊一が咲良から身を引く。

金縛りが解けるようにびくんと体を揺らし、咲良は慌てて携帯電話に手を伸ばす。助かったと心の中で大いに安堵したことは、もちろん内緒だ。

このタイミングで電話をくれた相手にお礼のひとつでも言いたい気持ちでディスプレ

イを見た咲良は、携帯に伸ばしていた手をぴたりと止めた。そして着信音を響かせるそれを手に取ることなく、指先を引っ込めてしまった。

「どうした？　出ないのか？」

柊一が訝《いぶか》しんで声をかけてくる。

「……いいんです」

咲良は着信音を無視して立ち上がると、食べ終わった食器を台所に運ぶ。そんな咲良の様子に、柊一の方が慌てた様子で携帯電話を手に取って差し出してくる。

「いいってことはないだろ。だってこれ……」

「いいんです！」

咲良は咄嗟《とっさ》に差し出された携帯電話を払い除《の》けてしまった。柊一の手から弾き飛ばされた携帯電話は、鈍い音を立てて床の上に転がる。それと同時にしつこく鳴り響いていた着信音もやっと途切れた。

柊一は小さくため息をつくと立ち上がり、体を屈《かが》めて携帯電話を拾うと、それを咲良に差し出してくる。

「そんなに乱暴に扱ったら壊れるだろう？」

柊一は至って穏やかに咲良に話しかけてくる。怒られでもしたならば「余計なことをしないで」と、意固地になってしまっていたかもしれない。

けれど柊一の静かな雰囲気は、咲良の心を落ち着かせてくれた。

「すみませんでした……手は痛くありませんでしたか？」

「ああ、別に何ともない。気にするな。それよりも、電話……お母さんからだろ？」

ディスプレイの表示が見えたのだろう。どこか気遣わしげな声に、咲良は小さくため息をついた。そして使い終わった食器を台所に運びながら、ぼそぼそと話しだす。

「いいんです……今更、話すことなんてないんです」

シンクに置いた食器が、がしゃんと思った以上に大きな音を立て、咲良はもう一度小さく息を吐き出した。柊一は咲良の言葉を待つように、黙ったままだ。

「もう、何年も連絡なんてなかったのに。自分の都合で捨てられたり助けを求められたりするのは、もううんざりなんです。どうせまた、何か困ったことがあって私をあてにしているだけなんですから」

柊一に話す必要なんてないのかもしれない。でも……

――そうだ、一緒に生活をするのなら、また電話がくるかもしれない。その時にまた今のようなやり取りをするのも面倒だし、室長には知っておいてもらった方が都合がいい。

言い訳じみた理由に咲良はあえて自分を納得させ、言葉を続けた。

「以前にもお話ししましたが、私は何度も母に捨てられているんです。なのに今更何を……勝手な都合で、捨てたり戻ってこられたりしても迷惑なだけです」

そこで言葉を切って、咲良はぐっと唇を噛んだ。

どんどん忘れられていく自分を自覚することは、幼かった咲良にとって身を切り裂《さ》かれるような苦痛だった。寂しくて、不安で。でも……微かな希望も捨てられずに。

男の人と別れると、母親は何食わぬ顔で咲良のもとに戻ってきた。けれど、同じことの繰り返しだった。好きな人が出来ると咲良は捨てられ、別れると戻ってくる。寂しいのは辛くて、咲良は苦しい思いを抱きながらも何度も何度も母親を受け入れてきたのに……結局咲良が高校生の時に出て行ったきり、母親は戻って来なくなってしまった。

そして、咲良は思ったのだ。

――もう、期待しない。信じない。たったひとりで生きていってやる……

離れて暮らしていた母方の祖母に助けられながら、何とか高校を出て、大学は奨学金とバイトをしながら自分の力で卒業した。優しかった祖母は二年前に他界してしまった。

それからは、ずっとひとりで頑張ってきたのだ。

今更、母親と話すことなんて何ひとつない。

「……まあ、私にも色々とあるわけです」

これ以上何か言葉を発してしまえば、弱い自分を晒《さら》してしまいそうな気がする。咲良はまだ溢《あふ》れてきそうになる言葉達を、ぐっと呑み込んだ。

一度でも弱気な自分を見せてしまうと、後に戻れないような気がしたから。強がることさえ出来なくなってしまうような気がしたから。

「そういうことですので、これからもし母親から連絡があっても私は電話に出る気はありません。室長も気になさらないでください」

今の話で多少は、咲良が母親からの電話に出たくない気持ちはわかってもらえただろう。それ以上の個人的な感情は口にするべきではないと、咲良は思った。

これ以上は何も話す気はなく、咲良は柊一に背中を向けて食器を洗いはじめた。

自分の記憶も、この食器に付いた汚れのように、簡単に洗い流せたらいいのに……

そんなことを考えながら必死に食器を擦《こす》っていた咲良の体は、何の前触れもなく床から数センチ浮き上がった。

「な、何をしているんですか？」

甲高い叫び声をなんとか堪《こら》え、眼鏡の奥から咲良を浮き上がらせている張本人を睨《にら》み付けた。

「何って……わかるだろ？　持ち上げてるんだけど」

「持ち上げていただかなくても、私には立派に動く足があるので、下ろしてください」

下ろしてくれと暴れれば、かえって柊一を面白がらせてしまう気がする。なので、咲良は至って冷静に言葉を発した。だが……

「嫌だ」

やっぱり簡単には離してもらえないか……と半ば諦めにも似たため息を小さく吐いて、咲良は首を傾《かし》げる。

「このままベッドに運ぶ気ですか？　まだ食器の片付けが終わってないんですが」

と、単刀直入に尋ねると、柊一は苦笑いをした。だが苦笑いしただけで、咲良の言葉を否定もしない。

台所のシンクには、まだ泡の付いた食器が積み上げられている。せめてこれを洗ってしまいたかった。柊一に散々抱かれた後では、出来る気がしない……

「そんなもの、明日俺が出社する前にささっと片付けてやるよ」

「……本当ですか？」

咲良は柊一の寝起きの悪さをよく知っている。毎朝、散々目覚ましのアラームが鳴っても目を覚まさず、朝食の匂いにつられてやっと布団から這い出してくるのだ。そのため咲良は、相当疑わしげな視線を柊一へと向ける。その視線の意味に気が付いたのか、柊一はばつが悪そうに視線を泳がせてから、小さな声で「もちろん」と言った。

「信用ならないので、やっぱり下ろしてください」

「わかった。明日は必ず早起きする。誓ってもいい。だから信用しろ」

どこか甘い光を湛《たた》えた瞳に見据えられ、咲良は諦めて肩を竦《すく》めた。抵抗しない咲良を満足げに眺め、柊一は咲良をベッドに運び横たえる。そしてゆっくりと覆い被さってくると、顔にかかる咲良の黒髪をそっとよけた。

「抵抗しないんだな」

「抵抗したら、やめますか？」

「いや、やめない」

「ですよね。だから無駄な抵抗は諦めたんです」

「諦め……ね。まあ、今はそれでもいい」

柊一は咲良の黒髪を一房手に取ると、それに唇を押し当てた。獰猛《どうもう》な獣のような目をしながらも、優しく繊細なその動作に、咲良の体の奥がずきりとする。それは否定のしようもない、甘い疼《うず》き。

「本当は俺に抱かれたいとか……思ってるなんてことは」

「あるわけないじゃないですか」

速攻で否定したものの、心の中は裏腹だ。

この先を期待してしまっている自分を、もう否定出来ない。

……甘く痺《しび》れるような、あの一瞬を。

「……へえ、そうか。これはまだまだ俺の努力が足りてないんだな。もっと頑張らないと」

するりと眼鏡を外されると、唇が重ねられた。柊一の舌で口内を掻き混ぜられ、頭がぼんやりとしてくる。

本当は、抵抗しないんじゃない。抵抗出来ないのだ。

わずかに唇が離され、咲良は睫毛《まつげ》を揺らして瞳を開く。眼鏡のレンズという、咲良にとっての防御壁のない状態で間近に視線がまじり合い、慌てて絡み合った視線を引きはがす。真っ直ぐに、瞳の奥まで覗き込んでくるような、柊一の栗色の瞳がどうしてか怖い。けれど彼の手の平に両頬を挟まれるようにして、無理矢理に視線が合わされてしまった。

「目をそらすんじゃない」

甘くて、切なげで、色っぽくて、そして……とても真剣な、強い視線がそこにはあった。

「目をそらすな。大丈夫だから」

そう言いながら、柊一は頬を挟みこんでいた手をずらして咲良の体をゆっくりとなぞり始める。

服の裾から忍び込んできた冷たい指先が素肌に触れ、体がびくんと揺れる。なだらかな腹部をするりと撫で、ブラを押し上げると、その手が直接胸に触れてくる。

「……っ、あ」

くっと指で胸の先を挟まれ、捏《こ》ねるように転がされた。それほど強い力でもないのに、生まれる刺激はとてつもなく大きくて、ふるりと体が震える。胸の先がきゅっと硬く立ち上がっていくのが、咲良にもはっきりとわかった。

「い、や……ンッ」

「嫌？　本当に？」

優しい笑みを浮かべているくせに、その口調はどこか意地悪だ。咲良が本気で「嫌だ」と思ってなどいないということをよく知っているのだ。

胸をいじっていない方の手が動き、頬から鎖骨、胸から腹部と滑らかに咲良の体を下っていく。そしてその指先は慣れた手つきで咲良のショーツの中に忍び込んだ。

「ほら……嫌だなんて思ってない」

その言葉に、かっと頬に熱が集まる。柊一がゆっくりと指を動かす度に、くちゅくちゅと濡れた音と甘い吐息が静かな部屋に響く。

「……ん、っく、ぁあ、……っあ」

指先が敏感な花芯に触れる度、体の中を焼けつくような刺激が走り抜ける。びくびくと反応してしまう体も、我慢しても漏れだしてしまう切れ切れの嬌声《きょうせい》も、止める術《すべ》はない。自分が今どれだけ蕩《とろ》け切った顔を柊一の目に晒《さら》しているのか、咲良には想像も出来ないし、想像したくもない。きっと、すごく恥ずかしい顔をしているに違いないのだから。

そんな顔を見られたくないのに、柊一は相変わらず鼻先が触れ合いそうなほどの至近距離から、咲良の顔を見つめてきている。

「み、見ないでくだ、さい……っ」

柊一の真っ直ぐな視線に耐えきれず、咲良は思わず両手で顔を覆った。これ以上、恥ずかしいほどに感じた顔など見られたくはない。

「手をよけなさい」

耳元で囁《ささや》かれた声はいつになく威圧的で、咲良は思わず顔を覆った手をそっとずらしてしまった。

「よけて」

従う必要などないはずなのに、咲良は言われるがままゆっくりと顔を覆っていた手を外した。柊一が怖かったからではない。その声がどこか切迫した響きを含んでいたから。目の前にある切なげなその顔は、はっきりとした欲望に彩《いろど》られていて……

「……っん！　あ、んぁああっ、や、だ、ダメ……ッ」

花芯を弄《いじ》っていた指先が突如咲良の中をぐっと貫いた。長くしなやかな指先で掻き混ぜられると、頭の中が真っ白になってくる。強すぎるその刺激に、わずかに残っていた理性さえも、鋭利なナイフでズタズタに切り裂《さ》かれていくようだ。

「ん、あっ、ふぁああっ、や……ダメ……み、見ないで」

快楽に支配された恥ずかしい顔を見ないで。こんな顔を見られてしまったら……

「嫌だ」

快楽に追い詰められ、潤《うる》んだ視界の向こう側に、苦しげでいて、それでも安心させるかのように優しい笑みを浮かべる柊一の姿があった。

「俺が見たいんだ。お前でさえ恥ずかしがるような顔も……全部。だから、見せてくれ」

「んん……っ、ああっ」

何か、可愛げのない言葉を口にしようと思った。けれど、一層激しく体内を掻き混ぜられ、もう何を口にしようとしていたのかさえも思い出せない。大きな波が押し寄せ、どんどん咲良は追い込まれていく。それでもやはり羞恥心《しゅうちしん》が勝って、唇を噛んで必死にその波に耐える。

潤んだ瞳をきつく閉じれば、熱い涙が一筋頬を伝った。

「ほら、こっち見ろ。いつまでも我慢してるな」

「そんな、ことを、言われて……もっ、……ん、く」

感じる場所を指で突き上げられる。びくんと体を震わせながら、顎《あご》を持ち上げてその白い首筋を柊一の前に晒《さら》す。そこに、柊一はかじりつくように吸いついてきた。そしてその唇は首筋から顎へ、そして頬へ押し当てられ、最後に唇を塞《ふさ》ぐ。

柔らかく、慈《いつく》しむように唇を吸われ、咲良はゆっくりを瞼《まぶた》を上げた。真っ直ぐに熱のこもった眼で見つめてくる柊一と視線が重なり、胸の奥の方が壊れそうな音を立てた気がした。

「どんなお前だって、俺はお前のそばを離れたりしない。ずっとお前のそばにいる。だから……心配するな」

そう言って微笑む柊一を、咲良は素直に綺麗だと思った。初めの頃に感じた、絵画を見た時に感じるような「綺麗」ではない。なにか、別の……そう、柊一の存在そのものが「綺麗」に見えた気がした。

「だから……もっと俺に見せろ」

「あ……っ、んぁんっ、ダ……あ、んっ、ぁあああ！」

さっきから咲良を押し流そうとしていた波が、柊一の指で抉《えぐ》られているところから一気に爆発して、体が燃え立つように熱くなる。目の前に白く火花が散り、呼吸さえも出来ないほどの痙攣《けいれん》が体を襲った。

意思とは無関係に中に埋まっている柊一の指を締め付けながら、咲良の体は何度も跳ねてやがてぐったりと脱力した。やっとの思いで速く浅い呼吸を繰り返す。ぼんやりとした視界には、満足げに微笑む柊一の、艶《つや》っぽい笑み。

「俺は普段の無表情なお前も嫌いじゃないけど、こんないやらしいお前も好きだよ」

耳元で直接鼓膜を震わす低い声に、さっき達したばかりの体がピクリと反応する。わずかな刺激にさえ、腰の奥の方が疼《うず》いてしまう。

「こ、こんないやらしい私は……私が嫌です」

荒い呼吸の合間に、やっと言葉を絞り出す。

誰かの……柊一の手でこんなにも乱される自分を、咲良はどうしても恥ずかしく思ってしまう。乱されて、感じて、甲高い嬌声《きょうせい》を上げる自分。恥ずかしいとは思っても、好きになどなれるはずもない。

「でも俺は好きだよ？　お前のそばにいて、もっと別の顔も知りたいんだ」

そんなことを言われるのは、何だかくすぐったい気がした。でもそんな気持ちがいつまで続くかはわからない。明日には……数分後には、気が変わっているかもしれないのだから。

咲良の母親だって、男の人と別れて咲良のもとに戻ってくる度に言ったのだ。「もうどこにも行かない。咲良の側にいるから」と。けれどその言葉が現実になることはなく、咲良は結局捨てられてしまった。

「……人の気持ちなんて、すぐに変わります」

咲良はそう吐き出した。さっきまで高まっていた体温が、急激に下がっていくような感覚を覚える。自分の言葉の意味を、咲良はこれまで嫌というほど実感させられてきたのだ。それも一度や二度ではない。何度も、何度も。

「俺の気持ちもすぐに変わると思うか？」

「……」

咲良には柊一の気持ちそのものがわからない。ただ、真っ暗な闇に落とされるあの感覚を、もう二度と味わいたくなかった。そんなものを味わうくらいなら、たったひとり、何も期待することなく生きて行く方が楽に決まっている。

体温だけでなく、周囲の温度まで急速に下がっていくような気がした。自分以外の温もりを知ってしまった分、孤独を感じる時の寒さが増した気がする。

柊一と暮らす前は、孤独を感じたりしなかったのに。孤独が寒いものだと思うこともなかったのに……何もないけれど、平穏な毎日だったのに。

「じゃあ、こうしないか？」

「何ですか？」

「本当に俺の気持ちが変わらないかどうか、一緒にいてお前が確認し続ければいい」

「何を言って……あ、ちょ、待って、ぁあっ」

「待てると思うか？　待てるわけがないだろう」

「で、も……っ、んっ、んぁあ、はあぁっ」

膝を持ち上げられ、蜜に濡れた秘所に柊一の滾《たぎ》りが突き立てられる。そして抉《えぐ》られた瞬間、さっきまで感じていた孤独の寒さは消え失せた。

「だから、俺と一緒にいろよ」

「い、やです。……んんん、ぁあああンっ」

「いや、いるべきだね」

「ふあ、やっ、そんなに、しないで……ぁああ、んっ、ああ！」

まるで自分の存在をはっきりと知らしめようとするかのように、柊一は角度を付け擦《こす》り上げながら咲良の中を抉る。今、柊一が自分の体の中に埋《うず》められているんだと思うと、彼の滾りを咥《くわ》え込んでいる場所が熱く脈うつ気がする。

「そんなに締め付けて……お前だって本当は俺とずっとこうしていたいんじゃないのか？」

「ひゃ……ッ、あ、あン！　ダ、ダメ、ンぁああ！」

横向きにされ、片方の足を大きく持ち上げられる。突き上げられる角度が変わり、それまで知らなかった快楽のスイッチが押された。

「や、そこ、ダメです……ッ、あ、何だか……ヘンッ」

「変になればいいだろう？　全部俺に見せればいいんだ」

自分の全てを見せるなんて、本当は怖くてしたくはないのに……けれど、与えられる快感は、そんな思いを簡単に凌駕《りょうが》してしまう。

激しく突き上げられている場所から、血が沸騰してしまうんじゃないかと思うほどの熱が生まれ、甘美で凶暴な快感が咲良を支配していく。

体中の筋肉を硬直させながら、咲良は声にならない嬌声《きょうせい》を上げ、柊一によって一番高い場所へと連れて行かれた。

それからのことは、あまりよく覚えていない。ただ、何度も何度も突き上げられ揺さぶられ、声が掠《かす》れるほどに喘《あえ》がされた。何度も高みに上らされ、もう許してほしいと懇願しても許してもらえず、体がバラバラになってしまうんじゃないかと思うほどに激しく突き立てられた。

その甘やかで凶悪な快楽の毒に、神経まで冒《おか》されていくような気さえする。

「俺はお前を離さないからな」

快楽の毒に思考まで冒されて、うっかり「はい」と言いそうになったことは絶対に秘密だ。まあ、意識を手放す寸前だった咲良に、そもそも返事をする余裕はなかったが……。


二度目の合同会議が行われたのは、最初の会議から一週間後の月曜日のことだった。

同じデスクで柊一と史乃の美形ふたりが資料を覗き込んでいるのは、かなり絵になる。このふたりの間に入ってしまうと、自分など到底同じ人種だとは思えない。

実際そう思うのは咲良だけではないようで、メンバー間からも羨望と嫉妬《しっと》の入り混じった視線が投げかけられている。

「何をぼうっとしている。お前が考えた案だろうが。ちゃんと話に参加しろ！」

「は、はい。すみません」

柊一に檄《げき》を飛ばされ、咲良はしゃきっと背筋を伸ばした。

先日史乃に話してみた「雑誌の付録にコスメのサンプルを付けてみてはどうか」という案があっさりと通ったのだ。そして、コスト面の問題などもあるため、製薬会社側のトップと、雑誌編集者側のトップ……つまり柊一と史乃、それから案を出した咲良がサンプルについての担当者に決まった。

「それで、コストはどうなりそうなんだ？」

質問され、咲良は今日の会議までにまとめておいた資料について、パソコン画面を見ながら説明する。

「試供品に実際の製品と同じデザインを施《ほどこ》した場合、費用は無地の時よりも六パーセントほど高くなります。それほど大きな数字ではありませんが、発行部数も考えますと、かなりの負担にはなってくるかと思いますが……」

「ああ……今回のボトルのデザインはかなり凝《こ》ったものだからな」

そう言いながら柊一は近くにあったサンプルの小瓶を手に取る。薄いグリーンの小瓶には、緑色と金色を混ぜたような色で細かな花模様が描かれていた。

今回発売される化粧品は、全てこのデザインで統一されている。この控えめでありつつも華のあるデザインは、咲良も気に入っていた。

「そうなると……やっぱり無地ボトルで行くしかないか」

資料を確認して厳しい顔をする柊一の手から、資料がすごい勢いでひったくられた。

柊一の手から奪った資料を彼の鼻先に突きつけて、史乃が不満げに言い募《つの》る。

「ちょっと待ってください。無地はダメです。絶対にダメ！」

「ダメだと言ってもコストの問題があります」

「それでも、今回のこのコスメはデザインも重要なんです！　デザインを軽視するなら、わざわざ女性誌とコラボした意味がなくなるじゃないですか」

「そうは言いますが、コストはどうするんです？　予算ぎりぎりの状態ですよ」

「予算予算って、どうにかならないの？」

「そんな簡単にどうにかなるものではないでしょう！」

「どうにかしなさいよね！　室長でしょう！」

「簡単に言うな！」

最終的には怒鳴り合うようなやり取りに、咲良はもちろん、他のメンバーたちも驚いた様子でふたりを見ている。どこか痴話喧嘩にさえ思えるそのやり取りに、驚きだけでなく好奇心もないまぜになった視線が集中している。

そんな視線に気が付いたのか、柊一が気まずそうにこほんと小さく咳払いをした。

「とにかく……三枝さんのお気持ちはわかりました。確かにデザインも今回の企画では重要ですね。他に削れそうなところはないか、検討してみます」

「え、ええ。よろしくお願いします」

「それじゃあとりあえず、三枝さんは一旦自分の仕事に戻ってください。予算についても上と掛け合ってみます。それからもう一度話をしましょう」

「はい、わかりました」

さっきまで白熱したやり取りをしていたとは思えないくらいに、ふたりは急に白々しいほど他人行儀になった。その様子が何となく咲良には引っかかる。

何となく……何が引っかかったのか、自分でもよくわからないが。とにかく何かが引っかかった。思わず眼鏡の奥の目をわずかに細める。

一体何だろう……

「紺野、ちょっと来てくれ」

「はい」

柊一に呼ばれ、咲良ははっと我に返った。余計なことを考えている場合ではないと自分に言い聞かせ、手招きする柊一のもとへと駆け寄る。

「ちょっと調べてほしいことがあるんだ」

ひとつの資料を覗《のぞ》き込むような格好であれこれと指示を出される。額《ひたい》を寄せて指示を受けていると、咲良の両脇からにゅっと長い腕が伸ばされ、背後から拘束されてしまった。思わず声が出そうになったが、ここが会議室であることを思い出し、すんでのところで悲鳴は堪《こら》えた。

背後から抱きかかえられ、背中には柔らかくて張りのある、豊満な塊がぎゅっと押し付けられている。豊満な塊……そう、爆乳が。

これだけの羨《うらや》ましい胸を持つ人は、ひとりしか思い浮かばない。

「佐伯さん、お話が終わったら咲良ちゃんを連れて行ってもいい？　特集ページの記事、手伝ってもらいたいんですけど」

咲良の想像していた通りの人物の声が、背後から聞こえる。ふわりと漂《ただよ》う甘い香りに、思わずくらりと酔いそうになる。これが女のフェロモンというやつだろうか……と、咲良は冷静に分析した。女の咲良さえも酔わせるほどのフェロモンを発しているとしたら、とてもではないが、勝ち目はない。

……って、何に対して勝ち目がないって思っているの？　女として勝ち目がないことくらい、最初からわかりきっているじゃないの！

バカげた思考を振り払うように、咲良はぎゅっと目をつぶった。

「どうぞ。紺野、しっかり働けよ」

手に持っていた資料でぽんと頭を叩かれ、咲良は咄嗟《とっさ》に言葉も返せないままに肩を竦《すく》めた。柊一の気配が少し離れてやっと、「もちろんです」と小さく答える。

「咲良ちゃん、どうかしたの？」

背後から抱きしめていた腕を緩《ゆる》め、史乃が咲良の顔を覗《のぞ》き込んでくる。

「……何がですか？」

心配されることなど何もないはずなのに、どうして史乃はそんなことを言うのだろうと咲良は思った。それとも心配されるような何かが、自分にはあるとでも言うのだろうか……

「あの、どうもしませんが」

更に重ねてそう答えると、史乃は心の奥までも見透《みす》かそうとするかのように咲良の瞳を見て、それからふっと笑った。

「そう？　それならいいの。さ、特集ページの協力をよろしくね」

「はい」

そう言って半ば引きずられながら連れて行かれた先で、咲良はまず眼鏡を取られてメイクを落とされてしまった。薄化粧でメイクを取ってもほとんど変化のない顔を写真に撮られ、次に女性編集者たちに取り囲まれる。

普段は手の平に出してパシャパシャはたくだけの化粧水を、コットンパフで丁寧に浸透させられ、その後にマッサージするように保湿液を塗られていく。基礎化粧品を塗りたくられたところで、再び写真を撮られた。

「あ、あの……？」

「あー、咲良ちゃんはそのままじっとしていてくれる？　ほら、次下地塗って」

史乃の指示に従って、咲良の顔は次々と化粧を施《ほどこ》されていく。その途中でも何度か、至近距離から写真を撮られたりした。

ブラシやらパフやらが顔の上を行ったり来たりするので、咲良は目を開けることも出来ず、されるがままだ。顔を隠すように伸びた重く長い前髪はまとめて頭のてっぺんで留められ、何やら今度は睫毛《まつげ》を引っ張られる。自分ではやったことはないが、ビューラーで睫毛を持ち上げられているらしい。

「想像以上の仕上がりじゃない！」

「ええ、本当ですね。まさかこんなになるとは思いもしませんでした。……って、失礼しました」

史乃たちの感心したような声に、咲良はおずおずと閉じていた目を開けた。自分に何が起こっているのかよくわからない。

ただ、眼鏡がなくても視力は至って良好なので、会議室にいた面々が驚いた表情で自分を見ていることだけは理解出来た。

「あの、一体何を？」

「お化粧したのよ。今度売り出すコスメで」

そう言いながら史乃が手鏡を差し出してくる。差し出された手鏡を受け取るよりも先に、丁度化粧室から戻ってきたらしい愛実が、「ウソ！」と叫んで走り寄ってきた。

「えぇっ、紺野さんだよね。すごい、可愛い！」

「……は？」

聞き慣れない「可愛い」という言葉に眉をひそめる咲良に、愛実が手鏡を向ける。

「ほら、紺野さん、全然印象が違う」

興奮気味な愛実に気圧《けお》されながら、咲良は向けられた鏡に視線を向けた。そしてそこに映っている自分自身の姿に、思わず目を見開いた。

鏡の中には綺麗に化粧を施《ほどこ》された、見慣れない姿の自分がいる。

「いっつも眼鏡かけて前髪で顔を隠しているからわからなかったけど、綺麗な顔してるんだね」

「……綺麗？」

やはり聞き慣れない単語に、咲良の口は半開きになってしまう。

「なんて顔してるのよ。せっかくのお化粧が台無しじゃないの」

おかしそうにくすくすと笑う愛実に、咲良は「すみません」と呟《つぶや》いた。自分でも何についての「すみません」なんて謝っているのかもよくわからないが。

「びっくりしたわ。こんなに化粧映えするなんて思いもしなかった。どうして今まであんなふうに顔を隠していたのよ、もったいない」

史乃も横から覗《のぞ》き込むように咲良の顔を見て、満足そうに微笑んでいる。

「綺麗」だとか「可愛い」だとか、普段の生活ではとてもかけられない言葉を一気に浴びせられ、咲良はすっかりフリーズしてしまった。あれよあれよという間に化粧を落とされ、すっぴんにされた時よりもなぜか恥ずかしい。

無意識に会議室の中に柊一の姿を探してしまう。けれどそこに彼の姿はなく、咲良は何となくほっとしたような残念なような複雑な気持ちになった。

それから光を当てられたり、自然光の下だったり蛍光灯の下だったり、更には色々な角度や距離から写真を撮られた。基本、肌がメインなので笑顔を求められなかったことだけが救いだ。「笑って」と言われたところで、笑う自信は皆無だ。

終業時間間際まで写真を撮られ続け、やっと写真撮影が終わった。カチカチに固まっていた咲良は、頭痛を覚えるほどの肩こりに苛《さいな》まれていた。

疲れ果て、呆けたように椅子に座っていると、ぽんと肩が叩かれる。

「お疲れ様」

労《ねぎら》いの言葉と共に、史乃がコーヒーを差し出してきた。

「ありがとうございます」

ぺこりと頭を下げてそれを受け取ると、史乃も隣に腰掛けてきた。

「疲れたでしょう？」

「はい」

「正直ね」

くすっと笑う史乃に、咲良はため息まじりに肩を竦《すく》めた。

「これなら一日中パソコンに向かってデータ処理でもしていた方が、よほど楽だと思いました」

「そう？　でもおかげでこちらとしてはとってもいい写真が撮れたわ」

「……それならよかったです」

納得出来るものが撮れたなら、この両肩にずっしりと圧《の》し掛かるような疲労感も報われる気がする。

「これで写真撮影は終わりでしょうか？」

「そうね、一応そうなるわね」

「そうですか。写真を撮ると聞いた時は、もっと大掛かりなことをされると思っていたので、正直ほっとしました」

写真撮影と言ったら、もっとすごいライトを当てられてみたり、専用のスタジオに連れて行かれたりするのではないかと、内心ひやひやしていたのだ。けれど実際はそんなこともなく、軽くライトは当てられたものの、普通にオフィスでの撮影だった。

「大がかりな方が良かった？」

「まさか」

史乃の質問に、咲良は焦ったように体の前で手を振った。そんな咲良を見て、彼女はおかしそうに笑っている。

「オフィスで撮影したのにはそれなりのこだわりがあるのよ。ほら、ターゲットは若いOLさんじゃない。彼女たちが一日の大半を過ごすのはどこ？　会社よね？　だから変にライトを当てた状態じゃなくて、自然な明かりの下でも綺麗に見えるってことを示したかったの。きちんとした撮影スタジオでライトを当てて撮影したら、咲良ちゃんの肌、もっと綺麗に写ったと思うわ。でも綺麗に見える場所で綺麗に撮られた写真なんて、説得力ないじゃない。少なくとも私はそう思うけど」

どう？　と尋ねられ、咲良は史乃を見つめたまま、目を輝かせた。

「……すごいです」

素直に言葉が口から零《こぼ》れる。

データの分析は得意だ。分析した結果から結論を導くのも、正直、他人よりも優れているかもしれない。けれど、咲良にはとても史乃のように、データ上だけでなく、もう一歩踏み込んだ考え方が出来ない。そう、商品を手にする「誰か」について考えるような……

「そういう発想がきっと私には足りないのだと思います。私は……データを扱うのは得意ですが、商品を使う人間について考えるのは苦手です」

だって、他人の気持ちなんてわからないし、知ろうともしてこなかったから……心の中でそう付け加える。そんなことに気が付けたのは、やはり柊一と生活を共にしているからだろうか。柊一との時間がなければ、今の史乃の言葉を聞いても、咲良はすごいとは思わなかったはずだ。

ただ「そういう考え方もあるのだ」と感じただけで。

でも今は違う。自分に足りないものを感じることも出来る。自分以外の他人に、目を向けている自分がいる。自分さえよければいいと、殻に閉じ込もっていた咲良をそこから連れ出してくれたのは、やっぱり柊一に他ならないのだ。

咲良が笑っただけで、食事を作ると言っただけで、嬉しいと言った柊一の笑顔が脳裏に浮かんで、咲良はつい黙り込んでしまった。それはあまりにも無意識で、咲良自身、自分が柊一のことを考えている事実に気が付かないほどだった。

「……ちゃん、咲良ちゃん？」

史乃に顔を覗《のぞ》き込まれ、咲良は驚いた。びくんと大きく体は揺れ、心臓が胸から飛び出しそうなほど早鐘を打っている。

「な、な、何でしょう、か」

「どうしたの？　何だかぼんやりとしていたみたいだけれど……具合でも悪い？」

「い、いいえ。大丈夫です」

うるさいほどの心音に、一瞬頭の中は真っ白になる。そして自分が何を……誰のことを考えていたのかに気が付き、慌てて脳裏に焼きついたままのその姿を掻き消した。

このところ何かにつけて柊一のことを考えてしまっている自分を、咲良は心の中で思い切り叱咤《しった》する。柊一のペースに巻き込まれて、自分を見失うな、と。

「本当？　大丈夫？」

「はい、大丈夫です。全く問題ありません」

咲良の返事に、史乃はほっとしたように微笑んで、それから何か閃《ひらめ》いたように、ぱっと表情を輝かせた。咲良は、まるで花が開くような史乃の笑顔に惹きつけられ、そして……劣等感を感じた。

「ねえ、咲良ちゃん。仕事が終わった後は時間ある？　よかったら、私と出かけない？」

「え？」

突然の史乃の誘いに困惑しつつも、やはり思い出すのは柊一のことだった。自分が食事を作らなければ、彼は何を食べるのだろうとか、ひとりで食事をするなんて寂しがるんじゃないだろうかとか。そんな思考が一瞬のうちに頭の中を駆け抜けていく。

「何か用事でもある？」

「用事……というほどのことは……」

そうだ、と咲良は思う。

柊一だっていい大人なのだ。咲良が食事を作らなくても、どこかで買ってくるなり食べてくるなりすることだって出来るだろう。それに、ひとりで食事をすることなんて別になんでもないじゃないか。咲良はずっとそうやってきたのだから。そう、柊一とのゲームが終われば、再びひとりに戻るのだし……

ちくん、と胸の辺りに微かな痛みを感じた気がしたが、咲良はあえてそれを無視する。

無視して、自分の出した結論にひとり納得した。

本当のところは、何かにつけて柊一のことを考えてしまう自分を、リセットしたい気持ちもあった。

「用事はありません。大丈夫です」

「本当？」

「はい」

きっぱり答えて、やはり胸に感じるちくりとした痛みから目をそらす。

「よかった。もう会社を出ても大丈夫なんでしょう？　私も今日は帰社しなくてもいいから、下で待ってるわね。咲良ちゃんも準備が出来たら出てきて？」

「わかりました」

咲良の返事に史乃は満足げにうなずくと、書類などでパンパンに膨《ふく》らんだバッグを肩にかけて立ち上がった。

「じゃあ先に行ってるから」

と手を振る史乃に、咲良も小さく手を上げる。

どうして史乃が自分を誘うのかはわからない上に、出かけたからといって史乃が楽しい時間を過ごせるとも思えない。むしろ、面白いことのひとつも言えない自分と一緒なんて、退屈させてしまうだけなんじゃないかと不安にさえ思う。

けれどそんな不安よりも、柊一と離れた時間を過ごしたかった。彼と一緒にいる時間が増えれば増えるほど、せっかく積み上げてきた自分が、内側から壊されていくような気がして。

それでもさすがに何も言わずに出かけるのは気が引けて、咲良は携帯を取り出すと、柊一が勝手に登録した番号に電話をかけた。数度のコールの後、『もしもし』と、柊一の声が聞こえてくる。

「あの、今夜なのですが、お誘いを受けたので出かけてきます。なので、帰宅は遅くなります」

柊一と電話で話すなんて初めてのことで、何だか妙に胸の辺りがざわついた。それを誤魔化すように、咲良は事実だけを淡々と述べる。

数瞬の沈黙が流れた後電話から聞こえてきた声は、重々しい、地の底から響いてくるような声だった。一瞬咲良の背筋が凍りそうになる。

『……へえ、お誘いね。その相手は男か？』

片方の眉を跳ね上げ、こめかみを引くつかせながら、魔王さながらの冷たい笑みを浮かべている柊一の顔が簡単に想像出来て、咲良は思わず頭痛を覚えた。

「いえ。女性です」

『……本当だろうな』

疑いという言葉で純粋培養されたようなその声の響きに、咲良は深々としたため息をつく。心底面倒くさい。咲良がどこで誰と何をしようと柊一の知ったことではないはずだ。ないはず……なのに。

「本当です。女性です。男の人なんて面倒なだけです。面倒なのは室長だけで十分です」

結局は誤解を解こうとしている自分に、咲良はもう一度盛大なため息をつく。

再び数秒の沈黙の後、今度はどこか嬉しそうな柊一の声が聞こえてきた。

『そうか、男は俺だけで十分か。そうか、うん、わかった。ならいい』

何やら勝手な解釈をし、勝手に納得している柊一に咲良は頭痛と共にめまいにも襲われる。

「あの、室長、何か盛大な勘違いをしているようですが、違います。男の人なんて面倒臭いので、室長だけでお腹いっぱいってだけの話です」

『ああ、だから、俺以外の男なんて用がないってことだろう？　よくわかったよ。うん、気を付けて出かけて来いよ。遅くなるようだったら駅まで迎えに行くから、遠慮なく電話するんだぞ？　いいな』

この自信過剰過ぎる勘違いをどうしたらいいのだろうかと咲良は思いを巡らせ、そして結局どうにもならないだろうな、という結論に達した。何だか、否定をすればするほど柊一を喜ばせてしまいそうな気がする。

「……わかりました」

謎の敗北感に打ちひしがれてそう答え、咲良は電話を切った。

「本当にどうしようもない……」

ぼそりと呟《つぶや》く自分の顔が微笑んでいることに、咲良は気が付いていなかった。

準備をして会社を出ると、史乃が咲良の名前を呼びながら駆け寄ってきた。夕暮れの街の中でも真昼間の太陽の如《ごと》くきらきらした笑顔に、道行く会社員ふうの男の人たちが思わず振り返って見ている。そんな美人の連れが、こんなちんちくりんの眼鏡でごめんなさいね、と、つい卑屈な思いが胸に湧く。

「咲良ちゃん、もう行ける？」

「はい、お待たせしました」

ぺこりと頭を下げると、史乃は手を伸ばしてさっさと咲良の眼鏡を外してしまった。ついでに下ろした前髪も手櫛で横に流される。

「あ、あの……眼鏡を返していただけますか？」

あまりにも唐突な史乃の行動に、咲良はされるがままになりながらも、困惑気味にそう言った。眼鏡を返す代わりに、史乃は人差し指を伸ばして咲良の眉間に触れる。

「ダメよ、だて眼鏡でしょ？　さっきお化粧した時にわかっちゃった。ほら、眉間にしわが寄ってる。そんな顔をしないで。せっかく綺麗にお化粧だってしているんだから」

「……はあ」

綺麗かどうかは不明だが、さっき施《ほどこ》されたメイクはそのままだ。落とさなかったのではなく、落とせなかったと言った方が正しい。社会人失格、女失格と言われるかもしれないが、咲良は普段メイク道具といっても口紅くらいしか持ち歩いていない。当然のようにクレンジングなんて代物《しろもの》がバッグに入っているわけもなかった。

「せっかくだから、もう誰にもサイボーグなんて言われないようにしましょうよ」

「はあ？」

史乃の言葉に、より一層眉間に力が籠《こも》ったのがわかった。

「だから、そんな顔をしないの。ガラッと印象を変えたら、きっとみんな驚くわ。見た目が変わったら、咲良ちゃん自身も何か変わるかも。私ね、女の子を綺麗にするの大好きなの。女の子をね、さなぎが蝶《ちょう》になるように、女の子から女に私の手で変えるなんて、考えただけで興奮しちゃうわ！」

なにやら、知らない人が聞いたら危険な想像をしてしまいそうな言葉を、史乃はうっとりとした表情でまくし立てる。

そんな彼女に呆気にとられながらも、咲良はぼそりと呟《つぶや》いていた。

「……私自身も、変わる？」

「そう！　きっととっても綺麗になるわ」

自分を変えたいなんて思ったことはないはずだった。けれど、その言葉に魅せられている自分がいることを、咲良は否定出来ない。

本当に変われるのだろうか。こんな自分でも……？

それを確かめたいと思ってしまう。

「変われますか？　こんな私でも」

「もちろんよ！」

半信半疑な問いに真っ直ぐな言葉を返され、咲良は考え込んだ。誰もが振り返るほどの美貌を持つ史乃に自信満々にそう言われると、何だかその気になってくる。

「ね？」

覗《のぞ》き込んでくる史乃の笑顔に、咲良は戸惑いながらもこくりと小さくうなずいた。

数時間後、史乃と別れ、暗い夜道をコツコツと靴音を響かせながら、咲良は自宅に向かって歩いていた。自宅まで十分ほどの距離なのだが、今日は倍近い時間をかけてもまだたどり着けないでいた。

史乃に引っ張り回され、何軒も服を見て回り、普段は着ないような洋服をたくさん試着した。史乃は「よく似合う」と言ってくれたが、咲良としてはどうにも落ち着かず、結局、地味目な色の服を何着か購入した。それでも普段の咲良では、選びそうもないものだったが。

こんなふうに誰かと一緒に買い物をしたり、洋服を選んでもらったりしたことがなかった咲良にとって、史乃との時間は実はとても楽しかった。

あれが似合うだとか、これがいいだとか、史乃は自分の物を選ぶかのように真剣に咲良に試着させ、自身もいつの間にか試着して、咲良よりも大量の服を購入していた。笑顔を絶やさない史乃につられ、咲良も笑っていた気がする。

買い物なんてものは、ひとりで必要な物をさっさと買ってしまえばいいと思っていた。でも、何軒も店を見て回ったのに、全く苦にはならなかった。

それに、いつも老後のためにと貯蓄ばかりをしてきたが、「未来の自分」のためにではなく、「今の自分」のためにお金を使うのも悪くない。

そんなふうに感じただけでも、なんとなく変われたような気分だ。

ただ、気持ち的には変われたのかもしれないが、残念ながら自分の見た目に自信はない。

「はあ……」

と、思わずため息が零《こぼ》れ落ちる。

今咲良は、史乃が選んでくれたバイカラーのAラインワンピースに、ざっくりとしたカーディガンを身につけている。髪の毛は史乃がアレンジして緩《ゆる》く結ってくれ、化粧ももちろん落とさないままだ。

そんないつもとは全く違う自分が、柊一の目にはどう映るのか……それを考えると、家に帰る足はどうしても重くなり、なかなか自宅にたどり着けないでいた。

「べ、別に室長にどう思われるとかじゃなくて、最初に会う人間が室長ってだけじゃない。それに、別にどう思われたって私には関係ないもの」

わざと声に出してぶつぶつと呟《つぶや》くが、何だかそんな行為自体が言い訳がましく感じて、咲良は前髪をくしゃっと掻き上げて大きく息をついた。

そうだ、別に何と思われたって構わないじゃないか。何を気にしているんだろう……気にする必要なんてない。気にする必要なんてない。気にならない！

まるで呪文のように心の中で繰り返し、咲良は自宅へ向かった。

玄関扉の前に立ち、咲良はもう一度大きく深呼吸をする。さっきまで繰り返していた呪文をもう一度口の中で繰り返し、鍵を開けてドアノブを捻《ひね》る。

「帰りました」

普段と変わらない声を意識し、そう言いながら靴を脱いでいると、ドアが開く音を聞きつけたらしい柊一が居間から出てくる。「お帰り」とでも言いかけたのだろうか。口を半開きにしたまま、帰宅した咲良を見て固まってしまった。

先に口を開いたのは咲良の方だ。

「……室長、なんて格好をしているんですか」

ついそんな言葉が口をついて出る。それも仕方がない。柊一は咲良愛用の緑色のチェックのエプロンを身に着け、シャツを腕まくりし、手には包丁を持っているのだから。

「玄関先に包丁を持って出てこないでください。危ないです」

「あ？　ああ、そうだな、包丁はダメだな。うん、悪い」

柊一ははっとしたように、手に持っていた包丁を背中に隠す。そんな彼を咲良は睨《にら》み付けた。

「ダメですよ、室長。危ないじゃないですか。早く台所に置いてきてください。……というか、そのエプロンは私の物ですよね？　小さくて何だかおかしなことになっていますが」

「……借りていただけだ。別に変な趣味とかじゃないから誤解するなよ？」

「別に変な趣味でも構いません。私には関係ありませんから」

いつものような憎まれ口を叩きながら、咲良は内心でほっとしていた。柊一が予想もしていなかったおかしな格好で玄関先に現れてくれたおかげで、自分のことを棚に上げることが出来たのだから。

「ところで、そんな格好で何をされていたんですか？」

「ああ、実は」

居間に入ると、何やらいい香りが鼻孔《びこう》をくすぐった。

「夕食を作っていたんだ。まあ、美味《うま》いかどうかはわからないけど……食えないような代物《しろもの》ではないと思う。よかったら一緒に食べないか？　咲良」

どこか照れくさそうな柊一の表情と、まだ慣れない「咲良」という呼び方に、不覚にも鼓動が一瞬跳ね上がる。本当は史乃と軽く夕食を済ませてきたのだが、つい断るタイミングも失ってしまい、咲良は小さくうなずいた。

「そうか。じゃあすぐに用意するから座って待ってろ」

咲良の返事に柊一は満足げに微笑むと、今度こそ台所に向かった。その上機嫌な背中を見つめながら、何だか咲良は心の中がほわりとあたたかくなるような気がした。

誰かが自分のために嬉しそうに何かをしてくれるということが、こんなにも心の中をあたたかくするなんて。確かに母がいなくなってから面倒を見てくれていた祖母も優しかった。けれど……その優しさの陰に、咲良はいつも祖母の罪悪感を感じていたのだ。祖母にとっては娘である咲良の母がしていることへの、罪滅ぼしのような……

でも柊一は違う。それがわかるからこそ、心の中があたたかいのだろう、きっと。

重たいバッグを下ろし、椅子に座ると、柊一が湯気を上げたうどんを運んできてくれた。そして向かい側の席に座る。

「じゃあ、食うか」

そう言いながら、手を合わせて「いただきます」を言う柊一に、咲良は目を瞬《また》かせる。

「あの……もしかして室長もまだ食べてなかったんですか？」

今はもう、いつも食事を取っている時間よりも二時間ほど遅い。

「もしかして……待っていてくれたんですか？」

一緒に夕食を食べると約束をした時、よほど時間が合わない時以外はそうすると決めたはずだった。今日はその「よほど時間が合わない時」になると咲良は思う。だから、当然柊一は先に食事を済ませたものだと思っていたのに。

「遅くなるって連絡しましたよね？」

「悪いか？」

どこか拗《す》ねたようなような表情で、柊一はうどんをすすり始める。

「いえ……悪いということではなくて、ですね……」

そう、悪いということではなくて、ただ、不思議なのだ。

「遅くなるってわかっていて、どうして待っていたんですか？」

サイズの合わないエプロンなんかしたままで、一見残念なイケメンではあるけれど、柊一はこう見えて会社ではほんとうにバリバリ働いているのだ。いつもこの部屋に帰ってきた時には、開口一番「腹減った」と言うくせに、こんな時間まで食べずに待っていたなんて咲良には不思議でたまらない。

「お腹……空いてなかったんですか？」

真顔でたずねると、さっきまでどこか拗《す》ねたような顔をしていた柊一の表情が、今度は呆れたものに取って代わる。

「あのな。そういうことじゃない。ただ俺は、ひとりで食うよりも、どうせなら咲良と食事がしたかっただけ。俺がそうしたかったから待ってただけだよ。悪いか？」

呆れたような表情のままで、けれど優しい瞳で見つめられ、咲良は頬が緩《ゆる》むのを感じた。ふっと自然に笑みが浮かぶ。

「……悪くないです。いただきます」

丁寧に手を合わせ、目の前のうどんをすする。……正直、ちょっと塩辛い。でも、誰かが……柊一が自分のためにと作ってくれたそのうどんは、今まで食べた中で一番あたたかい気がした。

「塩辛かったな」

「そんなことないですよ。ちょっとだけです」

「それって結局塩辛いってことだろ」

がっくりと大袈裟《おおげさ》に肩を落とす柊一に、また笑みが浮かぶ。

「次に期待しています」

ぽろりと零《こぼ》れた言葉に咲良ははっとして口を噤《つぐ》んだ。咄嗟《とっさ》に「期待」なんて言葉を口にするべきじゃなかったと後悔する。期待なんてしてはいけないのに。期待なんてものをするから苦しむのに。そんなこと、わかっていたはずなのに……

しかも柊一との同居生活は二か月という期限付きだ。まだ一か月以上が残っているとはいえ、終わりがはっきりしている生活に、期待なんてしても無意味だと言うのに……つきん、と胸の真ん中がおかしな音を立てる。このところよく胸の奥が変な音を立て、息が詰まるような痛みを覚える瞬間がある。そんな自分の変化が、咲良はほんの少しだけ怖かった。

「……なあ」

遠慮がちな柊一の声に、咲良は小さく肩を揺らして顔を上げた。柊一がうどんを食べる手を止め、戸惑いの混じった視線を投げかけていた。

「何でしょうか？」

「その格好……」

言われて咲良は自分がいつもとは違うことを思い出して、一気に頬が熱くなった。エプロン姿の柊一が出迎えてくれたり、夕食が用意されていたりで、すっかり失念してしまっていたのだ。

「化粧とかすると、全然印象が変わるんだな。驚いた」

戸惑いながらも微笑まれると、更に頬に熱が集まってくる。頬だけでなく顔全体が急激に熱を孕《はら》み始め、頭の中まで熱が伝わったように急に考えがまとまらなくなる。

「あ、あの、これはですね。新製品のコスメの使用感を確かめるためにされたもので、ですね」

別に落ち着いて経緯を話せばいいはずなのに、どうにも普段とは違う自分を見られるのは、すっぴんを見られよりも恥ずかしい気がして、咲良は焦って手の平を胸の前で何度も振った。

「その服も……普段着ない感じだけど、もしかして、それを買いに行ってたのか？　あまりにもいつもと印象が違うから、玄関で見た時は別の人かと思った。髪形も違うし」

じっと見つめてくる柊一の視線に耐えきれず、咲良は顔を横にそむける。

「あ、あの。そんなに見ないでください。穴が……穴があきそうです」

「見慣れないけど……でも、すごく似――」

「ふ、史乃さんが……三枝さんが服を選んでくれたんです。それで、髪の毛もまとめてくれて……」

柊一の言葉を遮《さえぎ》るように、咲良は早口でまくし立てた。彼の口から出る言葉を聞くのが怖かったから。いつもお洒落《しゃれ》な史乃の名前を出せば、さすがにけなされることはないかもしれないと思ったのだが。

「三枝さん？　もしかして……出かけるって彼女と一緒だったのか？」

柊一の声のトーンが少しだけ下がった気がした。

「え？　はい……そうですが」

そう答えると、柊一の眉間にわずかにしわが寄り、その瞳が不機嫌そうに細められる。何かを考えるように細められた目は宙を彷徨《さまよ》い、それからため息と共に咲良に向けられる。

「あの、室長？」

どう好意的に見ても、今の柊一には不機嫌だとか不愉快だとかの感情しか感じられない。普段、彼の穏やかで優しい感情に慣らされていた咲良は、そんな柊一の変化に自分の周囲の温度が急激に下がっていくような気がした。

「……いつもと違うのも悪くはないが、俺は、お前はいつものままがいいと思う」

「……っ」

けなされているわけではないことくらい、咲良にもわかっている。悪くないというのは、褒《ほ》め言葉ではないが、けなされているわけでもないのだろうから。

でも……それでも。

「そうですか。そうですすよね」

体の真ん中が……多分、体の一番深いところが、ひんやりと凍りつくような気がした。

「何だか皮膚呼吸が出来ない感じがするので、落としてきます」

「いや、今じゃなくてもいいだろう？　それ食ってからでも」

「いえ。さっぱりしてから食べますので」

「そうか？」

「はい」

何事もない、いつも通りの声を出せていると咲良は思った。そう、別にいつも通りの声が出せなくなってしまう何かがあったわけではないのだから当たり前だ。

けれど……どうして立ち上がった足のつま先から血の気が引いてふらつき、柊一の顔が見られないのだろうか。よくわからない。

その場から逃げるように洗面所に行き、手の平にクレンジングを広げて一気に顔を擦《こす》った。見る見るうちに、綺麗に施《ほどこ》された化粧が溶けていく。

鏡にはいつもの無表情な自分が映っていて、咲良は思わず両手に掬《すく》った水を鏡にばしゃっと投げかけた。

「バカだ」

小さく口の中でそう呟《つぶや》く。その言葉は咲良の胸にひどく苦い思いを運んできた。

心のどこかで柊一からの「似合っている」とか「綺麗だ」という言葉を期待していた自分を否定出来ない。正直に言ってしまえば、柊一ならそう言ってくれると密かに信じていた。

「……ホント、馬鹿」

期待なんてしてはいけないと、そんなものをしてしまえば苦しい思いをするだけだと、わかっていたはずなのに。

わかって、いたはずなのに……

数日後に行われた合同会議で、史乃は咲良を見付けた途端に、開口一番こう言った。

「どうして、どうして？　元に戻ってるじゃないのっ」

そう言いながら駆け寄ってきた史乃は、咲良の頭のてっぺんからつま先まで何度も視線を往復させ、心底がっかりした表情を浮かべている。史乃が何を言いたいのかはわかっている。化粧や、服装のことだろう。

「……これが一番楽でいいんです」

顔を隠すように前髪を下ろし、髪の毛は黒ゴムで後ろで一本にまとめる髪型。素っ気ない化粧。野暮《やぼ》ったい服装。これがいつもの、そしてこれからも変わらない咲良だ。

「この前、お化粧も服もとっても似合っていたのに……」

史乃はあからさまに肩を落とした。必死に咲良に似合う服を探し回ってくれた彼女の姿を思い出し、何だか申し訳ないような気持ちになってくる。

「すみません。でもやっぱり急に変わるのは無理ですから」

「うん、そうか。そうよね。何だか……私の方こそごめんなさい。勝手な価値観の押し付けはダメよね」

「……いえ。でも史乃さんには感謝しています」

そう、史乃は咲良が知らなかった自分を教えてくれたのだから。望めば咲良だって変われるかもしれないと教えてくれたのだから。

けれど咲良は変わることを選ばなかった。ただそれだけ。

柊一は関係ない。関係なんてあってたまるものか。期限が終わればあの部屋を出て行って、今後一切仕事以外で関わり合いなど持たなくなる相手なのだ。大体、柊一の言葉に振り回される理由などどこにもないはず。

「会議始めるぞー。紺野、資料は出来てるな」

バシッと背中の辺りを手の平で叩かれ、咲良は思わず咽《む》せてしまう。丁度、思考を独占していた人物から声をかけられたせいで、心臓が胸から飛び出しそうになってしまった。

「何だ？　大丈夫か？　風邪でも引いたのか？」

いまだに咽せている咲良の肩に手を置き。柊一が顔を覗《のぞ》き込んでくる。栗色のさらりとした前髪が咲良の前髪に触れるほど近づき、パニックの一歩手前まで追い込まれる。

けれどここが会社で、しかもこれから大事な会議が始まるという事実が、咲良の精神をぎりぎり踏みとどまらせてくれた。

これが自宅だったなら……その綺麗な顔に、グーパンチをお見舞いしていたかもしれない。それくらい、柊一の急な接近は咲良を動揺させていた。

「……っ、いえ、大丈夫です。資料はこちらになります。ご確認ください」

気合で呼吸を整え、咲良はずり落ちた眼鏡を押し上げつつ柊一に資料を差し出した。ついでに数歩後ずさり、柊一から距離を取る。

柊一は咲良に手渡された資料を、真剣な表情でパラパラとめくった。

「うん……よくまとまってるな。さすがだ」

柊一はそう言うと、満面の笑みで手を伸ばして咲良の頭を撫でつけた。

「……やめてください。気安く撫でないでください。ペットじゃないんですから」

「ちっこいから小動物かと思ったんだけどな、違ったか？」

「ちんちくりんですが人間です」

「そうかそうか、覚えておくよ」

もう一度咲良の頭を撫でつけ、柊一はやっと咲良のもとから去っていった。

柊一の背中を、咲良は眼鏡の奥から睨《にら》み付けるようにして見つめた。彼に近づかれると、いちいち心臓が変な音を立てたり、ちくちくと痛んだりする。ここ最近、一層ひどい。これはきっとストレスが溜まっているせいに違いない。

「よし、じゃあ始めるから席に着いてくれ」

柊一の掛け声とともに、メンバーが席に着く。全体での進捗状況を報告し合い、その後いつものようにそれぞれがそれぞれの仕事を始める。

咲良は柊一と史乃と共に、雑誌に付けるサンプルの詰めに入る。

「……じゃあ、こういう形でいいですね」

「まあ……本当はボトルで付けたかったんですが、仕方がないですね」

柊一と史乃は、付録サンプルを手に取って確認している。予算の関係で結局一回使いきりのパック状のものになった。

「デザインを残すとなると、これが限界です。ご理解ください」

そう言いながら柊一は、史乃に向かって頭を下げた。

「そうね。無地にならなかっただけでも良しとしないと」

「このサンプルパック各種を、三回分付けるようになります」

「一週間分は欲しいところだったわ。たった三回じゃあ、使用感もわからないもの」

「ですから、予算の関係もありますので、三回分で限界です。そもそも、付録サンプルを付ける予定じゃなかったんですから、仕方がないじゃないですか」

「仕方がない？　それって妥協？」

「妥協も時には必要だ。理想ばっかり言ってても形にならなければ仕方がないだろう？」

「形にするのは大事だわ。でも、理想をなくして妥協していたんじゃ、納得出来るものなんて出来ないでしょう？」

初めは普通に会話していた柊一と史乃は、いつの間にかお互いに大きな声を張り上げるようにして言い合いをしている。この前の会議の際も、ふたりはこうして、周囲のメンバーたちから好奇の目で見られていた。

「出来る範囲内で納得出来るものを作り上げていくのが仕事ってものじゃないのか」

「あの」

少々周囲の視線が気になり始め、咲良は口を挟む。

「いくらなんでもヒートアップしすぎかと思います。みんな、見ていますよ？」

咲良の言葉に、ふたりは同時にばつの悪そうな表情をした。そして互いに相手の顔を見る。ふたりの視線が絡み合い……先に柊一がふいっと視線を外す。その態度がやけに素っ気ないものに見えて、咲良は引っかかりを覚えた。

「コーヒーでも淹《い》れてきますので、お待ちください」

その態度を気にしつつも、咲良は給湯室に向かうため踵《きびす》を返した。背後から「……悪いな」と呟《つぶや》くような柊一の声が聞こえ、咲良は振り返る。

史乃はどこか寂しげな表情で資料に目を落とし、一方の柊一は、そんな彼女に背を向けるようにデスクに肘をついている。

妙によそよそしい態度に咲良は首を傾《かし》げた。

確かに柊一と史乃はこの企画で一緒になっただけで、親しい間柄ではないだろう。けれど、柊一にしても史乃にしても、咲良の知る限り、かなり社交的な性格なのだ。少しばかり意見がぶつかったからといって、こんなにもよそよそしい態度になるものだろうか？

……この前もそうだった。

咲良はコーヒーを淹れながら思い返していた。そう、この前もこんなふうに言い合いになり、最終的には白々しいほど他人行儀になった。

まるで前回も今回も、わざと互いに距離を取ろうとしているかのように……

どうして？

そんな思いがよぎった時だった。ぱちゃんとコーヒーの零《こぼ》れる音にはっとして、咲良は我に返る。余計なことを考えていたせいで、手元が狂いコーヒーを零してしまった。

「何してんのよ、私」

慌てて布巾《ふきん》で拭きながら、わざと声に出して自分に言い聞かせる。このところ、集中力が散漫になっている気がする。いや、確実にそうなっている。

仕事中にぼんやりとしてしまうなんて、今まではなかったはず。なのに、最近の咲良は、自分が時々上《うわ》の空になってしまっていることに気が付いている。それではいけないと、咲良は自分を律しながらコーヒーをふたりのもとへ運んだ。

「どうぞ」

「うん、ありがとう」

カップを差し出すと、柊一は微笑んでそれを受け取った。すぐに口を付ける。

「……やっぱり俺が淹れたコーヒーの方が美味《うま》いな。そう思わないか？」

他人が聞いたらよからぬ詮索《せんさく》をされそうなセリフを、しれっと口にする柊一に内心で冷や汗をかく。幸い、誰も聞いてはいなかったようだ。

「美味《おい》しいコーヒーはご自宅で堪能したらいかがですか。会社ではこれで我慢なさってください」

言外に、「美味しいコーヒーが飲みたいのなら、私の家になんかいないで自宅に戻ったらいかがですか」と言ったつもりなのだが、当の柊一には通じていないらしい。

「……いや、紺野が淹れてくれたコーヒーで十分満足だよ」

意味ありげに、柊一はくすっと笑う。その目が言っている気がする。

……咲良の家から出て行くつもりはない、と。

それはそれでとても迷惑な話なのだが、咲良は柊一の笑顔につられてつい小さく微笑んでしまう。

「なあに、楽しそうね」

少し距離を取って資料に目を落としていた史乃が、興味ありげな表情で身を乗り出してきた。途端、さっきまで穏やかそのものだった柊一の表情が、さっと強張《こわば》った。

「いえ。別に楽しい話なんてありませんよ」

柊一は史乃の方を見ることもなく、刺々しくそう言い放った。あまりにも冷たい態度に、間にいる咲良の方が焦ってしまう。場を取り繕《つくろ》うように、咲良はトレーに載ったもうひとつのカップを史乃に差し出した。

「史乃さんもどうぞ。その、室長は普段、ご自宅ではとても美味しいコーヒーを飲まれているそうです」

そう口にすると、史乃はぱっと顔を輝かせた。

「佐伯さんはコーヒーに凝《こ》ってるの？　今度お勧めのがあったら教えてください」

史乃に柔らかな笑みを向けられている柊一に、あちこちから嫉妬《しっと》まじり羨望まじりの視線が投げられている。彼女のそんな笑顔を正面から見たいと思っている男性社員が多いことは、一目瞭然だ。それなのに柊一は、そんな史乃をちらりと見ただけで、「そうですね」とだけ答えてすぐに目をそらしてしまった。

「ご馳走さん。おい、坂口ちょっと来てくれ」

空になったコーヒーカップをデスクに置くと、柊一は何やら男性社員と打ち合わせを始める。

「ご馳走様でした」

史乃もまた、空のカップを置くと編集者たちのもとへと戻っていく。

咲良はその場にひとり残され、柊一と史乃の後ろ姿を交互に眺めた。

……やっぱり変だ。

確証はないものの、そう思う。特に柊一の態度がおかしい気がする。

ついぼんやり立ちつくしていたところで、背中がぽんと叩かれた。はっとして振り返ると、微笑んだ愛実がそこに立っていた。

「どうしたの、紺野さん。何だかぼうっとしていたみたいだけど。あなたが仕事中にぼうっとしているなんて、すごく珍しいもの見た気がしたわよ。雪でも降るかもね」

「あの、庄司さん」

咲良は愛実の言葉を遮《さえぎ》るようにして、その名を呼ぶ。咲良に常ならぬ様子を感じたのか、愛実はわずかに身構えた。

「室長と三枝さん、何だか様子がおかしいような気がしませんか？」

咲良はきっと愛実ならば、自分の中の疑問に同意してくれるものだと信じて疑ってはいなかった。愛実はよく人を見ているから。そう、史乃が初めてこの企画室に来た時だって、すぐに男性社員達の目の色が変わったことにだって気が付いたのだから。

だから、「私もそう思ってた」だとか「確かにそうだよね」という類《たぐ》いの言葉を期待していたし、当然そういう答えが返ってくると思っていたのに……。

「そう？　あまり気にならないけど……」

予想外の愛実の返答に、咲良は目を見開いた。

「確かに怒鳴るみたいに会話している時はどうしたんだろうとは思ったけれど。ほら、お互いにそれぞれ社の代表じゃない。いいものを作ろうと思えばぶつかることもあるしね」

「えっと、確かにそうかもしれませんが、他に……ちょっとした時に、やけに他人行儀だったり、よそよそしかったり……」

そこで言葉が途絶えてしまう。柊一と史乃のどの辺りがおかしいと感じたのか愛実に説明したいのに、何と言っていいのかわからない。言葉には出来ないけれど、でも咲良は確かに何かがおかしいと感じた。ふたりの態度に確かな引っかかりを感じたのだ。

押し黙って眉間にしわを寄せる咲良の顔を、愛実は小首を傾《かし》げるようにして覗《のぞ》き込んできた。

「ねえ、紺野さん。企画室の本木《もとき》君と原口《はらぐち》さんが付き合っているのは知っている？」

突然どうしてそんなことを質問されているのかわからないまま、咲良は眉間のしわを一層深くして首を振った。

「んー、じゃあ、営業部の大林《おおばやし》君が編集者の鎌田《かまた》さんに気があることは？」

そんなの全然知らなかったし、全くもって興味もない。と言い出しそうなのを必死に堪《こら》え、咲良はやはり首を振った。

「全然？　すっごくわかりやすいと思うんだけど」

と言われても、それがどうしたとしか思えない。

「あの……どうしてそんなことを聞くんですか？」

しわを寄せたままの咲良の眉間に、愛実の指がピタッと触れる。

「あのね、紺野さん。私が話した二組は、多分この場所にいる人はみんな気付いてる。気が付いていないのは紺野さんくらいよ。それっくらいわかりやすいの。でも、それがわからなかったんでしょ？」

「……そうなりますね」

まだ愛実の言いたいことがわからず。咲良は眼鏡の奥から彼女を見上げる。

「多分ね、それって紺野さんがその人たちにこれっぽっちも興味がないからなの」

言われなくてもその通りだ。

「……はい」

「興味のないものに気が付かないのは当たり前だよね。だったら、つまり室長と三枝さんの様子がおかしいって気が付いたってことは、それだけそのふたりに興味があるってことじゃないの？」

「っ！」

愛実の言葉に息が詰まる。反論したいのに何も思いつかず、ただ金魚のように口をパクパクさせてしまうだけだ。

そんな咲良の様子を茶化すでもなく、馬鹿にするでもなく、愛実は柔らかく微笑んだ。

「別にいいじゃない。紺野さんって仕事以外に興味なんてないと思ってたから、ちょっと意外だったけど……でも、親近感が湧くわ」

「そ、そんなんじゃ……っ」

そんなんじゃないです。誤解です。室長に興味なんてありません。

そんな言葉が喉まで出かかったが、それは言葉にならなかった。それが事実ではないと、咲良自身が気が付いてしまっているから。けれど柊一に興味を持っているのは、一緒に暮らしているからだ。毎日一緒にいる柊一という人間が気にかかるだけだが、そんなこと到底愛実に言えるはずもない。

でもこのまま反論しなければ、彼女にどう誤解されてしまうかわからない。

どうしていいのかわからなくなり、肩を落として黙り込む咲良に、愛実はそっと耳打ちしてきた。

「大丈夫、誰にも言わないわ。それじゃあ、仕事に戻るから」

完全に何か誤解した様子の愛実に声をかけられないまま、咲良は一層肩を落とす。ただ、彼女は噂《うわさ》を言いふらしたりするタイプではないので、その点だけは唯一の救いだ。

ため息をつきつつ顔を上げると、視界の端っこに柊一の姿を見付けた。

さっき愛実に指摘されたせいで、わざとその姿が視界の真ん中に来ないように目をそらした。けれど、視界の端っこに映った柊一の姿に全意識が集中していることには、咲良自身全く気が付いていなかった。

5　ほどける心

翌日、咲良はいつもよりも二時間ほど早く会社に来ていた。

今日で合同の会議も最終日。あとは商品と雑誌の販売の準備をそれぞれがしていく段階となる。最終的な確認のために昨日も残業をしていたのだが、それだけでは間に合わず、こうして早くから会社に来ているのだった。

柊一も忙しいらしく、昨夜彼が帰ってきたのは、咲良が布団に入ってからのことだった。そして今朝、咲良は寝起きの悪い柊一をそのままに家を出てきたのだった。昨日愛美に言われた言葉が胸の中でぐるぐるし、顔を合わせずに済んだことにほっとしたのは内緒だ。

ただ、声もかけずに出てきてしまったので、ちゃんと起きられたどうかは気になっていた。最後の会議に室長が遅刻では、あまりにも締まらない。というか、そんなことになったら、柊一の立場がまずいのではないだろうか……

電話をするべきかと携帯電話をいじり、何度も柊一の番号を液晶画面に表示させる。しばらくそうやってから画面に表示されている時刻にはっとする。

「こんなことしている場合じゃないじゃないの……っ。やることやっちゃわないと」

さすがに会議までに資料の確認が出来ていないのは問題だ。咲良は両手で眼鏡を押し上げると、パソコン画面に視線を移した。

それからかなり集中し、思ったよりも確認作業は早く終わった。企画室の面々も徐々に出勤してきてはいるが、始業まではまだ時間がある。

昨夜も残業で遅く、今朝も早起きだった咲良は、眠気覚ましにコーヒーでも飲もうと給湯室へと向かった。その途中、ふと足を止める。柊一の声が聞こえた気がしたのだ。

普段はあまり使われていない非常階段の方からだ。咲良は迷うことなくそちらに足を向ける。声もかけずに家を出てきた後ろめたさもあり、柊一がちゃんと会社に来ているという事実を確認したかったのだ。

「だから、いい加減にしてくれよ」

その声はやはり非常階段の方から聞こえてきた。それは確かに柊一の声で、けれど、その怒ったような響きに、咲良は考えるよりも先にそっと身を隠してしまった。

「困るんだ。ああいうことをされると……やりづらいったらないだろう？」

初めは電話でもしているのだろうかと思った。が、思いがけずもうひとつの声が咲良の耳に飛び込んできた。

「ごめん、ごめん。でもね、別に悪気があるわけじゃないんだからいいじゃない。許してよ」

この声にも聞き覚えがあった。そう、この声は……史乃だ。

「許してよ、じゃねえよ。全くお前はそういう顔をして見上げれば、男が大概言うことを聞くと思ってるんだろ」

呆れたような、それでいて笑いを含んだ柊一の声に、咲良の胸は重く軋《きし》んだ。

「あっ、やだ。い、痛い、痛いってば……っ、もうっ」

史乃の声も楽しそうに弾んでいる。

「ちょっと、痛いじゃない」

「……変な顔だな」

「あなたのせいでしょっ」

咲良のいるところからは、ふたりの姿は全く見えない。それでも咲良には、史乃の頬を摘《つま》み、悪戯《いたずら》っぽく笑う柊一の姿がはっきりと見えるような気がした。視線を交わし合い、微笑み合うふたりの姿が……

咲良が変だと感じていたよそよそしさなど、今のふたりには微塵《みじん》もない。それどころか、今のふたりからは親密さしか感じられない。不自然なよそよそしさは、本当は親密なふたりの関係を隠すためだったのではないか――、そう咲良は直感する。

誰にも……咲良にも隠しておきたい、ふたりの関係があるのではないだろうか。

血が滲《にじ》むほど、咲良はきつく唇を噛みしめていた。薄っぺらい胸の中には、心臓と肺しかないはずなのに、そこはひどく苦しく、嵐でも巻き起こっているかのように訳のわからない何かが渦巻いている気がする。気を抜けばその嵐が胸を突き破ってしまいそうで、咲良は必死に唇を噛みしめ、両手で胸を押さえる。

誰もが振り返るほど美人な史乃と、女子社員から密かに「王子様」と呼ばれる柊一。ふたりはきっと皆が間違いなくお似合いだと認めるだろう。

初めてはっきりと史乃が羨《うらや》ましいと思った。妬《ねた》ましいと。咲良の持っていないモノを、全て当たり前のように持っている史乃が。

もやもやとしたどす黒い感情が湧き上がってくるのを感じ、咲良は逃げるようにしてその場から立ち去った。

もつれる足取りでふたりの声が聞こえないところまで来て、咲良は壁に背を預けた。

今にも脱力して座り込んでしまいそうな体を何とか支える。

何をこんなに動揺しているの……？

そう自分に問いかける。柊一が会社の女性とよく出かけていたのは知っていたはずなのに。チャラ男《お》だとわかっていたはずなのに。女を取っかえひっかえしているような柊一に、呆れてさえいたというのに……

史乃に微笑みかける柊一を想像するだけで、咲良の胸は重苦しく、潰れてしまいそうな痛みに襲われた。

終業時間ぎりぎりまでかかったが、大きな問題もなく最後の会議は終わった。打ち上げは後日、という話になっているが、週末ということもあり、それぞれが誘い合って食事に出かけるようだ。咲良も誘われたが、その誘いもいつものように断った。

「じゃあ、お疲れ様。お先に失礼します」

「お疲れ様です」

パソコンに目を向けたまま、咲良はそう答えた。部署内に誰もいなくなったのを確認し、咲良は大きく息をついた。

パソコンに向かってはいたが、実は何も仕事などしていなかった。誘いを上手く断るために、仕事をしているふりをしていただけに過ぎない。

……別にそこまでするほどメンバーと食事に行くのが嫌だったわけではない。ただ、そこにはきっと柊一も来るだろうし、そして史乃も来るかもしれない。わざとよそよそしくふるまうふたりを見るのも嫌だったし、だからと言って親密そうなふたりを見るのは考えるだけで胃が痛くなった。

それに、このわけのわからないもやもやした感情のせいで、精神的にひどく疲れていて、早く家に帰って休みたかったのだ。ひとりで静かに読書でもしていれば、このざわついた感情も、静かになってくれる気がして。

あまり早く会社を出て、他のメンバーたちと鉢合わせしても気まずいので、咲良は少しここで時間を潰す気でいた。もうしばらくしてから出ていけば、誰にも会わずにすむだろう。そんなことを考えながら、資料の整理をしていると背後から靴音が聞こえてきた。そしてその靴音は咲良の後ろでぴたりと止まり、頭上から不機嫌そうな声が降ってくる。

「どういうつもりだ」

「……何がですか？」

咲良は資料をファイリングする手を止めず、かつ声の主を見ることもなく素っ気なく答えた。

「何が、じゃないだろう？　今朝は声もかけずに出て行ったな。おかげで目が覚めた時に相当焦ったんだからな」

「大人なんですから、きちんと自分で起きてください。室長」

振り返ることもなく至って冷静にいつも通りの声で答える。柊一の方を見ないのではなく、見られないのだ。また真っ黒でもやもやな感情に支配されてしまうかもしれない自分が、咲良は怖かった。

「お前が起こせば話が早いだろう？」

「室長が自分で起きれば、もっと早いです。しっかりしてください」

そう言い放つと、背後から深々としたため息が聞こえてきた。あまりにも可愛げのない発言に、さすがの柊一も呆れ果てたのかもしれない。そう思うと咲良は内心密かに後悔した。

けれど、それを口に出してしまえるほど、咲良は素直でも可愛くもない。こんな時、史乃ならば明るい笑顔で「ごめん、言い過ぎた」とでも言うのだろうか？

再び胸の中にむくりと、妬《ねた》みとしか思えない黒い感情が湧き上がってくるのを感じて、咲良はますます口を開くことが出来なくなり、そのまま俯《うつむ》いてしまった。

再び背後から柊一の重いため息が聞こえ、それに体を縮こめる。

「なあ、お前さ、もしかしてだけど……今日俺を避けてただろ」

突然浴びせられた柊一からの言葉は、思い当たる節がありすぎて……と言うかその通りで、咲良は一瞬呼吸が止まった。

柊一と史乃の姿を見てしまうと、咲良の脳裏にはふたりの親しげな笑い声が勝手にリピートされ、胸の中でむくむくとどす黒い感情が繁殖するのだ。その感情を咲良にはどうすることも出来なくて……だから、なるべくふたりに関わらないようにしていたのは事実。それを「避けられた」と言われてしまえば、確かにその通りだろう。

「さ、避けてなんか、いませんよ」

でも本当のことなど言えるわけもなく、咲良は否定しようと勢いよく体を捻《ひね》るようにして振り返った。椅子ごと後ろを向いた途端、柊一の大きな手の平が咲良の頬をがっしりと掴んだ。そして、あっという間に彼の端整な顔が接近し、唇を奪われる。

咲良の唇をこじ開け、柊一の舌先が口内に差し込まれた。味わうように舌先が絡められたかと思うと、その唇はゆっくりと離れていく。

「今度避けたりしたら、この程度じゃ済まないからな」

にやり、と妖《あや》しげに微笑まれ、惚《ほう》けたままだった咲良ははっと我に返った。途端に、体中の血液が顔面に集まってきているのではないかと思うほど、一気に頬が熱くなる。

「こっ、ここは会社ですよ！　不謹慎ですっ」

「不謹慎、大いに結構じゃないか。意外と癖になるかもしれないぞ？」

「そ、そんなわけないじゃないですか！　こっ、この変態室長！」

「声ひっくり返ってるし」

柊一がさもおかしそうに肩を揺らして笑っている。そんな彼の様子を見ていると、さっきまで変に意識していた自分さえ馬鹿らしく思えてきて、咲良も小さく噴き出してしまった。

「他の社員が室長の本性を知ったら、きっと全く尊敬してもらえなくなりますよ」

一応、そう忠告したが、柊一は微笑んだままで咲良の頭をいつものようにその大きな手の平でくしゃりと撫でつけた。

「別にお前以外に本当の自分なんて見せる気はない。心配するな。俺はこう見えても人格を使い分けるのは得意中の得意なんだ」

「……自慢になってませんよ？」

「そうか？」

「そうです」

互いの顔を見て、同時にふっと笑い合う。何がおかしいのかもわからなかったが、自然と笑みが浮かんだ。さっきまで感じていたもやもやも、重くて黒い感情も、不思議と溶かされていくようだ。

笑みを浮かべたまま柊一を見上げていると、彼は一瞬斜め上を見てこほんと咳払いをする。

「その、お前は今日、他の奴らと食事に行く約束とかはしていないのか？」

「はい。お断りしました」

理由はあえて言わなかった。言う必要もないだろうし、咲良が誘いを断るのは珍しくない。

「室長はまだ行かなくて大丈夫なんですか？　みなさん待っているんじゃないですか？」

当然柊一は誘われ、当たり前のように参加するんだと咲良は思っていた。

「私のことはお気になさらずに。お弁当を買って帰りますし、家でゆっくり読書でもしていますから」

気を遣わせまいとそう言ったのに、当の柊一は盛大にため息をついて自分の髪の毛をぐしゃぐしゃと掻き混ぜた。そして乱れた髪の毛の隙間から不満げな瞳で見つめてくる。

「あのなあ……どうして俺が出かけることが前提なんだ」

「え？　だって、室長が誘いを断ったところなど見たことがありません。それどころか、自分から誘って出かけているじゃないですか」

——それこそ女の人を取っかえひっかえして。

再び胸の辺りにもやっとした感覚が蘇《よみがえ》り、咲良はそれを誤魔化すように口を開く。

「いろいろな部署の綺麗どころと出かけていくところを、何度も見かけていますよ？　誘いは断らないし、誘いまくるし、なんてチャラ男《お》なんだろうってずっと思って……っ！」

全部言い終わってから、咲良は自分の口から出てしまった言葉に青くなった。どうしてこんなことを口走ってしまったのか、自分でもよくわからない。言わなくてもいいどころか、言ってはいけないことだった気がする。いや、言ってはいけなかったのだ。

「す、すみません、あの、ですね」

しどろもどろになりながらも、恐る恐る柊一を見上げる。片眉を跳ね上げ、こめかみに青筋を浮かべ、腕組みをして仁王立ちする柊一と目が合った。思わず咲良は「ひぃっ」と引きつった声を上げる。

「そうか、そうか。お前、俺をそんなふうに思っていたわけか……ふうん、チャラ男ね。

初めて言われたよ」

「いえ、あのですね。その、つい口が滑っただけで……」

「ついってことは、心の中でずっとそう思ってたってことだろ？　ん？」

「いえ……あの、……はい」

ひくっと柊一の口元が持ち上がり、さっきと同じように両頬をがっしりと挟みこまれてしまった。けれど今度はキスの代わりに頭突きを食らわされる。

「い、痛っ！」

目の奥に火花が散るような衝撃に少し涙目になって、咲良はすぐ間近にある柊一を恨みがましく見上げた。

柊一は眉間にしわを寄せて咲良の目を真っ直ぐに見ている。

「あのな。誤解されているようだから、弁解をさせろ。お前、俺が誰かれ構わず誘いまくって、美味《おい》しくいただいてると思ってたんだな？」

その通りで、咲良は思わず素直に「はい」と答えてしまった。途端、再び柊一の頭突きを食らう。

「いっ、痛いです！」

「どうしようもない誤解をしている奴が悪い。美味しくいただいてる訳がないだろう。ただ、あれだ。話を聞いてるだけだ」

「話……ですか？」

「そうだ。一応これでも将来的には会社では、もう少し上のポジションに就《つ》かされる可能性もある」

　と言うか、次期社長だろう。

「だから、社員が会社に対してどんな不満があるのか、知っておく必要があるんだ。でも、社内の人間全員と飲みに行くなんて到底無理だからな。その部署部署で情報通と思われる人間を誘っては食事に行ったりしていた。正直、情報に長《た》けているのは女性社員の方が多かった。それだけだ」

　真っ直ぐに咲良の目を見つめてくる柊一の栗色の瞳の中に、嘘は見当たらなかった。

あまりにも真剣に言葉を紡《つむ》ぐ柊一に圧倒され、咲良は黙ったままその瞳を見つめ返すことしか出来ない。

「わかったか？」

　そう聞かれ、咄嗟《とっさ》に「はい」と答えてしまった。条件反射のように返事をしてしまったが、咲良は不思議とすんなり彼の言葉を信じていた。思っていた以上に、柊一を信頼している自分に気付かされる。

「そうか、ならいい」

　柊一はそう言って、ふっと微笑む。柔らかく弧を描いた唇が、いまだずきずきと痛む額に柔らかく触れた。

「地毛が茶色いせいで、チャラいと誤解されがちなのは、これでも少しは気にしているんだ。他の人間に誤解されるのは一向に構わないが、お前に誤解されるのはきつい。俺は真面目な人間なんだ」

そう言いながら背中に回された柊一の手の平が、背中を滑り落ちて、椅子に浅く腰掛けている咲良の臀部《でんぶ》をするりと撫でた。

「どこが真面目なんですかっ」

咲良は真っ赤になって、見た目よりも逞《たくま》しい柊一の胸を両手で突き飛ばした……つもりだったが、ひらりとかわされてしまう。

「お前ってこっちの読み通りの行動してくれるから面白いな。本当、可愛いよ」

満面の笑みでそんなふうに言われてしまうと、言葉が出なくなってしまう。少し前までは憎まれ口を返していた気がするのに、どうしてか言葉が思い浮かばないのだ。

咲良は目を泳がせたままデスクへ向き直ると、出しっぱなしの資料をファイルに綴《と》じて引き出しの中に突っ込んだ。

「あ、あの。私は終わったので、これで帰りますので。では」

立ち上がり、ドアに向かって歩き出す。その背中に、柊一の声がぶつかった。

「俺の仕事が終わったら、飯食いに行くぞ。迎えに行くから家で準備して待ってろ」

「は？」

当たり前のようにそう言われ、咲良は思わず間抜けな声を出して振り返った。

「食事に行くぞ。たまには出かけるのもいいだろう？　迎えに行くから待っていろ。いいな。もちろん拒否権はない」

「……拒否権、ないんですか？」

「ない。当然だろう？」

「当然なんですか？」

「当然だ」

勝気な表情を浮かべる柊一に、咲良もふっと笑いがこみ上げてきた。敵《かな》わない。そう思う。そして、抗《あらが》う気にもならない。

「わかりました。家で待っています。でも、あまり待たされるのは好きではないです」

咲良の言葉に柊一は一瞬目を見開き、それから柔らかく微笑んだ。

「あとは企画の報告をするだけだから、それ程時間はかからない。じゃあ、待ってろよ」

「はい」

念を押しながらバタバタとオフィスを出ていく柊一を、咲良は笑みを浮かべたままで見送った。

「まったく……ちゃんと準備しておけって言ったのに、お前、何を準備してたって言うんだよ」

「す、すみません。だって、こんなお店に連れて来られるなんて思っていませんでしたから」

綺麗に盛り付けられたオードブルを前に、咲良はしゅんと俯《うつむ》いていた。

準備しておけと言われはしたが、ちょっと食事に行くものだと思っていた咲良は、さっと髪の毛を直しただけで柊一を待っていたのだった。タクシーで迎えに来た柊一があんぐりと口を開けて驚いていた顔は、この先も夢に見そうだった。

それから「準備になってない！」と柊一にどやされ、先日史乃に選んでもらって買ってきた服に着替えた後、すぐに車に詰め込まれたのだ。

本当にこんな店に連れて来られるなんて夢にも思っていなかった。また日本酒の美味《おい》しい居酒屋か何かだと思っていたのに、いざ連れてこられた店は、咲良がひとりでは到底入ることなどないホテルのお洒落《しやれ》なフレンチレストランで……

こんな所に連れてきてくれると知っていたら、いくら咲良でもそれなりの格好をして待っていたはずだ。けれど……以前柊一が言った言葉が咲良の胸に蘇《よみがえ》る。

「でも室長、以前にいつもと違った格好は似合わないって言ったじゃないですか」

そう言って咲良は小さくむくれる。

そう。史乃に服を選んでもらって、髪の毛もメイクも綺麗に整えてもらった時、柊一は確かに言ったのだ。「いつものままがいい」と。

「似合わないだなんて言った覚えはない。何のことだ？」

ワインに口を付けながら、柊一は驚いたように目を見開く。思い当たる節はないとでも言いたげな柊一の表情に、思わずむっとしてしまう。

だが、あの時の柊一の言葉に、ひどく落胆した自分を思い出し、咲良は急に恥ずかしくなってきた。勝手に期待して、期待通りの言葉が得られなかったからと言って、それは別に柊一のせいではない。勝手な期待をした自分のせいだ。

「いえ、別に何でもないです」

この話はここで終わらせたかった咲良だが、柊一は何かを思い出したようにはっとした様子で咲良を見た。

「もしかしてあの時、いつも通りの方がいいって言ったことか？」

「ですから、もういいんです」

俯く咲良に、柊一は急にうろたえ始めた。

「あの時の言葉を、似合わないって言ったと解釈しているのか？」

それ以外にどう解釈しろと言うのだろうか。咲良は黙ることで、その言葉を肯定する。

「ああ、そうか。悪かった。誤解を与えるような言い方をして」

柊一はそう言うと、テーブルに手をついてがばっと頭を下げた。お洒落《しゃれ》なレストランで急に頭を下げた男に視線が集まらないわけがない。しかも頭を下げる男は目を引くような端整な顔立ちで、頭を下げられている側は、とてもつり合わないちんちくりん眼鏡だ。一体何事かと、周囲の好奇の視線が肌に痛い。

「なっ、な、室長っ、やめてくださいっ。お願いですから」

咲良は慌てて、身を乗り出すようにして柊一に囁《ささや》きかける。柊一はちらりと顔を上げると、「じゃあ許すか？」と見上げてくる。

ここで「はい」と言わなければ、柊一は頭を上げない気がして、咲良は焦って何度もうなずく。そんな咲良を見て、柊一はにっと笑って頭を上げた。

この人、何もかも計算してやってるな！

悔しいが、人の目もあるので咲良は大人しく引き下がり、ワインを口にする。

「それで、何が誤解だって言うんですか？」

「だから、似合っていたんだ」

「は？」

咲良が思い切り顔をしかめて首を傾《かし》げると、柊一はどこか照れた様子で視線を彷徨《さまよ》わせる。

「だから……あの服も、今日の服も、その、よく似合っている。ただ……普段はいつも通りにしてろ。綺麗にするのは俺の前だけでいい。そういう意味でいつもの方がいいと言ったんだ」

思ってもいなかった柊一の言葉に、咲良は手にしていたワイングラスを危うく落としそうになってしまった。ぽかんと開いた口が塞《ふさ》がらない。

「……黙ってないで何か言ったらどうだ」

黙ったままの咲良に焦《じ》れたように、柊一が苦虫を噛み潰したような顔で言う。その耳が、わずかに赤く染まっていることを咲良は見逃さなかった。

「あー……どうせ、面倒臭い奴だとか思ってるんだろ。別にそれでいい。その通りだ。悪いか」

開き直った態度で、柊一はとても上品とは言えない動作でオードブルを口に運んでいる。その様子がおかしくて、咲良はつい小さく噴き出してしまった。

「……ふふ」

「笑うな」

「笑ってません」

とは言ったものの、こみ上げてくる笑いは消せない。口元を隠して堪《こら》えてみたが、肩が小刻みに揺れてしまう。

そんな咲良の様子に柊一は初めこそ口をへの字に曲げて不満げだったが、やがてつられたようにふっと微笑んだ。

「やっぱり笑っていいぞ。お前が笑ってるなら、何でもいい」

そして咲良の頭を撫でようとでも思ったのだろうか。一度手を伸ばしかけたのだが、それを引っ込めて代わりに笑みを深める。

その手に触れてほしい。

浮かんできた思いを、咲良は自分でも驚くほどあっさりと受け入れていた。否定しようもない。否定出来ない。――触れてほしい。

咲良の胸の中で、急激に心臓が激しく鼓動し始め、ひどく戸惑う。けれどその戸惑いの一方で、咲良はとても満たされていると感じてもいた。

「美味《うま》いか？」

「はい。美味《おい》しいです」

今夜は素直になれそうな気がした。


フレンチレストランを出た咲良は、柊一に連れられるまま、同じホテルの最上階にあるバーに連れてきてもらっていた。どのカクテルもキラキラとして綺麗で、甘くて……。すっかり酔いも回り、ぽわんと夢見心地の咲良の目の前に、ちゃらりと鍵が差し出された。

「せっかくだし、今日はここに泊まっていくぞ」

いつの間に部屋を取ったのだろうか。

咲良の知っている限り、柊一には鍵を取りに行くような時間はなかった。……だとしたら、初めから用意していたのかもしれない。

――咲良と過ごすために。

そう思うと、たまらなく嬉しい。断る理由など見つからず、柊一に案内されるままに、ホテルの一室に来ていた。

「うわあ、綺麗ですね」

部屋もさることながら、ガラスの外に広がる夜景の見事さと言ったらなかった。バーの夜景も綺麗だったが、カウンター席に座っていたため堪能することが出来なかったのだ。その夜景は、酔って視点が定まらない咲良には、無数の宝石が輝いているように見えた。咲良は、ぺたんと座り込んで一面のガラスに身を寄せる。

この世界が綺麗なところだなんて、感じたことはなかった。そのことに気が付かなかったのは、自分が何も見ていなかったからだ。どれだけ綺麗な場所にいたって、意識しなければその事実には気が付けない。

そして――

「どうした？」

振り返ると、ソファに座ってワインの栓を開けていた柊一が、穏やかに微笑みかけている。

柊一の問いに、咲良はふるりと首を振ってその姿を見つめ続けた。

自分が柊一の優しさに包まれていることも、今なら素直に認められる。初めはただただ、迷惑で鬱陶《うっとう》しかっただけだったのに、いつの間にかそれは当たり前となっていた。本当は、当たり前の優しさなどあるはずがないというのに。

ガラス窓に身を寄せたまま動かない咲良を心配したように、柊一はワインの栓を開ける手を止め歩み寄ってくる。

「どうした？　具合でも悪くなったか？」

傍らにしゃがみ込み、顔を覗《のぞ》き込んできた。ふわりと柊一の香りが咲良の鼻孔《びこう》をくすぐり、胸の奥が壊れそうな音を立てる。

「飲み過ぎだな。顔が真っ赤だ」

苦笑いを浮かべた柊一の冷たい指先が、咲良の頬に触れる。触れてほしいと思っていたその温もりに、咲良の中で何かがぷつんと切れてしまった。

完全に無意識だった。

手を伸ばし、柊一の襟元《えりもと》を掴み、その体を引き寄せる。そして——バランスを崩すようにして接近した彼の唇に、キスをした。

ほんの刹那《せつな》唇を触れ合わせ、そこではっと我に返る。至近距離に、驚いて目を見開く柊一の顔があって、咲良は慌てて引き寄せていた彼の襟を離した。

「あ、あの。すみませんでした」

自分のしでかしたことに困惑し過ぎて、かえって冷静な声が出る。

「どうかしていたみたいです。その、酔っていたということで、許していただけませんか？」

「許す。……とでも言うと思ってるのか？」

「え？　あの、ちょ、ちょっと！」

目の前にある柊一の顔が、蜂蜜《はちみつ》のように甘く蕩《とろ》ける。その途端、咲良の体は彼の手によって抱え上げられていた。そしてそのままベッドの上に放り投げられる。思った以上に弾力のあるマットレスに体が弾んだと感じた次の瞬間には、覆い被さるような柊一の腕に囲われてしまっていた。

「何もするつもりはなかった。なんて言うつもりはないが、一応、もう少し夜景を楽しんだりしようと思っていたんだ。でも……誘惑したお前が悪い」

「誘惑なんてした覚えは……」

「ないとは言わせない。あんな誘うような目で俺を見てたくせに」

柊一の言葉に、頬がかっと熱くなる。

「そっ、そんな目で見ていましたか？」

「ああ、見てた」

「ふぁっ」

言葉と同時に柊一の唇が首筋に押し当てられる。小さな音を立てながら鎖骨の辺りに吸い付かれると、それだけで頭の中が真っ白になる。けれど彼の指先が服の裾から侵入しようとしたところで、咲良は必死でその硬い胸板を押し返した。

「何だよ。誘ったくせに」

不満げな柊一に、咲良は必死に首を振る。

「ち、違うんです。そうじゃなくて、私、その、出てくる前にシャワーも浴びてませんから、あの、汚れていると思うんで」

「……へえ、じゃあ嫌なのはシャワーを浴びてない状態であって、こうして俺に押し倒されているのは構わないってことだな？」

「……え？」

言われて初めてその通りだと気が付く。

柊一の言葉を否定することも出来ないまま、湯気が出そうなほど赤くなって固まっている咲良を満足げに見下ろし、彼は咲良から離れて体を起こした。ほっとしたのも束の間、再びその体が抱え上げられる。

「な、何するんですかっ」

「シャワー浴びたいんだろ？　手伝ってやるよ」

「ひっ、ひとりで出来ます」

「遠慮すんな」

そのままバスルームに連れて行かれ、脱衣所で下ろされた。そして体を壁に押し付けられて唇を奪われる。舌を絡ませながらも、柊一は咲良のスカートのホックを外し、服をめくり上げていく。

その慣れた手つきに、今までもこんなふうに、誰かの服を脱がせたことがあるのだろうか――と、胸の奥がきりきりした。そんないるかいないかもわからない女性の影に、「負けたくない」という感情が湧き上がる。

そんな感情のまま、咲良は自ら服を脱ぎ捨てた。そして柊一のワイシャツのボタンに手をかける。恥ずかしいとかはしたないとか思う余裕は、既になかった。互いに服を脱がし合い、もつれ合うようにしてバスルームに転がり込む。

熱いシャワーを浴びながら、長い口づけを交わした。

「洗ってやる」

艶《つや》を纏《まと》った栗色の瞳が妖《あや》しく微笑み、バスタブに腰かけた柊一の膝の上に背を向けて座らされる。両脇からボディーソープを泡立てた手が伸び、優しく咲良の体を撫で始める。

「ン、ぁああ……っ」

泡まみれの手の平が、胸の突起を弾くようにしてつるつると胸の上を滑る。自分で体を洗うのとは全く違う、味わったこともない感覚に体が震えた。

「震えてるけど、くすぐったいのか？」

「ちが……っ、ンんっ」

指の間に硬くなった胸の先端を挟みながら滑る手の平の感覚に、咲良は必死で唇を噛んだ。もうその刺激だけでどうにかなってしまいそうで。

「ほら、こっちも力抜かないと洗えないだろ？」

「ひゃ……！　ダ、ダメ……そこは……ッアあ」

片手で内腿《うちもも》を抱える体勢で、足を広げさせられた。泡を纏《まと》った指先は簡単に咲良の茂みの奥に差し込まれ、ゆっくりと溝をなぞり始める。秘所全体を手の平で撫でられると、体はその刺激に素直に跳ねた。触れられているところから、体が燃え立つように熱くなってくる。

自分でも体の中からとろとろと蜜が溢《あふ》れてくるのがはっきりとわかった。

「そんなに濡らしたらダメだよ、咲良。全然綺麗にならない」

耳元で意地悪げに囁《ささや》く柊一の声が、腰の奥を疼《うず》かせる。入り口に浅く埋《うず》められている指ではなくて、もっと別のもので埋めつくして欲しいと体が欲している。いや、体だけではない。心までも柊一に貫いてほしいと欲している。

片方の手で円を描くように胸を撫でられ、もう片方の手で秘所を捏《こ》ねられ、耳朶《じだ》は啞え込まれ舌を這わされている……。気を抜いてしまえば今にも爆発してしまいそうな快楽の熱を必死に抑え、咲良は泣きそうな顔で柊一を振り返った。

「も……ダメです。ほ、しいです」

自分が今、どんな顔をしているのか、たやすく想像出来る。きっと熱に浮かされ、とろんと目を潤《うる》ませているに違いない。そんな顔でこの先を強請《ねだ》っているというのに、不思議と羞恥心《しゅうちしん》は感じなかった。

ただ、早くこの苦痛にも似た快楽を、解き放って欲しいと心から願う。

「もっと上手に強請れたらな」

意地悪な囁きでさえ、咲良の中の熱を煽《あお》るだけ。

「室長……が」

「室長じゃないだろ？」

「しゅ……いちさんの、が、欲しい……っ」

懇願するようにその名を口にすると、感じるところばかりをいじめていた柊一の手が離れ、熱いシャワーが咲良の体を叩いた。そして泡が流された体を再び抱え上げられる。

「よく出来ました。お望み通りに」

そのまま、申し訳程度に体を拭かれる。何度も口づけをかわしながら部屋に戻り、再びベッドに体を沈められる。

濡れたままの柊一の体が覆い被さり、咲良はその背に手を回して受け止めた。

「あ……っン」

掬《すく》い上げるように持ち上げられた胸の先端が、柊一の口内に吸い込まれ、咲良はその刺激に背を仰《の》け反《ぞ》らせた。ちろちろと小刻みに舌で弾かれるのと同じリズムで体が震える。そうされる度に体の中で燻《くすぶ》っている熱は温度を上げ、咲良そのものを焼きつくしてしまいそうだ。

咲良は震える指先で柊一のさらさらの栗毛に指を伸ばした。初めてまともに触れた彼の髪の毛は、思った以上に艶《つや》やかで柔らかく、ずっと触れていたいと思うほどだった。けれど、今はそれよりも。

「も……ヘンに、なりそぉ、です。おねがい、です」

弾む呼吸の合間に、切れ切れにそう懇願すると、柊一は苦しげな笑みを浮かべる。

「悪い奴だ。そんなふうに煽《あお》るんじゃない。抑えが効かなくなるだろう?」

「はぁ……ッ!」

大きく足を開かされると、既に熱く潤《うる》んだ場所に柊一の滾《たぎ》りが一気に突き立てられた。

その瞬間、ショートしたように頭の中に火花が散った。

「あっ、あっ、んァあ、はあ」

擦《こす》られ、抉《えぐ》られ、最奥に付き立てられる度に、直接神経を刺激されているのではないかと思ってしまうほどの快楽が体を支配していく。体温が上がり、血が沸騰して、どろどろに溶かされてしまいそうだ。

「ダ……ダメ。もう、ダメェ……ッ！」

泣き声のような咲良の声に応えるように、柊一の動きも一層速くなる。

繋《つな》がっている場所が熱い。襞《ひだ》を割って奥深くまで柊一が入り込んでくる度に、痺《しび》れにも似た快楽に体が震える。まるで甘い毒にでも冒《おか》されてしまったかのようだ。もうこれ以上は無理だと思っても、体は自ら望んで柊一を受け入れてしまう。

咲良の体は柊一によってすっかり変えられてしまった。触れられただけで、心臓がきゅっと音を立て、体の奥の方が彼を求めるように切なく疼《うず》きだす……触れられることに、柊一とこうして繋がることに幸せさえ感じてしまう。

こんなこと、初めてだ。誰にも感じたことのない気持ち。

「……っく、も……っと……」

体を返され、背後から突き上げられながら、咲良は消え入りそうな声でそう言った。

「……も……っと！」

「頼むから、そんなに煽らないでくれ。堪《こら》えられなくなる」

「あ、ああっ！」

高く濡れた音を響かせながら、柊一が深く激しく咲良を抉《えぐ》る。自分の体内で柊一を強く感じることに、言葉に出来ないほど満たされてしまう。だから、もっと、もっと、柊一を感じたい。

「ふ……っ、は……っ。もっと……しゅ……いちさん……っ、も……っとぉ！」

ぎゅっとシーツを握りしめ、もっと柊一を感じようと自らいやらしく腰をくねらせる。

柊一が腰を打ち付ける度、痺《じび》れるほどの快感が繋《つな》がった場所から背中を通り体を突き抜けていく。

呼吸が熱く弾み、彼の動きに合わせて体が震えた。怖いとさえ思ってしまうほどの悦楽が、咲良を包み込む。体温が一気に上昇し、目の前が真っ白に染まる瞬間が近づく――

「……咲良」

柊一が咲良の背中にぴたりと身を寄せ、覗《のぞ》き込むようにして深く唇を重ねてきた。唾液を混ぜ合わせながら、咲良を貫いてしまうんじゃないかというほど奥深くを突き上げられる。

ぱちん、と体の奥で何かが弾けた気がした。それを発端《ほったん》にして、繋がっている場所から快感の波に呑み込まれる。自分という存在さえ壊されてしまうかのようなその波に、咲良は全身を強張《こわば》らせ、激しく痙攣《けいれん》する。

「ン……ッ、ンん……ん、ンんんんん……！」

唇を塞《ふさ》がれ声も出せないまま、ベッドが大きく軋《きし》むほど体を跳ね上げる。そして咲良は意識を飛ばしてしまうほどの絶頂を迎えた。

それからどれくらい経ったのか……遠くに聞き慣れた音楽を聴いたような気がして、咲良は重たい瞼《まぶた》を上げた。

「目が覚めたか？　電話、鳴ってるみたいだぞ」

「……はい」

目を開けて最初に飛び込んできた柊一の穏やかな笑顔に、咲良の心臓は熱く脈打つ。このまま彼の腕の中で眠っていたいと思ったが、着信音はやむことなく鳴り響いている。無視してしまいたかったが、仕事上の大事な連絡だったら困ると思い直し、咲良は乱れたシーツの上に転がる携帯電話を手に取った。だが表示されている名前を見た途端、咲良は眉をひそめてそれを布団の中に押し込めた。

「……もしかして母親か？」

柊一の言葉に、こくんと小さくうなずく。

一体どういうつもりなのか。ずっとほったらかしだったくせに、柊一と暮らすようになった少し前くらいから、時々電話がかかってくるのだ。何かあったのだろうかと思いながらも、どうしても電話に出る気にはなれなかった。

「余計なことかもしれないけど、本当に出ないつもりか？」

「……今更、何を話すって言うんですか？」

咲良は柊一に背を向けると、ふかふかの枕を胸に抱きしめ、それに顔を埋《うず》めた。

「今更……ね」

柊一はそう言うと、背後から咲良の体を包み込んできた。そのあたたかな温もりに、ほっとする。

「それは本音か？」

「……当たり前です」

これまでのことを思えば、自分には母親を拒絶する権利があると思う。そうして当たり前だと。ずっと苦しめられてきたのだから当然だと、そう思ってきたはずだった。

「じゃあどうして着信拒否にしない？　そもそも連絡がくるのが嫌だったら、電話番号だって変えればいいことだったんじゃないのか？　お前が本気で連絡を絶ちたいと思っていたのなら、すぐにでもそうしていたはずだろう？」

「そ、それは……」

それ以上言葉が出ない。確かにそうだ。そうする機会はいくらでもあったはずなのに、咲良はそれをしなかった。自分の意思で。

「会ってみたらどうだ？　お前だって以前のお前じゃないように、もしかしたらお母さんだって以前のままじゃないかもしれない」

咲良は胸に抱いていた枕から手を放すと、自ら柊一の胸に顔を埋めた。心地のいいリズムを刻む心音に包まれ、それまでずっと心に閉じ込めてきた思いが溢《あふ》れ出す。

「でも……でも、今度こそ本当に捨てられてしまったら……？　そう考えたら、怖いんです。会って、また捨てられるのが……怖いんです」

口から出たのは、紛《まぎ》れもなく咲良の本音だった。ずっと胸の奥に閉じ込めてきた——何度捨てられたかわからない。切り裂《さ》かれる胸の痛みは、何度繰り返しても慣れることはなかった。あんな思い、咲良はもう二度としたくはなかった。だけど母との繋《つな》がりを断ち切ることも出来なくて……だから、ずっと曖昧《あいまい》にしてきたのだ。そんな自分の気持ちに、やっと気付いた。

「もう、ひとりだと思い知らされるのは嫌なんです」

ぎゅっと強く目を閉じると、柔らかく、けれど力強く柊一の腕が咲良の細い体を抱きしめた。

「ひとりじゃないだろう？」

その言葉に視線を上げると、慈《いつく》しみ、包み込むような柊一の瞳と出会った。傷つく度に硬くなっていった心が、解《ほど》けていく。

「俺がそばにいる。だから……お前はひとりなんかじゃない」

その言葉に、不覚にも涙腺《るいせん》が熱くなる。視界が潤《うる》み、こめかみ辺りを熱い雫《しずく》が流れていくのを、もう止められなかった。

「大丈夫だよ、俺がいる」

「……っく」

喉の奥から熱い塊がせり上がってくるような感覚と共に、鼻の奥がつんとした。嗚咽《おえつ》を漏らしながら、咲良は柊一の腕の中で肩を震わせながら泣いた。「好きなだけ泣け」と言われて背中を撫でられ、堪《こら》えきれずに声を上げて泣き出してしまう。

こんなふうに誰かの前で泣いたことなどなかった。弱い自分は誰にも見せたりしないと、意地を張って生きてきたのに……そんなずっと咲良を支え続けてきた意地でさえ、柊一の腕の中では簡単に溶かされてしまう。

結局柊一は、延々と泣き続ける咲良の背中を根気強くさすり続けてくれた。その優しい手に、いつしか咲良はまどろんでいた。

眠りに落ちるほんの刹那《せつな》、今度こそ完璧に捨てられたとしても、柊一がいてくれるのなら、母親に会ってみてもいいのかもしれない……と、そう思った。

次の日の昼近く、咲良はホテルのそばのカフェで、自分とよく似た面差《おもざ》しの女性と向かい合って座っていた。急な会議で呼び出された柊一とホテルで別れた後、身支度を整えて咲良も帰宅しようとしたところに、母親からの着信があったのだった。

正直なところ戸惑いもしたが、今を逃してしまったら、もう二度と電話に出る勇気を持てない気がして、咲良は震える指で通話ボタンを押した。そして、どうしても会いたいと言う母の言葉に押し切られる形で、そのままホテルの近くのレストランで待ち合わせすることになったのだ。

「会ってもらえるなんて思ってもいなかった。来てくれてありがとう」

「……お久しぶりです」

他に何と言っていいのかもわからずそう言うと、母親——紺野万里江《まりえ》は寂しそうに笑って見せた。

「そうよね……最後に会ったのは何年前だったかしら」

「……さあ」

そう咲良は曖昧《あいまい》に答えたが、本当はよく覚えていた。最後に会ったのは咲良がまだ高校生の頃。万里江は何かを取りに帰ってきて、すぐに出て行ってしまったのだ。何かを話すわけでもなく、互いの顔を正面から見ることもなく。

それから最近まで、ずっと連絡はなかった。万里江は、母である咲良の祖母の葬式にさえ顔を出さなかったほどだ。いや、出せなかったのだろう。親戚一同からも縁を切られていたようだったから。

「それで……何のご用ですか？」

咲良は目の前のコーヒーを見つめながら、静かな声で言った。万里江の顔を見てしまえば、もっと腹立たしいとか憎らしいという感情が湧いてくるのではないかとずっと思っていた。けれど、不思議なことにそんな感情は少しも湧いてはこない。

ただ、懐かしいばかりで。

「……あなたに、どうしても会いたかったの」

万里江はそう言うと、ゆっくりとした動作でコーヒーカップに口を付けた。

「私、今一緒にいる人と海外に行くことになって……それで、最後にどうしてもあなたの顔が見たかった。勝手よね。本当に勝手だわ。ずっと昔からあなたに拒絶されてたっていうのに」

口元に浮かんでいる笑みは、やはり悲しげだ。感情を抑えているのか、時々唇が震えている。咲良よりも万里江の方が、捨てられた人間のように見える。

「……私を拒絶したのはあなたの方です」

苦しめるつもりで言ったのではなかった。ただ自分は拒絶したつもりはないと言いたかっただけなのだが、万里江は眉を寄せて唇を噛む。

「いいえ。あなたは私を拒絶していた。もちろん悪いのは私。拒絶されたって仕方のないことを私はしてきたもの。でも……あなたは、咲良は、抱きしめたくて伸ばした私の手を、いつも振り払ってしまって……その度に私は、消えてなくなりたい気持ちになって……そして逃げ出した」

万里江の言葉に、咲良の脳裏にその当時の記憶が浮かび上がる。

自分に向かって伸ばされた手。その手を掴みたいのに、その手に抱きしめられたいのに、意固地になってその手を振り払ってしまった子供の頃の咲良。そして……悲しそうに俯《うつむ》き背を向ける、万里江。

拒絶されたのは自分の方だと、咲良はずっと思っていた。だって、背中を向けて出て行ってしまったのは万里江の方なのだから。何度戻ってきても咲良に触れようともせず、まともに視線を合わせようともせず、最後にはいつもいなくなってしまう。

だから拒絶されているのは自分の方だと思っていたのに、まさか万里江も同じように感じていたなんて。

「どんな理由があろうと許されないけれど。私は何度も何度もあなたを捨ててしまったから。それなのにあの頃の私は、心の中で咲良を責めていたのよ。私を受け入れない咲良が悪いって……バカよね」

震える声で言葉を紡《つむ》ぎ続ける万里江の言葉を、咲良はただ黙って聞いていた。

「でも……今一緒にいる人と出会ってやっとわかったのよ。受け入れてもらえないのは、私が求めるばかりのわがままな人間だからなんだって」

「今一緒にいる方は、あれからずっとですか？」

曖昧《あいまい》な言い方だったが、万里江にはそれで理解出来たようで、こくんとうなずく。万里江は新しい相手が出来る度に咲良のもとを去り、別れれば戻ってきたのだ。咲良が高校生の頃に出て行ったきり戻って来なかったのだから、それからずっと一緒にいるのだろう。

「珍しく長続きしているようですね」

意図せず刺《とげ》のある言い方になってしまったが、万里江は「そうね」と苦笑いしただけだった。

「海外に赴任するから一緒に来てほしいって言われて、心底咲良に会いたいって思ったの。最後にあなたに会いたいってね。もしかしたら私……楽になりたかったのかも。あなたの元気な顔を見れたら、私の罪悪感も少しは小さくなるんじゃないかって。ダメね。やっぱり私はいつまでたっても求めるばかりのわがままな人間だわ」

真っ直ぐに見つめてくる万里江に、咲良は小さく微笑んだ。こんなふうに正面から視線を向けられるのはどれくらいぶりだろうか。思い出すことも出来ない。そんな咲良の顔に万里江は驚いたような表情を浮かべる。

「罵《のの》っていいのよ？　あなたにはその権利があるわ」

「罵られたかったんですか？　それで罪の意識は軽くなりますか？」

見開いていた目を細め、万里江はその視線をテーブルの上に彷徨《さまよ》わせる。もしかしたらこの人は、咲良に捨てられる覚悟でここに来たのかもしれないと思った。憎しみを一身に受けることで、咲良の心を少しでも楽にするために。

以前の自分なら、間違いなくここで万里江を罵倒《ばとう》し、容赦《ようしゃ》なく切り捨てたに違いない。

それどころか、まず万里江に会わなかったに違いないのだ。けれどそれを変えてくれたのは……

「いつかあなたに会ったら、今までのこと散々罵ってやろうと思ってました。でも……どうしてでしょうね。もういいです。不思議と怒りも湧いてきません」

薄く笑みを浮かべて心のままにそう言うと、万里江は顔を上げ、なぜか嬉しそうに微笑んだ。

「咲良。あなた……今、幸せなのね、きっと」

「え？」

思わず間抜けな声が出てしまった。そんなこと、考えたこともなかったから。けれど万里江は何かを確信したように微笑みを崩さない。

「よかった。私があなたをたくさん傷付けてきたから、咲良はもしかしたら誰も信用しない子になってるんじゃないかって思っていたの。でも……ちゃんといるのね。あなたにとっての大事な人が。一緒にいたいって思える人が」

「私にとっての……大事な人……？」

「違うの？」

どう答えていいのかわからず、咲良は口を半開きにしたままで目を瞬《またた》かせた。

大事な人。一緒にいたいって思える人。

その言葉に、咄嗟《とっさ》に柊一の顔が頭に浮かぶ。穏やかに微笑んで、優しく頭を撫でてくれる柊一の顔が——

一気に顔が火照り出し、耳まで熱くなってくる。そんな自分の反応に気が付き、咲良は思い切り顔を俯《うつむ》けた。テーブルの上に視線を彷徨《さまよ》わせていると、万里江がおずおずと手を伸ばし、咲良の頭をそっと撫でた。

柊一の大きくて安心する手とはまた違う。でも、その手の温もりは懐かしくて優しくて……ずっと求めていたものだった。心の奥にあった氷が溶けていく気がした。

「……さんは」

「え？」

「お母さんは……今、幸せなんですか？」

お母さんと口に出して言ったのは、一体どれくらいぶりだろうか。もう二度と口にすることはないと思っていた言葉が、今は本当に自然に口から出た。

万里江もまた、咲良からそんなふうに呼んでもらえるなどと思っていなかったのだろう。その顔が一気にくしゃくしゃに歪《ゆが》み、涙が一筋頬を伝う。

「……ええ、そうね。だから心からあなたに謝りたいと思ったの。自分が満たされて初めて、どれだけあなたにひどい仕打ちをしてきたのかがわかったなんて、母親ってよりも、人として失格だわ。でもね、こんなひどい親だけど……咲良の幸せを祈っていてもいい？」

思い出したくもない過去は、今も確かに咲良の胸の中にある。けれど、もういいと素直に思えた。

――お前はひとりなんかじゃない。

昨夜の柊一の声が耳の奥に鮮《よみがえ》やかに蘇って、胸の奥がじんと熱くなる。

確かに、ずっと咲良はひとりではなかったのかもしれない。ただ自分で自分を孤独にしていただけで。これまでも、この先も、きっと咲良はひとりきりなんかではない。

出来ることなら、一番そばに柊一がいてくれたらいい。

心からそう思うのを、咲良はもう止められなかった。こんなふうに誰かを求める日がくるなんて、自分にはないと思っていたのに。でも今、咲良は心から柊一を求めている自分を自覚せずにはいられなかった。

これは、紛《まぎ》れもなく「恋」と呼ばれるものなのだろう……

「私も、お母さんの幸せを祈っています」

心の一番深い所で凝《こ》り固まっていた何かが、ゆっくりと溶けていくような気がした。

幸せになりたいと、そう思った。

6　幸せになりたい

二か月。それがゲームの期限だった。その期限も、あと二週間で終わろうとしていた。

自分の気持ちを自覚してからも、咲良はそれまでと変わらず柊一と生活を共にしていた。

ずっと自分に欠けていた優しい気持ち、穏やかな気持ち、悲しい気持ち。そして何よりも愛しいと思う気持ちを取り戻させてくれたのは、間違いなく柊一だ。

ひとりでも生きていけると思っていた咲良に、ひとりよりもふたりでいることの楽しさや幸せを教えてくれたのも柊一だ。

今の自分の思いを、どうやって言葉にしていいのかも咲良にはわからない。言葉にする自信もない。けれど、伝えたいと思う。不器用でも言葉足らずでも、きっと柊一はそれを受け止めてくれる気がしていた。

このゲームが終わる日に、この気持ちの全てを打ち明けようと思っていた。

確かに、そう思っていたのだ。

その日は前日から急な出張で柊一が出かけていたため、久しぶりに寝起きの悪い彼を起こさずにすんだ。けれどその手間がないことを寂しく思いながら、咲良はいつものように出社した。

企画室に一歩足を踏み入れた途端、いくら鈍い咲良でもそこに普段と違う空気が漂《ただよ》っていることに気が付いた。何か、変にざわついている。

「おはようございます」

入り口でそう声をかけると、挨拶は返ってきたが、ざわついた気配は一向に変わらない。咲良のデスクの隣……愛実のデスクに数人の女性社員が集まって何やら話をしている。当の愛実はお手洗いにでも行っているのか、その姿は見当たらないが。

何を話しているのだろうと思ったが、噂話は得意ではないので、咲良はあえてその会話に入らないように自分の席に着いた。けれど咲良が何かを尋ねるまでもなく、愛実のデスクに集まっていた女性社員のひとりが咲良に話しかけてきた。

「ねえ、紺野さん聞いた？」

主語もなくそう言われても、何のことかわかるはずもない。首を傾《かし》げてみせると、女性社員はため息まじりに口を開いた。

「佐伯室長、この前まで一緒にプロジェクトを進めていた三枝さんと婚約するんだって。今度正式に両家の顔合わせをするそうよ。何でも親同士が懇意《こんい》にしていて、ふたりとも昔から知り合いだったんだって。この前のプロジェクトも、三枝さんを社内の人間に紹介する意味もあったんでしょうねー」

女性社員の口から語られる言葉の意味が、咲良にはすぐに理解出来なかった。でも何か返事をしなければと、「そうなんですか」とだけ震える声を押し出す。

「まあ癪《しゃく》だけど室長と三枝さんだったら、美男美女で誰が見てもお似合いだわ」

ぐるぐると目の前が回った気がして、咲良はぐらりと体を揺らし、片手で頭を支える。

「紺野さん大丈夫？　具合でも悪いの？」

咲良は心配そうに自分を見る女性社員たちに「大丈夫です」と、か細い声でやっと答える。口ではそう言っても、めまいと動悸《どうき》が咲良を襲っている。

「ちょっと……お手洗いに」

心配してついて行こうかという女性社員たちに何とか笑みを向け、咲良はオフィスを出た。入り口のところでちょうど戻ってきた愛実とすれ違う。彼女は咲良の様子を見るなり何かを察したのか、慌てた様子で近づいてきた。

「紺野さん！」

振り返ると、愛実が心配そうに咲良の顔を覗《のぞ》き込んでくる。

「ねえ、紺野さん、顔色すごく悪いけど、大丈夫？」

咲良は思わず、そんな愛実にすがりついていた。

「庄司さん……室長が三枝さんと婚約するって……本当ですか？」

嘘だと言って欲しくて、この混乱した状況から自分を救い出して欲しくて、その一心で咲良は愛実を見上げる。

なのに愛実は一瞬目を見開き、それから気まずそうに目をそらしてしまった。

「それが……本当みたいなの。社長秘書をしている子からの情報らしくて……再来週に両家の顔合わせの予定が入っているって、社長から直接聞いたみたい」

愛実の口から聞かされたのは、咲良が望んでいた言葉ではなかった。咲良は思わず顔を歪《ゆが》めて唇を噛む。めまいは収まるどころか、余計にひどくなってくる気さえした。

ふらつく咲良の体を、愛実がそっと支えてくれる。そして、彼女は少しも悪くないというのに、心底申し訳なさそうに頭を下げた。

「ごめんね……伝えない方がいいのかもしれないとは思ったんだけど、でも……嘘をつくのは違うって思って……」

「庄司さんは悪くないです。心配かけてしまってすみません。……もう、大丈夫です」

咲良は逃げるように洗面所へ行き冷たい水で顔を洗った。そして自分の席へと戻り、始業のベルと共にいつも以上の勢いで仕事をこなしていった。

終業後、咲良は自動販売機で買った飲み物を手に、企画室のある三階フロアの長椅子に腰掛けていた。普段は滅多に口にしない炭酸飲料をなぜか飲みたい気分だった。単に気持ちを切り替えたかっただけかもしれない。

プルタブを開け、中の液体を喉に流し込む。咽喉《いんこう》を刺激するような感覚に咲良は何度かむせ込み、そして大きく息を吐き出す。

大きな窓からは沈みかけた夕陽が、咲良を照らしている。

あっという間に時間が過ぎた。正直なところ、自分が一日何をしていたのか、咲良はよく覚えてはいなかった。ただ、がむしゃらに仕事をしていた気がする。

きっと鬼のような顔で仕事をしていたに違いない。昼休みすらほとんど取らず、とにかく仕事に没頭していた。そうでもしなければ、混乱しきった思考に呑み込まれてしまいそうだったから。

何が本当で、何が嘘なのか、咲良には知りようもない。当の柊一はまだ出張から帰社していない。今日の夕方の便で戻ってくるということだ。

隣の席の愛実からは何度「大丈夫?」と声をかけられたかわからない。そんなふうに言われるくらいだ。きっと全く大丈夫には見えていなかったのだろう。

「情けない……」

咲良の顔には一瞬、自嘲的な笑みが浮かんだが、それさえもすぐに消え失せた。俯《うつむ》き、手の中の缶をぎりぎりと握り締める。

柊一と史乃が婚約する——

初め聞いた時、その話は嘘だと思った。嘘でなかったとしたら、これまでの柊一との生活に意味が見いだせなくなる。咲良にとって柊一との生活は、本当に大事なことがたくさん詰まった貴重な時間だった。けれど、それは咲良ひとりの勘違いだったのだろうか。

ゲームの期限は二か月。その終了時期は、婚約するというタイミングとぴったり合致する。これは偶然なのだろうか？

「あれ？　咲良ちゃん」

その声を、咲良は一瞬幻聴かと思った。あまりにも今考えている人の声だったから。

「……史乃さん」

エレベーターから降りてきた史乃が、大きく手を振りながら咲良の方へと走り寄ってくる。

「どうしたんですか？」

「ああ、これを届けに来たの。見本誌が出来たから。咲良ちゃんも一冊どうぞ」

目の前に雑誌が差し出され、咲良は「どうも」と言ってそれを受け取った。

こんな時に史乃に会ってしまったら取り乱してしまうのではないだろうかとも思ったが、感情が麻痺《まひ》してしまったのか、取り乱すどころか何の感情も浮かんでこない。

「咲良ちゃんもきれいに写ってるのよ、ほら」

咲良の隣に座り雑誌をめくると、史乃は人懐こい笑顔を向けてきた。美人でスタイルも良く、愛嬌《あいきょう》があり嫌味《いやみ》もない。その上、責任のある仕事まで任されているときている。柊一と並べば、誰もが羨望の眼差しを向けるほどお似合いだろう。どれひとつ取っても咲良では勝負にさえならない。

「ほら、すごくいい写真」

「あ、あの」

咲良は史乃の言葉を遮《さえぎ》るように立ち上がると、早口にまくし立てた。

「私、これから用事があるので帰ります。史乃さん、見本誌ありがとうございます」

勢いよくぺこりと頭を下げると、その場から駆け出す。これ以上史乃と一緒にいると、どんどん自分が惨《みじ》めになっていくだけだ。

「咲良ちゃんっ？」

驚いたように呼び止める史乃の声を振り切って、咲良は後ろも見ずに会社を出た。

——ゲームをしよう。

柊一の声が頭の中で響く。

人混みをすり抜けるように駆け抜け、電車へ飛び乗る。

そう、あれは柊一の中でまさにゲームだったに違いない。

婚約が決まるまでの空いた期間を埋めるための、ゲーム。そう考えれば納得出来る。

つまりは、独身生活最後に咲良というサイボーグ女との恋愛ゲームを楽しみたかった、そんなところだろう。きっとそうだ。それ以外に理由なんて思い当たらない。

柊一は最初から「ゲーム」だと宣言していた。それなのに、その「ゲーム」を真に受けて、勘違いして本気になってしまった咲良が愚《おろ》かなのだ。

あの優しい微笑みも、あたたかな手の平も、唇の熱さも——ひとりじゃないという言葉も、全部、全部ゲームの作戦のひとつに過ぎなかったのだ。

電車に揺られながら、咲良は自分の中の何かがぼろぼろと崩れ落ちていくのを感じていた。何かが……きっと、やっと自覚した大切な気持ちが。

俯《うつむ》いて靴の先を見ていた咲良の視界に、ぽたぽたと水滴が落ちてくる。それが自分の涙だと理解するまでに数秒を要した。電車は帰宅時間ということもあり、比較的混んでいる。こんなたくさんの人の前で泣くなんてと、必死に涙を堪《こら》えようとしたが、自分の中からぼろぼろとはがれ落ちていく何かが瞳から零《こぼ》れているかのように、どうやっても涙は止まってはくれなかった。

それから十分ほど電車に揺られ、いつもの駅に着く頃には何とか涙も止まってくれていた。けれど涙と共に、自分の中に確かにあった大事な感情も流れ落ちた気がする。

今の咲良の心は、老後は環境の良い老人ホームに入るというライフプランを、胸を張って宣言していた頃ととてもよく似ている。静かで、何も感じない。

やっぱり私にはこれが一番いいんだ。そう、咲良は思った。期待なんてするから傷つく。期待なんてせず、自分以外の誰も信じず、たったひとりでいれば、傷つくことなどなく生きられる。きっと。

今度こそ揺るがないようにしよう。そう心に誓った時だった。

「咲良っ」

人混みの中、腕を引かれてたくましい胸に引き寄せられた。さっき立てたばかりの誓いさえも頭から吹き飛ばされ、一瞬にしてすべてが真っ白に塗り潰される。

「よかった。そろそろ帰ってくる頃だと思って待ってたんだ」

優しく微笑む柊一の笑顔に胸の奥が軋《きし》む。掴まれた温もりに、包み込まれたいと願ってしまう。

無意識に浮かんできた願いを振り払うように、咲良は柊一の手を乱暴に振り払った。

「咲良？」

驚きの表情を浮かべる柊一に背を向け、咲良は人混みをかき分けて歩き出した。

「おい、ちょっと待て。咲良っ」

しかし、すぐに捕まってしまう。

「お前、何のつもりだ。俺の手を振り払うとはいい度胸だな」

いつものように強気な言葉を口にする柊一を見ることもなく、咲良は掴まれた手を振りほどこうと、腕を乱暴に振る。けれど今度はしっかりと捕まえられていて、なかなか振りほどけない。

「……離してください」

声が震えてしまう。真っ直ぐに柊一の顔を見ることも出来なかった。そんな咲良の様子に、柊一は身を屈《かが》めるようにして顔を覗《のぞ》き込んできた。

「お前……どうしたんだ？」

顔を覗き込み、目を合わせてくる柊一の視線をことごとくかわしながら、咲良は力一杯腕を振り払った。やっと柊一の手が離れ、ほっとした一方でひどく胸が苦しい。

「咲良？」

柊一が咲良に向かって一歩踏み出せば、咲良は一歩後ずさる。柊一がもう一歩踏み出したのに合わせて、一歩後ずさる。それでもまだ腕を伸ばしてくる柊一に、咲良は他人の目があることも忘れて鋭く叫んだ。

「触らないでくださいっ！」

行き交う人たちが、珍しいものでも見るようにしてふたりを避けて通り過ぎていく。

「……わかった。わかったから落ち着け。ここじゃ邪魔になるだろ？　とりあえず移動しよう」

確かに通行の妨《さまた》げになっていることは否《いな》めず、咲良は黙って柊一に促されるまま一緒に歩く。その間、柊一は咲良に一切触れてこなかった。けれどさっきまで掴まれていた手首には、まだはっきりと柊一の手の温もりが残っている。

咲良は少しずつ風に掻き消されるその温もりを庇《かば》うように、自分の手首をぎゅっと握った。

「とりあえず座れ」

促され、咲良は街路樹の下のベンチに腰かけた。歩いたおかげで気持ちは少し落ち着いている。さっきのように、感情的に声を荒《あら》らげずに済みそうなほどにはなっていた。

「飲み物はいらないか？」

「いりません」

「そうか」

そう言うと柊一は咲良の横に腰を下ろした。そしてそのまま黙ってしまう。咲良は柊一が何か言うのを待っていたのだが、彼は彼で咲良の言葉を待っているらしい。

咲良も柊一も、黙ったままで街路樹を見上げていた。街灯に照らされた木々の影が、まるでレース模様のようにベンチに座る咲良と柊一の上に降り注いでいる。気まずいはずの沈黙も、不思議と柊一が相手ならば気持ちが穏やかになってくる気がした。黙って隣にいるだけで満たされている自分が、情けなくて悲しくて苦しくて……。

楽になる方法は、きっとたったひとつしかない。今それを実行しなければ、咲良はこのゲームの間中、苦しみ抜かなければならない。今でも十分に苦しいのに、この先も一緒にいれば、その苦しみは確実に何倍にも何十倍にも膨《ふく》れ上がっていくに違いないのだ。

そしてゲームが終われば柊一は史乃のもとへ行ってしまう。そんな終わりの見えたゲームなど、何の意味があるのだろう。残るのは、ただ絶望だけだというのに。

――だから、今、終わりにする。

「室長。私の部屋から出て行っていただけませんか？」

「どういう意味だ？」

「そのままの意味です」

いつも通りの冷静な声が出せているのかどうか、自分ではわからない。ただ、必死にすべての感情を押し殺す。

「もうゲームは終わりです」

「まだ二週間残ってるはずだ」

咲良は痛いほどに柊一の視線を感じていた。けれど、その瞳を見つめ返すことはどうしても出来なかった。目を見てしまえば、元の自分に戻る最後のチャンスを失ってしまうような気がしたから。

「いいえ。ゲームオーバーです。婚約の決まっている人が、こんな不誠実なことをしてはいけません。違いますか？」

咲良の「婚約」という言葉に、柊一の顔色がさっと変わる。どうして知っているんだと言わんばかりに、栗色の目が見開かれた。

そんな柊一の表情に、咲良は落胆した。

この期に及んで「婚約の話なんてない」という言葉を期待していた自分に気が付いてしまったからだ。恥ずかしいというよりも情けなくて、思わず自虐的な笑みが浮かぶ。けれどそんな笑みさえも長くは続かず、すぐに消え失せた。

「……誰から聞いたのかは知らないが、俺は婚約なんてするつもりはない。両方の親が勝手に盛り上がっているだけだ。もちろん、正式に断る。だから、そんな話、わざわざする必要はないだろう？」

「断るから……話す必要はない、ですか」

ぼそっと呟《つぶや》いた咲良の言葉に、柊一は戸惑うことなくはっきりと「そうだ」と答えた。

嘘をついているとは思えない、その堂々として落ち着いた声が、逆に咲良の気持ちを逆撫でた。そんなわけがない、という気持ちが胸の中で爆発する。

——断るわけがない。相手はあの史乃さんなんだから！

——話す必要がなかったのは、これが彼にとって単なるゲームだからだ！

一度溢《あふ》れ出してしまった気持ちは、咲良の中で化学反応を起こして、次々に色々な思いを巻き込んで爆発する。

──優しかった手も、眼差しも、笑顔も……全てが、嘘だったくせに！

咲良にとって何かを変えてくれたかけがえのない日々も、実はただ薄っぺらいゲームの盤上でのことだったのだ。

咲良の目の前にある全てのものが一気に色褪《あ》せ、真っ黒に塗り潰されていく。

「……嘘です」

呟いて、咲良はぎりっと奥歯を噛みしめる。

「そんなの嘘ですよね？　室長」

自分の口から出てくる低い声に、驚かずにいられなかった。自分からこんなにも疑いや妬《ねた》み、怒りに憎しみ……ドロドロとした汚い感情で凝《こ》り固まったような声が出るなんて知らなかった。

相手が柊一だから、こんなにも感情を抑えられない。

「どうしてそう言い切れる」

「相手は……史乃さんじゃないですか。あんなに完璧な女性《ひと》、断る理由がどこにあるんです？」

一度口をついて出た言葉は、堰《せき》を切って溢れ出す。

「元々知り合いだったのに、周囲にはまるで初めて会ったように接してましたよね？　何のためですか？　ゲームのことが知られてしまうとまずいからですよね？　それともあれですか？　婚約予定の相手だって知られたりしたら、史乃さんが親の力で仕事を取ったと言われるかもしれないことを危惧《きぐ》してですか？　……っく」

喉が熱くなり、鼻の奥がつんとした。気が付いた時には視界が潤《うる》んで、熱い涙がボロボロと頬を伝って零《こぼ》れていた。柊一はそんな咲良の涙に驚いたように目を見開きながらも、眉をひそめる。

「そんな心配なんてしてなかったさ。あいつがコネで仕事を取るような奴じゃないことくらい、一緒に仕事をしていれば誰だってわかるだろう？　でも、公《おおやけ》にする必要もないと思った。変な噂が立てば、仕事がしづらくなるのは間違いないからな」

史乃が誰かの力など借りなくても、仕事が出来る人だということくらい本当はわかっていた。それでも言わずにいられなかったのは、きっとこれが嫉妬《しっと》という感情だからだ。

そして、彼が史乃をフォローする発言は、そんな嫉妬心に縛られた咲良を惨《みじ》めにするには十分だった。

泣くつもりなんてなかった。けれど、咲良の意思に反して、零れ落ちる涙は止まらない。

「どちらにしたって、史乃さんを守りたかったからじゃないですかっ。楽しかったですか？　ゲームは、楽しかったですか？　サイボーグをからかって……騙《だま》して……それで、室長は楽しかったですか？」

堪《こら》え切れずに顔を両手で覆う。これ以上の醜態《しゅうたい》を晒《さら》すのには耐えられなくて。けれど涙は止まってくれない。漏れ出しそうな嗚咽《おえつ》を堪える咲良の震える肩が、不意に抱き寄せられる。

「からかっても騙してもいない。あいつを……史乃を守りたかったわけじゃない。隠していたのは、お前を失いたくなかったからだ」

真っ直ぐに響いてくる柊一の声。その言葉に縋《すが》りつきたくなる。その言葉が本当だったらどれだけいいだろう……と。

けれど醜い感情に真っ黒に塗り潰されてしまった咲良の心は、もう彼の言葉を受け入れることが出来なかった。誰かを想い、感情がこんなにも暴走したことなど今まで一度だってなかったのだ。咲良は、この暴走しきった感情をコントロールする術《すべ》を知らない。

「……信じられません」

「咲良」

ぐっと両肩を掴まれ、体を揺さぶられる。

「ちゃんと俺を見ろ」

焦りと苛立ちのまじった柊一の厳しい声に、咲良はのろのろと彼に視線を向ける。視線の先にあったのは、今まで見たこともないほどの真剣な柊一の表情だった。

「本当に俺が信じられないのか？　ゲームだなんて思っていなかった。ただ、お前を手に入れたかった。でもお前は俺を避けていただろう？　だからあんな回りくどい方法を取ったんだ。俺にとってはお前と一緒の時間はゲームなんかじゃなかった。本気でお前に向き合おうとしていたんだ」

眉を寄せ、一言一言を言い聞かせるように柊一は言葉を紡《つむ》いでいる。咲良はしゃくり上げながら、ただそんな柊一の言葉を受け止めていた。泣き過ぎで体温が上がっているせいだろうか、頭の中も高熱でもあるかのように、ぼんやりとしてくる。

「俺と一緒に生活して、お前は俺にからかわれていると思ったか？　騙《だま》されてると思ったか？　面白半分でお前と向き合ってきたと、そう思うのか？」

——思わない。

柊一はいつだって咲良を一番に考えていてくれた。お前が嬉しいなら俺も嬉しいだなんて言葉、もらったこともなかったし、そんなふうに思ってくれる人がいるなんて考えたこともなかった。

「お前にとって、俺との生活は嫌なものだったのか？」

——嫌じゃなかった。むしろ、それは幸せな時間だった。

「俺はお前が大事なんだ。お前が好きなんだ」

その言葉と共に、柊一の腕の中に閉じ込められる。「好きだ」と耳元で囁《ささや》かれる熱っぽい言葉に、咲良の心臓は確かにあたたかな音を立てた。

「……俺を、信じられないか？」

──信じたい。信じたい信じたい。けれど。

「……信じるって、どうやったらいいんですか？」

咲良にはわからなかった。

柊一の言葉をそのまま受け止め、それを本当だと思うことは出来る気がした。でも、咲良はその先を考えてしまうのだ。結局、裏切られてしまう未来を。

それは子供の頃からの癖なのかもしれない。だからきっと、咲良は死ぬまで怯《おび》えるしかないのだ。傷ついて裏切られる不安に。

今でも心が壊れそうで、いっそ壊れてしまった方が楽だと思うのに、この先もそんな不安感に苛《さいな》まれ続けるなど、咲良には到底耐えられそうもない。

「お前は俺のそばにいればいいんだ」

更に強く抱きしめられ、力強い声が咲良の鼓膜を震わせる。

ゆっくりと瞳を閉じると、それまで瞳に溜まっていた涙が一気に頬を伝った。大きく息を吐き出し、腕を突っ張るようにして体を離すと、真っ直ぐに柊一を見る。

「……無理です」

声が震える。声だけじゃなく、唇も肩も、体の全てが震えている。

「無理じゃない。俺は絶対にお前を裏切らない」

「人の気持ちなんてわかりません」

咲良は今まで「絶対」という何かに出会ったことがないのだから。自分を包むこの腕の温もりが「絶対」に消えないとはどうしても思えなかった。そして、この腕の温もりに慣らされてしまえば慣らされてしまうほど、失うのが怖くなる。

「俺の気持ちは変わらない」

再び強く抱きしめられ、咲良は柊一の胸に顔を埋《うず》めたまま、大きく息を吸い込んだ。何度も咲良を満たしてくれた、どこか安心するような、それでいて心を掻き乱されるような柊一の香りを。忘れないよう、深く自分の中に刻みつける。

これまでの日々が頭の中をよぎっては消えていく。

思い出すだけで、咲良の口元にはわずかに笑みが浮んだ。その記憶が二度と思い出したくない過去になってしまう前に、綺麗なままで全て終わらせよう。

「室長は……勝手です」

「勝手？」

咲良はぐっと唇を噛みしめた。これから自分が口にしようとしている言葉こそ勝手だということは、痛いくらいにわかっている。それでも、止められない。

「室長は……勝手に私の生活に入り込んできて、静かだった私の毎日を壊してしまいました。今までこんなふうに苦しくなることなんてなかったのに……っ。迷惑なんです。ひっ掻き回されて混乱させられる私の身にもなってください。もう、振り回されるのはごめんですっ。史乃さんとの縁談は親同士も絡んでいるんですよね？　断る気もなかったくせに、私をただからかっていただけのくせに……いい加減にしてくださいっ。もう一緒になんていたくないんです！」

柊一と一緒に暮らした記憶は咲良の宝物だ。この大切な記憶が、いつか悲しみに彩《いろど》られてしまうくらいなら、いっそ今、柊一ごと自ら手を離してしまえばいい。

そうすれば失うことに怯《おび》える必要もなく、記憶はいつまでも綺麗で美しいまま咲良の中で輝いてくれるはずだから。

無理矢理に柊一の体を押し返し、真っ直ぐに見上げる。

「だから、すぐに出て行ってください」

咲良の言葉に柊一は目を見開き、それから悲しげに目を細めた。

「もう一度だけ聞く。俺を信じることは出来ないのか？」

「信じられません」

信じる勇気なんてない。失うことに怯え続ける覚悟もない。逃げるしか、もう楽になる方法が見つからなかった。

刹那《せつな》、痛いほどの沈黙がふたりを包み込む。

「……俺といると、そんなに辛いか？」

「辛いです」

悲しげに細められた柊一の瞳が伏せられ、咲良を包み込んでいた温もりが離れていく。あたたかな温もりの代わりに、冷たい夜の空気が咲良を包む。思わず体がぶるりと震えた。

寒いのは体の方なのか、心の方なのか、もう、よくわからない。

「お前は……俺がいない方が幸せなんだな？」

「きっと」

少なくとも、今この時に咲良を苛《さいな》んでいる苦しみからは逃れられるに違いない。咲良はそう信じていた。

「わかった」

そう言うと柊一は立ち上がる。座ったまま俯《うつむ》く咲良から、その表情は見えない。声だけ聞けば、いつもと変わりない落ち着いた声。

「俺といてお前が苦しいなら出て行く。お前を苦しめたいわけじゃないから。でも俺はゲームが終わるまでお前を待ってるからな。気持ちが変わったらいつでも俺のところに来い。特別に待っていてやる。この俺を待たせるなんて、贅沢《ぜいたく》な話だぞ。わかってるのか？」

柊一はいつもの穏やかな調子でそう言った。そして何も答えない咲良に、「風邪を引く前に帰るんだぞ」と声をかけ、去って行く。彼の靴音が遠ざかり、やっと咲良は顔を上げた。

振り返らず人混みの中に消えていくその背中を、咲良は完全に見えなくなるまで見送った。

「……さようなら」

口の中で小さく呟《つぶや》き、咲良は顔を覆って今度こそ泣き崩れた。


柊一との同居を解消して、あっという間に一週間が過ぎていった。気が付けば、ゲームが終わるまであと数日しか残っていない。

咲良は何も変わらないかのように、ばりばりと仕事をこなす日々を送っていた。

「データ入力終わりました。……この資料は会議用ですね。コピーして綴《と》じておきます」

「あ、ああ。よろしく」

「すぐに終わらせます」

咲良の勢いに呆気にとられている同僚に、頼まれたデータを入力したUSBを押し付け、デスク上にあった書類をひったくる。それを小脇にかかえ、さっさとコピー室に急いだ。

ぼんやりとコピー機が作動するのを眺めていると、廊下から聞こえてくる女性社員の話題の中に、自分の名前を聞いた。黙ってその会話に耳を傾ける。

「何だか紺野さんって最近、以前にも増して仕事の仕方がすさまじくなってる気がしない？　雑用から何からどんな仕事も率先してやってるし、昼休みもほとんど取らずに仕事してるでしょ？　まあ、こっちとしては助かるけど」

「しかも更に無表情になってる気がしない？」

「ホント。あれじゃあサイボーグってよりも業務用のロボットみたい……」

咲良は書類のコピーを取りながら、そんな女性社員達の噂話《うわさ》をじっと聞いていた。もちろん、咲良に聞かれているなんて露《つゆ》ほども思っていないだろうが。

——業務用ロボットか。余計なことを考えずに済むなら、いっそそうなりたいものだわ。

コピーした書類をまとめながら、咲良はそう思っていた。

別にひどい悪口を言われているとは思わない。大半……と言うかほぼ事実だから。

咲良はすっかり凝《こ》り固まってしまった首を回し、中指で眼鏡を押し上げて大きく息をついた。ふとぼんやりした瞬間、脳裏に柊一の姿がちらつき、咲良は慌ててコピー機に視線を戻す。

柊一とはあれ以来、職場以外で会っていない。職場で顔を合わせても仕事の会話しかしていなかった。柊一は何か言いたげにしていたが、咲良の方がそれを避け続けていたのだ。ふたりきりにならないように、残業は避けて仕事は持ち帰るようにしたし、朝もあまり早く来ないようにしている。昼休みもほとんど取らず、仕事があればとにかくそれに打ち込んだ。

自宅にあった柊一の荷物は宅配便で送ってしまったが、それでも一緒に買った食器などはそのままだ。それを見る度に彼といた時間を思い出してしまうのが嫌で、気をまぎらわせるため最近では資格の勉強まで始めた。

もしかしたらこれはスキルアップのいい機会かもしれない。スキルアップすれば、「環境のいい老人ホームに入居する」という咲良のライフプランもより現実に近づく。

そのはずだ。そのはずなのに、目標へ一歩近づけるはずなのに……

どうしてかあれ程こだわっていたライフプランは、以前に比べて素晴らしいものとは思えなくなっていた。正直に言ってしまうと、そんなものどうでもいいとさえ感じてしまう。それでも今、目標をなくすわけにはいかなかった。

目標を見失ってしまえば、どう生きていっていいのかもわからなくなってしまう……

だから咲良はそのライフプランにしがみつくしかなかった。

そんな日々でも、柊一といる時よりはずっとずっと心が静かだった。ただそれは、穏やかだとか落ち着いているとはまた違っていて、どちらかと言うと氷の中にでも閉じ込められたような静けさだった。

孤独で、寒くて、ただただ、静かな。楽しさもない代わりに、苦しみもない――

コピーが終わり、咲良は書類をまとめてそれを手にコピー室を出る。書類を抱えた手元ばかり気にしていたせいで、すっかり前方への注意がおろそかになってしまっていた。視界が翳《かげ》ったな、と思った時には時すでに遅く、誰かと真正面からぶつかってしまう。

「……っ、す、すみません」

かなりの勢いでぶつかってしまったせいで、体の小さな咲良は数歩後ろへとよろめいてしまった。なんとか手にしていた書類をぶちまけてしまう惨事《さんじ》だけは避けられたことにほっとしたところで、目の前にひらりと書類が一枚差し出される。大多数は無事だったものの、数枚落してしまったようだ。

「重ね重ね……すみません」

慌てて頭を下げる。

「気にするな。それよりちょっと待ってろ、今、全部拾ってやるから」

その声に頭を下げたままだった咲良の心臓が、胸から飛び出さんばかりに大きく脈打った。

「ちゃんと前を見てないと、今度は確実に転ぶぞ。お前、それでなくてもちっちゃくて危なっかしいんだから」

気を付けろよ、と言いながらすらりとした体躯《たいく》を屈《かが》め、柊一は廊下に落ちた書類を拾い集めている。

不意にふたりきりになってしまったせいで、咲良は全身が心臓になってしまったんじゃないかというほどの鼓動を感じていた。いつも、ふたりきりになってしまいそうな時は逃げるようにその場を去るようにしていたのだが、さすがにこの状況でそれは出来ない。

黙って書類を拾う柊一を目で追っていると、最後の一枚を拾い終えた彼が咲良に近づいてくる。そして手にした書類を、咲良が抱える紙の束の上に置いてくれた。

「見た感じ、これで全部だな」

「……ありがとうございます」

そう言いながら、咲良は書類をぎゅっと抱きしめた。

お礼を言ったのだからさっさと立ち去ればいいものを、久しぶりにこんなふうに柊一とまともに向き合ったせいでパニックに陥《おちい》ってしまい、咲良は動けなくなってしまった。

泣きたいような気持ちで俯《うつむ》いていると、ふんわりと頭のてっぺんがあたたかくなった。その温もりに驚いて顔を上げる。手を伸ばし、遠慮がちに咲良の頭に手を置く、どこか寂しそうな柊一の表情がそこにはあった。

「……お前、大丈夫か？」

「え？」

「最近、ちゃんと食ってるか？　ちゃんと寝てるか？　痩せただろう？　仕事も根《こん》を詰めているみたいだし……体壊してないか？」

咲良に向けられる瞳は、一緒に暮らしていた頃と何も変わらず、優しくてあたたかで柔らかい。本当に咲良のことを心配してくれているのが、鈍感な咲良にも真っ直ぐに伝わってくる。

「あ……あの……だ、大丈夫、です」

唇が震えた。唇だけじゃない。一番震えたのは、多分、咲良の一番深い部分。

もう自分がどんな顔をしているのかも想像が付かない。きっとひどい顔をしているに違いない。泣きだしそうなのを必死で堪《こら》えているのだから、表情は歪《ゆが》みまくっているに違いないのだ。

「ひどい顔してるな」

「も……っ、もともとです」

「そうか？　そんなこともないと思うぞ」

柊一はそう言うと、咲良の頭をやはり遠慮がちに撫で、その手を離した。柊一の手が離れた場所が妙に寒く感じる。ただ触れられていた手を離されただけで感じる、すさまじい喪失感。もっと深く満たされたいと願うが、けれど彼を失ってしまった時、自分は一体どれほどの喪失感に打ちのめされるのか――

怯《おび》える心が強すぎて、とても触れていて欲しいなど言えるはずもない。

「なあ、咲良」

その呼び方に頬に熱が集まってくる。耳まで赤く染まっている事実は、とても誤魔化しきれないだろう。それでもそんな自分を隠すように、咲良は俯《うつむ》き体を縮こめるようにした。

「俺はぎりぎりまで待ってるからな」

ぽんと肩を叩かれ、横を柊一が通り過ぎていく。足音が遠ざかり、完全に彼の気配が消えた時、足元から力が抜けていくのを感じた。壁に寄りかかり、崩れ落ちそうな体を必死に支えた。

「……バカみたい。自分で選んだことなのに……」

呟《つぶや》き、喉の奥で力なく笑う。

こうなってしまった今も、咲良は柊一が好きでたまらない。これが誰かを好きになるということなんだと、日々思い知らされている。

待っていると言ってくれた柊一の腕の中に飛び込めば、咲良のこの恋心は成就するのかもしれない。それでも、臆病な自分がそれを許さない。きっと傷つくと、絶対後悔すると、囁《ささや》きかけるから。

「仕事……仕事しなくちゃ」

咲良はぼんやりとした瞳のままで、ふらつきながらも歩き出した。仕事をしている時だけは、色々なことを忘れられたから。

朝起きて、仕事に行って、家に戻ってきて、資格取得のための勉強をして寝る。

咲良の生活スタイルは、柊一とのゲームが始まる前にすっかり戻っていた。少しだけ違うのは、資格取得の勉強が日課として入っているところくらいだろうか。

柊一がこの部屋からいなくなって、生活には何の変化もなく平坦だ。けれど今の咲良にとってはぬるま湯に浸かっているかのように、楽で居心地が良かった。

……というのは自分への言い訳だ。

いまだに本当にこれでいいのだろうかと思い悩み、けれど勇気が出せずに一歩どころか半歩すら前に踏み出すことが出来ないでいた。

夜がくるたびに、柊一の腕の感触と温もりを思い出してしまい、眠れなくなる。そして眠れない夜の間に思い知らされるのだ。

自分の中の柊一が、どれだけ大きな存在になってしまっているのかを。

けれどそれがわかったからといって、咲良にはその腕に飛び込む勇気はない。いつかなくすかもしれない腕の中に、飛び込んでいく勇気など……

しかも今日はゲームの最終日——最後の土曜日の朝だ。つまり、柊一は史乃と両親を交えての顔合わせをする日。既に悩んだところでゲームオーバーなのだ。

だから、とにかく掃除をしてみたり、資格の勉強をしたり、余計なことを考えないように心掛けた。

テキストに色々と書き込んでいた手を止めて、咲良は伸びをする。柊一と史乃がまさに今、婚約のための顔合わせをしているかもしれない。そう思うと、どこにも出かける気持ちにもなれず、ひたすら勉強だけをしていた。

少し休憩をしようと冷蔵庫を開けた咲良は、その中にまともな物がないことに思わずため息をつく。このままでは昼ごはんも作れそうにない。起きたままで、髪はぼさぼさ、もちろんノーメイク。こんな状態で買い物に出かけるのははばかられる。かといって、買い物に行かなければ昼ごはんにはありつけない。

悶々と悩んだ挙句、咲良は「面倒臭い」と言いつつも出かける準備を始めた。

鏡の前に座り、髪の毛に櫛《くし》を通して、ぱぱっとメイクを施《ほどこ》す。服はクリーム色のロングシャツに、スキニージーンズを合わせた。

財布を持って部屋を出て、集合玄関で郵便物を手に取る。昨日は帰宅時にチェックしていなかったので、郵便受けの中には意外とたくさんの郵便物が詰まっていた。

咲良はその場で立ち止まり、なんとなくその郵便物を確認する。

電気代の請求書に、携帯電話の利用明細。以前使っていた化粧品の商品案内に、よくわからないチラシ。それから……茶色の、飾り気のない封筒。仕事の書類でも入っていそうなそれは、表面に咲良の住所氏名があるだけで、会社名などの記載はない。

個人から来たものだろうかと封筒をひっくり返した咲良は、そこに書いてあった名前に思わず「えっ」と驚きの声を上げてしまった。

――佐伯柊一。

咲良はその名前を見た途端、どうして自分が部屋の外に出てきたのかも忘れ、手紙を握りしめて自室に向かった。エレベーターを待っているのももどかしくて、一気に階段を駆け上がる。

普段運動らしい運動もしていないせいで、相当呼吸は苦しくなったが、そんなことに構っている心の余裕はなかった。咲良の手の中には柊一からの手紙があるのだ。息苦しさなんて、全く気になどならなかった。

大急ぎで鍵を差し込む。慌てすぎて手が震えているのか、なかなか開かなくて焦《じ》れた。やっと開いた玄関の扉を乱暴に開け、内側に体を滑り込ませる。そして咲良は靴を脱ぐこともなく、その場でもう一度柊一からの封筒を眺めた。

ほんの少しだけ右肩上がりの文字は、柊一の自筆だ。お世辞にも美文字とは言えないが、読みやすい字。

慎重に封を開け、便箋《びんせん》を取り出す。封筒同様、飾り気のない便箋。かさりと小さな音を立てながらそれを開き、咲良はそこに綴られている文章に目を落とした。

「紺野咲良様」

そんな文字から始まった手紙を読み始めるうちに、咲良の瞳には涙が溢《あふ》れてきた。

「庄司さんっ、お願いですっ！　あなたなら室長の顔合わせの場所を知ってますよね？　お願いですからその場所を教えてくださいっ！」

『ええっ？　何？　どうしたって言うの？』

「お願いですっ！　一生のお願いですっ！　室長に何度も電話したんですが、電源が入っていなくて……だからっ」

手紙を読み終えた咲良は、ぼろぼろと流れてくる涙もそのままに、以前仕事の関係で電話番号を交換していた愛実に電話をかけていた。……というか、彼女以外の電話番号は知らなかったのだ。

これでもし「知らない」と言われてしまったら……片っぱしから顔合わせの会場になりそうなホテルに乗り込もう、などと、無謀としか言いようのない計画を本気で考える。

けれど、それは杞憂《きゆう》に終わったようだ。

『ええっと……確か、マリオールホテルって秘書課の子に聞いたけど……』

「マリオールホテルですね？　ありがとうございます」

相手に見えないことも忘れ、深々と頭を下げて電話を切ろうとすると、『待って、待って』と愛実の声が聞こえてくる。何だろうと思いながらも再び携帯を耳に当てると、愛実はどこか嬉しそうに言った。

『ねえ、やっと腹くくったの？』

「何のことですか？」

何もかもお見通しと言わんばかりの愛実の言葉にドキッとしながらも、咲良はしらを切る。けれど彼女の方は面白そうに含み笑いを漏らした。

『しらばっくれないの。あのね、私はちゃんと、室長の気持ちに気が付いていたわよ。ついでに紺野さんの気持ちも私にはわかりやすかったけどね』

ぐっと息が詰まる。確かに愛実には色々と感付かれていたに違いない。

『だから、室長が三枝さんと婚約するって聞いた時は、正直びっくりしたけど……ひっくり返しに行くんでしょ？』

「あ、あの」

『私ね、これでも隣の席だし心配してたんだから。室長の婚約話が公《おおやけ》になってから、紺野さん、すっかりサイボーグに戻っちゃったから……って、ごめん』

愛実の遠慮のない言葉に、思わず咲良は小さく噴き出してしまう。

「そうですね。サイボーグどころか、最近ではお仕事マシーンとまで言われていましたから」

『あはは、知ってたのね？　まあいいや。とにかく……頑張って。欲しいものは自分で掴み取りに行く根性、私は好きだよ？』

「……はい。頑張ります。あの、庄司さん」

『ん？』

「ありがとうございます」

咲良は自分でも驚くほど素直にそう言っていた。

電話を切り、大急ぎで大通りへ出てタクシーを捕まえる。行き先を告げ、咲良は座席に深く体を預けると、窓の外を流れていく景色を眺めた。

愛実との短いやり取りでも、自分がいかに周りを見ていなかったのか思い知らされた。誰かが心配して自分を見ていてくれたこと自体、気が付いていなかった。きっと咲良が見ようとしていなかったせいで、見えていなかったことがもっとたくさんあるはずだ。

そんなものも、これからは見たいと素直に思える。

ひとりではなく、出来るなら……ふたりで。

咲良は窓の外を眺めていた視線を、自分の手元に向ける。その手の中には、柊一から届いた手紙がしっかりと握りしめられていた。

――紺野咲良様。

きっと手紙とか、なんて古典的なんだろうと思われているんだろうな。でも、自分の気持ちを伝えるには、一番効率的な気がして。面と向かって話すと、俺はつい余計なことを言ってしまう癖があるらしいから。

まず、ゲームの期間は今日で終わりだ。つまりは、お前の勝ちだ。

だからもう俺はお前に付き纏《まと》わない。安心してくれていい。

俺にとってあのゲームは最後の賭《か》けだった。どうしたらお前を手に入れられるかと考え抜いた挙句の、最後の賭けだった。本気で考え抜いた結果が「ゲーム」だなんて、間抜けだと思われても、まあ、反論のしようもない。でも、お前を手に入れられるなら、俺としてはどんな間抜けな手でも使ってやろうと思ってたんだ。

それくらい、お前が欲しかった。

どんな仕事に対しても真剣に取り組むお前のことが気になっていた。気が付いたら、目で追うようになっていた。そして、お前の観察をして気が付いた。

お前が少しも、楽しくも充実しているようにも見えないことに。誰も信用しないで、全部ひとりで背負い込もうとすることに。まるで自分から孤独になろうとしていることに。

全然笑わないお前を、俺は笑わせてみたいと思うようになっていた。そして、少しも幸せそうじゃないお前に、幸せを感じさせてやりたいとも。

そばにいればそれが出来ると勝手に思い込んでいた。だからあんな馬鹿らしいゲームを仕掛けてまでお前のそばにいようとしたんだ。

でも、今ならそれが俺の独りよがりだったとわかる。幸せにしたいと思っていたのに、結局はお前にとって俺との生活は、ただ苦しいものでしかなかったようだと知って、本当に愕然としたよ。

離れれば何かが変わるのかもしれないと期待したが、結局お前は俺の顔を見る度にいつも苦しそうだったり悲しそうだったり。そんな顔をさせたかったわけじゃないのに、結局俺がしたことはお前を幸せにすることとは真逆だったんじゃないかと、やっと気が付いた。

ただ、最後にこれだけは言わせて欲しい。

咲良、お前はもっと自分を大事にしろ。お前を孤独にしろ。お前は自分で思っているよりも孤独じゃない。そのことに気が付いて欲しい。お前を孤独にしているのは、お前自身だ。

そしてお前が大事だと思える奴と、必ず幸せになってくれ。誰よりも傷ついてきたお前だからこそ、その権利がある。そうならなくちゃいけない。だから怖がらずにその手を伸ばして掴み取れ。

お前はもっと自分を大事にするべきだ。

俺の大事なお前を、どうかお前自身の手で幸せにしてやって欲しい。誰よりもお前の幸せを願っているよ。

タクシーの中でもう一度柊一からの手紙を読み返し、咲良はしっかりと前を向く。

「幸せに……なれるの？　私が？」

わからなかった。そんな未来の自分など、やはり咲良にはわからない。不確定な未来だからこそ、踏み出す勇気が持てなかった。だから何もしないことで、ずっと自分を守ってきた。傷つかないように生きてきた。

「自分を……大事にする」

ぽつりと口から出た言葉は、乾いた大地に雨水が沁み込むように、咲良の心に沁み込んでいく。

自分を大事にするのがどういうことか、具体的にはよくわからない。それでもどれだけ消そうとしてもずっと胸の奥で燻《くすぶ》っている思いから目をそらし続けることは、自分を大事にしていないような気がした。

気持ちを誤魔化して、偽りのライフプランのために毎日を生きるというのは、あまりにも自分に失礼な気がした。

もう母、万里江の時のように、意固地になって差し伸べられた手を振り払い、その優しい手を失ってしまってはいけないのだ。

ゲームは終わってしまって、もう既に手遅れなのかもしれない。それでも、たった一度、たった一度だけ、咲良の人生全ての勇気を振り絞ってみよう。

自分を幸せにするために――

「着きましたよ」

その声にはっとして、料金を払ってタクシーを飛び降りる。小走りにホテルのロビーに駆け込み、ぐるりと周囲を見渡した。

だが、どこにも柊一の姿は見当たらない。ここに来たら、すぐにでも彼に会えると思い込んでいた。けれど、そんな簡単なことではないと今更ながら気が付く。

もう顔合わせの席に着いてしまっているかもしれないし、下手をしたらもう終わっているのかもしれない。時間までは愛実から聞けなかったから。もう既に、ここにはいない可能性だってあるのだ。

ぽろりと瞳から涙が落ちた。

行き交う人たちが、ぼろぼろと涙を零《こぼ》している咲良を驚いたように見ている。それでなくても軽装で場違いな格好の咲良は、悪い意味で目立っていた。けれど、もうそんなことはどうでもよかった。

ただ、もう手遅れなのだと思うと、どうしようもないほど悲しかった。人の目など、これっぽっちも気にならないほどに。

せっかくなけなしの勇気を全てかき集めてここまで来たというのに、気持ちを伝えたい相手に会うことすら出来ず、今度こそ全てが手遅れになってしまった。

わかっている。悪いのは自分だ。決まってもいない未来が不幸になると思い込み、幸せになる努力を自ら放棄した咲良の罪。因果応報。

それでも、わかっていても後悔せずにはいられない。

「……っさん……しゅう、いちさん……っ！」

堪《こら》え切れず泣きながら、その場にうずくまる。もう二度とあの優しい手に触れてもらえないんだと思うと、氷の刃《やいば》にズタズタに引き裂《さ》かれるような痛みを感じる。

「……柊一……さんっ」

「咲良？」

その声に、時間が止まった気がした。人々のざわめきさえも遠く消え去り、ごくり、と喉が鳴る音が妙にはっきり聞こえた。

「咲良……だよな？」

うずくまっている咲良のそばにしゃがみ込んだその姿を、咲良は顔を覆っていた指の間から、信じられない思いで見つめていた。

「柊一……さん？」

その名を声にしても、幻でも見ているんじゃないかと思ってしまうほど現実感がない。会いたいと願った咲良の思いが、この幻を生んだのではないのか……と。

だが目の前の柊一は驚いたような表情で手を伸ばし、咲良の頭にそっと触れてきた。

その手の温もりに、やっとこれが現実なのだと信じられた。

「どうしたんだ？」

いつも通りの優しい声と眼差しに、止まりかけていた涙が再び堰《せき》を切ったように溢《あふ》れ出す。ぐしゃぐしゃに歪《ゆが》んだ顔に、柊一の表情は驚いたようなものから焦ったものに取って代わった。

「お、おい。ちょっと待て。大丈夫か？　おい、泣くな。……いや、泣いてもいいから、とにかく落ち着いてくれ」

頭に置かれていた手が離れ、その腕がふわりと咲良の体を包み込む。そしてなだめるようにゆっくりと咲良の背中を撫でてくれた。

「ほら、深呼吸。吸って、吐いて。ゆっくりでいいぞ」

深く低い声に包まれ、背中を撫でられていると、咲良の心は徐々に落ち着きを取り戻してきた。さっきまでしゃくり上げる度に熱くて苦しかった呼吸も楽になり、涙もやっと止まり始める。

「立てるか？」

「はい」

「気を付けろよ」

ふらつく体を支えてもらいながら立ち上がる。そこで初めて周囲の状況に気が付き、柊一に申し訳ない気持ちでいっぱいになった。

「……あ、あの。すみませんでした。こんなにたくさんの人の前で……」

何があったのだろうかというような、好奇の視線が痛い。すっかり注目の的になってしまった。こんなに目立つことをしてしまっては、柊一の今後に響くのではないかと本気で心配になる。

「何か言われたら、その、具合の悪くなった女性を介抱したとでも言ってください」

柊一は咲良の言葉に、ふっと小さく微笑んだ。

「別に気にするな。誰に何を言われようと構わないさ。それよりも、お前の方が心配だ。落ち着いたか？　咲良」

たくさんの知らない誰かに何かを言われるよりも、咲良の方が重要だと、当たり前のようにさらりと口にする柊一に、せっかく止まりかけていた涙が滲《にじ》み出る。

咲良も同じだ。ここにいる誰に何を言われてもいい。そんなことよりも、今目の前にいる柊一に思いの全てを打ち明けたいと心から思う。

「しゅう、いちさんっ、私は、私……っ！」

ぐっと柊一のスーツの胸元を握りしめ、震える声を押し出そうとした時だった。

「柊一。ああ、ここに……あれ？　咲良ちゃん？」

聞き覚えのある声に、咲良の肩はびくんと揺れた。その鈴の音のように軽やかに響く声は……

「やっぱり咲良ちゃん！」

髪を緩《ゆる》くまとめ上げ、薄いグレーのワンピースに身を包んだ史乃が駆け寄ってくる。瞬間的に逃げ出したい衝動に駆られた。けれどここで逃げ出してしまっては、今までと同じになってしまう……柊一を失ってしまう。

そんなの、絶対に嫌だ。

駆け寄ってきて、目を真っ赤に泣きはらしている咲良の顔を驚いた顔で覗《のぞ》き込んできた史乃は、やっぱり驚異的に美しくて……勝手に打ちのめされる。

ノックアウトされそうになりながらも、咲良は史乃へ向かって思い切り頭を下げた。

「史乃さん、すみません」

言葉を区切ってしまうと何も言えなくなってしまう気がして、咲良は息の続く限り一気にまくしたてる。

「私は……私は、柊一さんが好きです。だからそれを言いたくてここに来ました。でも、おふたりの邪魔をする気はないんです。決めるのは柊一さんですし、史乃さんには勝てる気がしないです。でも……それでも、自分の気持ちだけは、伝えなくちゃいけないって……っ」

頭を下げたままそう言い切った。口にした言葉に後悔はなかったが、史乃からどんな言葉が出るのかと思うと、それが怖かった。「身の程知らず」とか言われたら、あまりにもそのままでどうしていいのかもわからない。

「ってことは、ゲームは柊一の勝ちってことね？」

史乃の口から出た「ゲーム」という言葉に、咲良は勢いよく頭を上げた。にっこり微笑んだ史乃から柊一に視線を移すと、ばつが悪そうに頭を掻いている。

咲良と柊一しか知らないはずの「ゲーム」という言葉が出てきて、咲良の頭の中は混乱を極めていた。

もしかしてやっぱりからかわれていたのだろうか、とか、賭《か》けの対象にされていたのかもしれない、とか。どんどん嫌な考えが浮かんでくる。自分の顔から血の気が引いていくのがはっきりとわかるほどに。

そのことに気が付いたのか、柊一がしっかりと咲良の肩を抱く。そして耳元で低く囁《ささや》いた。

「……おい。お前、変な誤解をしてるだろう？　いや、今のは誤解されても仕方ないな」

「誤解……？」

「当たり前だ。史乃っ、お前こいつが誤解するようにわざとおかしな言い方をしただろう？　面白がってるな」

苦虫を噛み潰したように史乃を睨《にら》み付ける柊一は、咲良が見たことのない表情を浮かべていた。それはまるで……そう、どう足掻《あが》いても敵《かな》わない姉へ抵抗する弟のような……

「いや、ごめんね。咲良ちゃんに誤解を与えたかったたって言うかね、柊一の焦った顔を見てみたくって……ぷぷっ、何よその顔。こめかみに青筋浮いてるじゃないの」

口元を押さえながらさも可笑しそうに笑う史乃は、いたずらに成功した子供のようだ。

とてもオフィスで颯爽《さっそう》と仕事をしているいつもの姿からは想像も出来ない。

「お前……本当に性格が悪いな。その性格直さない限り、老後は寂しいぞ」

「柊一よりも性格はいいと思うけど？　自分を棚に上げて、人の性格をどうこう言ってもらいたくないわね」

「この減らず口」

「どっちがよ」

見るからに高級そうなスーツと、シックで落ち着いた雰囲気の素敵なワンピースを着たモデルも顔負けなふたり。そんなふたりがくだらない口げんかをしている様《さま》を、咲良はただ茫然《ぼうぜん》と眺めていた。

ふたりはいがみ合うように睨《にら》み合っていたが、史乃がふっと笑って咲良を見る。

「咲良ちゃん。これが本当の柊一よ？　どう？　ガキでしょ？　嫌いになった？　幻滅してもいいのよ？　この人、咲良ちゃんの前ではいつも立派な大人のふりしてたから、いつか化けの皮をはがしてやろうと思っていたのよねえ」

面白そうに笑っている史乃も、咲良の目から見れば結構子供じみている気がする。けれどそれがかえって可愛らしく見えてしまうのは、やはり史乃の人間性のなせる業《わざ》なのかもしれない。

「俺と史乃は幼馴染《おさななじみ》なんだ。仕事の関係もあって昔から史乃と俺の親は懇意《こんい》にしていて、それで俺たちもよく顔を合わせていたんだ」

すっかり史乃のペースに巻き込まれてしまったことを後悔しているのだろうか、やはり苦い表情のままで柊一がそう言った。

「昔からこいつは頭の回転がやたらと速くて……正直、俺は一度も口で勝ったためしがない」

「そうなのよ。今も昔も私の方が優秀よ」

史乃は「ほほほ」と女王のように勝ち誇って笑った後、ふと優しい笑みを浮かべた。

「しかも柊一って、恋愛となると意外と奥手で……心配だったの。だからこの縁談の話が出た時に、私は柊一にゲームを持ちかけたのよ」

「ゲーム……？」

目を瞬《またた》かせる咲良に、史乃はゆっくりとうなずいた。

「そう。縁談の日までに好きな人を手に入れられたら柊一の勝ち。出来なければ負け」

「負けたら……どうなっていたんですか？」

「負けたら？　そんなの決まっているわ。一生私の下僕《げぼく》としてひれ伏してもらうのよ」

「鬼め」

「あら、敗者ってそういうものでしょ？」

一瞬冗談かと思ったが、柊一の苦り切った顔と、目は少しも笑っていない史乃を見る限り、冗談ではないのかもしれない。

「まあ、そういうわけで、煮え切らない柊一のお尻を叩いたってわけよ。この人、咲良ちゃんにちっとも相手にされてなかったみたいだものね。私とのゲームがなかったら、いつまでたってもまともに食事にも誘えなかったんじゃないかしら」

「……余計な御世話だ」

咲良の肩を抱いたままそっぽを向いている柊一の耳が、ほんのり赤いように見えるのは多分気のせいではないだろう。そういえば、思い当たる節もある。確かに柊一は何度も食事に誘ってくれていたのだ。けれど、咲良はいつもことごとく断っていた。

「咲良ちゃん」

「は、はい」

ぎゅっと手を握られて、咲良は慌てて真っ直ぐに史乃を見た。

「こんなバカだけど、私にとっては大事な弟のような存在なの。だから……柊一をよろしくね」

真っ直ぐに見つめられ、咲良はもしかしたら史乃も本当は彼が好きなのかもしれないと思った。けれど、もしもそうだとしても、咲良はもうこの気持ちを止めようとは思わない。

だから、真っ直ぐな史乃の瞳を、咲良も真っ直ぐに見つめ返す。

「はい。わかりました」

「よかった」

自分の肩を抱く柊一を振り仰いで微笑むと、彼もまたいつもの穏やかな笑みを返してくれる。

もう絶対に、この笑顔を手放さないと咲良は心に誓った。

「史乃さん。ありがとうございます」

「幸せにね」

「はい」

史乃の優しさに、せっかく止まりかけていた涙が再び瞳を潤《うる》ませる。史乃の分も必ず柊一と幸せになろう……そう思ったのだ。本気で。けれど。

「ああー、よかった。これで私も心置きなく破談に出来るわ」

うーんと両手をいっぱいに伸ばし、史乃は清々《すがすが》しい表情で伸びをした。一瞬、強がっているのかと思ったが、どうやらそれほど美談でもないらしい。

「さすがに柊一が咲良ちゃんに振られてたら、破談にするのもほんのすこーし気が引けたかもしれないけど、咲良ちゃんのおかげでほっとしたわあ」

そう言いながら史乃は携帯を取り出すと、その場で誰かに電話し始めた。

咲良だけでなく柊一も呆気にとられてそんな彼女を見つめるだけだ。

「もしもしミカエル？　ええ。私よ。もう大丈夫。無事に破談になったから。うん、そう、本当によかったわ！　大丈夫。私はいつでもあなたと駆け落ちする覚悟は出来てるから。じゃあ、今からそっちに行くわね。愛してるわ、ミカエル」

あまりにも突然の展開に、咲良も柊一も完全に置いてきぼりにされている。

満足げに電話を切った史乃は、「ってことだから、柊一。後はあんたに任せたわ」と言うと、ウインクをしてみせる。

「……全然状況がつかめない」

困惑気味の柊一に、史乃はふふっと笑って顔の前で人差し指を振る。

「私だってね、破談になってもらわなきゃ困るところだったのよ。私にはミカエルっていう心に決めた人がいるんだから。まあ、これで無事に破談に出来るわけだから、この後の親の説得は柊一に任せたわ」

「はあ!?」

「よろしくね」

にっこりと優雅に微笑む史乃に、柊一はぐっと息を詰まらせ、そして深々とため息をついた。たぶん昔からこのパターンで面倒ごとを押しつけられてきたのだろう。

それから史乃は咲良を振り返り、いつもの人懐こい笑みを向けてくる。

「咲良ちゃん。また買い物行きましょうよ。今度、昔の柊一のことも教えてあげるから」

こそっと耳打ちしてくる史乃に、咲良も笑みが零《こぼ》れる。

「はい……是非っ」

「うん、約束よ」

そう言いながら史乃はふたりのもとを走り去っていった。

咲良の杞憂《きゆう》はかすりもしていなかったようだ。そのことに、咲良は自分でも驚くほど安心していた。できれば皆に幸せになってもらいたいと本気で思った。初めてだ。自分の幸せも祈ったことがなかったのに、今は本当に誰もが幸せでいて欲しいと素直に思える。

後ろ姿が見えなくなるまで史乃を見送ると、柊一に抱かれていた肩がぐいと引き寄せられた。

「……咲良」

引き寄せられ、耳元で囁《ささや》くように名前を呼んだ柊一の声は、どこか怒っているような響きを含んでいる。怒っている……というよりも、拗《す》ねているような？

怖々《こわごわ》と見上げたその表情は、やはり声同様に少し怒ったように、目を細めて咲良を見下ろしてきていた。

「あ、あの……何か怒ってますか？」

柊一を怒らせてしまうようなことが何かあっただろうか……そう思ってあまりにも思い当たる節が多すぎて、咲良はだらだらと冷や汗をかき始める。

信用しないで逃げ出してしまったのも、散々待たせてしまったのも、柊一が怒っていたとしても当然のことだ。むしろ今こうして肩を抱いていてくれていることの方が、奇跡に近いというのに。

「あの……すみませんでした」

急に申し訳ない気持ちになり、咲良はしゅんと項垂《うなだ》れて小さく呟《つぶや》く。けれど当の柊一は、そんな咲良の謝罪に眉を跳ね上げた。

「何がだ？　別にお前に謝られる覚えはない」

「え？　じゃあどうして怒っているんですか？」

柊一が怒っているんだとばかり思っていたのに。どうやらそうではないらしいことに驚き、咲良は体を捻《ひね》って柊一と向き合う。

咲良よりずっと長身の柊一を見上げていると、彼は何かぼそりと呟く。

「え？　何ですか？」

本当に聞こえなくて聞き返したのだが、柊一は眉をひそめ、口をへの字に曲げた。

「言う相手が違うだろ」

「え？　相手？」

何のことかわからず、咲良は思い切り首を捻《ひね》る。そんな咲良に柊一は焦《じ》れたように栗色の髪の毛を掻き混ぜ、それからため息をついた。

「……まったく、天然にもほどがあるだろう。ああいうことは史乃じゃなく、俺に言うべきだ」

「ああいうこと……？」

自分が史乃に言った言葉をぐるぐると頭に思い起こし、咲良ははっとして目を見開く。その途端、湯気でも出そうな勢いで首から上が真っ赤に染まった。

そうだ。咲良は柊一に気持ちを伝えに来たのに、その大事な言葉を史乃に向かって言ったが、まだ彼には直接言っていない。

けれどそんなことを気にしていた柊一がおかしくて、咲良は思わずくすっと笑ってしまう。

「何笑ってるんだよ」

柊一は更にむっと口元を歪《ゆが》めた。

意外と面倒臭い人だな、と思いながらも、それでもそんなところも愛おしく思えてしまう。恋は盲目とはよく言ったものだ、とそんな単純な思いを咲良は初めて実感した。

恋という感情を、誰かを大事に思うという感情を、そして、自分さえも大事に思う感情を。

「柊一さん」

自分に真っ直ぐ注がれる、髪の毛と同じ栗色の瞳を真っ直ぐに見上げる。思いの全てが届くように。

「ゲームは、私の負けです。柊一さんが好きです。だから……このままずっとそばにいてください」

告白だって人生で初めてだ。思いの全てを伝えたいのに、いざ言葉にしようと思った途端、頭の中に浮かんでいた言葉は泡のように弾けて、上手く言葉に出来ない。

「それからえっと……あ、あれ？　もっと伝えたいこと、たくさんあったはずなんですが……何だか、頭が真っ白です」

言葉にならない思いをどうにか伝えたくて、咲良は柊一の目を真っ直ぐに見上げ続ける。柊一の顔がふっと穏やかに微笑んだかと思うと、大きな手の平が咲良の頭をそっと撫でた。あたたかくて、大好きな温もりが。

「俺もお前が好きだよ、咲良」

すらりとした長身を屈《かが》め、視線を合わせて柊一が優しい声でそう囁《ささや》く。そのたった一言が、ずっと何かが欠けていた咲良の心にぴたりとはまった気がした。ずっと、ずっと探し求めていた答えを、やっと見付けたような満ち足りた気持ちが溢《あふ》れてくる。

「……顔合わせの時間を待っている両方の親に事情を話さないとならないし、色々と困難なことがあるとは思うが、それでもいいか？　お前のライフプランを俺に預けてくれるか？」

確認されるまでもない。気持ちはもう決まっている。

「本望です」

胸のところでぐっと拳《こぶし》を握りしめ、これ以上ないくらいに力強く答える。見上げた先で、慈《いつく》しみに満ちた瞳が和《やわ》らいだ。あまりにも綺麗なその笑みに、胸の奥が壊れそうな音を立てる。

「じゃあ、俺のライフプランもお前に預けるよ。何なら来世まで差し出してもいい」

いつか聞いたようなセリフだと思った。

そうだ、ゲームを始める時に咲良が口にした言葉に他ならない。

——来世も差し出しましょうか？

あの時は、こんなことになるなんて少しも思っていなかった。自分が誰かを本気で好きになり、こんなにも幸せな気持ちに満たされるなんて……

今まで知らなかった気持ちを、柊一がひとつひとつ教えてくれた。この先もきっと、咲良の知らなかった何かを、柊一が教えてくれるのだろう。

この先も……そして、願わくは来世までも。

「私の来世は、既に差し出してますよ？」

「いい心がけだ」

視線を交わし、微笑み合う。そっと繋《つな》いだ手から、温もりが伝わってきて、泣きたくなった。悲しみ以外の感情でも泣きたくなるのだと、咲良はまた柊一から教えられた。

どんな未来も、柊一がいてくれるなら、それだけで満たされる気がする。人の気持ちなんて変わる。確かにそうかもしれない。それでも咲良は今胸の中にある気持ちは、変わらないとそう信じたかった。

だから、心を込めて、咲良の思いを全て込めて、大切な人へと告げる。

「柊一さん、大好きです」

きっと変わらないと、今なら強く、信じられる。

エピローグ

ジュニアスイートルーム……と言うのだろうか。柊一が昨夜宿泊したというその一室は、咲良が普段仕事で泊まるビジネスホテルのシングルルームとは、天と地ほどの差があった。

昨夜はこのホテルの近くで接待があり、翌日は顔合わせもあるし……ということで部屋を取ったのだそうだ。

シンプルでいて落ち着きがあり、高級感漂《ただよ》う調度品が設《しつら》えられたホテルの内装を楽しむ余裕は、残念ながら咲良には与えられてはいなかった。

「しゅ、柊一さん！　ちょっと、ちょっと待ちましょう！」

投げ出されたベッドの上、咲良はネクタイを緩《ゆる》めながら迫ってくる柊一から逃れようと、座った状態でじりじりと後退する。けれどキングサイズの大きなベッドとはいえ、すぐに壁際に追い詰められてしまう。

「待ってくださいってば、柊一さんっ。どうしてもしなければならないことがあるって言っていたじゃないですか……っ」

そう、とりあえず史乃が顔合わせをエスケープしてしまったことや、柊一も史乃と婚約する気はないこと、それから咲良のこと……等々。両家の親たちに説明しなければならないという厄介ごとを丸投げされた柊一は、まだ時間に余裕があるし、やらなければならないことがあるから一度部屋に戻りたいと言い出したのだ。

そう言われたから、咲良も黙って付いてきたのに……

「やるべきことはどうしたんですかっ！」

ジャケットを脱ぎ捨て、しゅるりとネクタイを投げ捨て、更には片手で器用にワイシャツのボタンを外し……。柊一は妖《あや》しげな表情で壁際に追い詰められた咲良に迫ってくる。

「……やるべきこと？　今まさに取りかかろうとしてるじゃないか」

口の両端を持ち上げ、笑っているかのような表情をしているが、目が笑っていない。

ひくっと咲良の頬が引きつる。まさか、やらなければいけないことって……

「嫌じゃないよな？」

とうとう胸元を全てはだけさせた柊一に両肩を押さえ込まれる。咲良は思わずぎゅっと目を閉じ、「ひゃあ」と間抜けな悲鳴を上げた。

「嫌なのか？」

「そ、それは……」

「それは？」

ぐっと息が詰まる。嫌なわけ……あるはずがない。けれど、何だか恥ずかしくてたまらないのだ。まだ真っ昼間だし、人生初の告白をした後だ。それに……それに、もう少しこう、甘い雰囲気を望んでしまうのは我《わ》が儘《まま》なのだろうか？

何だか最初から体を求められると、それだけなんだろうかと思ってしまう自分もいる。だから嫌でもないのに素直になれない。

「だ、だいたい、室長はずるいんです。こんな、こんな騙《だま》すみたいにして……」

咲良の言葉に柊一は片眉を跳ね上げ、それからくくっと喉の奥で笑った。悪魔のように。

「知らなかったのか？　俺は欲しいものを手に入れるためなら、手段は選ばない。お前は初めて俺の家で目を覚ました時、ふたりの間に何かあったと思ったようだが……残念。実は何もなかった」

突然に告げられた始まりの日の真相に、咲良は目を丸くした。あまりにも唐突すぎて、理解が追いつかない。

口をぱくぱくさせていると、柊一は更に言葉を続けた。にやりと笑うその顔は、もはや悪魔というよりも魔王レベルだ。

「お前……露出癖があるのか？　俺の制止も聞かず、服を全部脱いで……俺は真っ裸になって熟睡するお前に何もしなかったが、他の奴なら何をされても文句も言えない。まあ、何もしない代わりにあの状況を利用させてもらったけどな」

なんてことだ！　と、咲良は心の中で叫んだ。

これが真相ならば、酔った勢いでエッチしてしまっていた方が、何十倍も恥ずかしくなかったのにとさえ思う。

「わ、私……露出癖があったんですか……？」

あまりにショックな情報に、体からがっくりと力が抜けた。途端、見計らっていたかのように咲良の体は柔らかな布団の上に、仰向《あおむ》けに倒されていた。

「ああそうだ。だから……俺以外の男の前で、あんなふうに酔っ払うなよ？　いいな？お前のライフプランは俺のものなんだから、それくらい聞けるな？」

咲良の両肩を押さえつけ、真上から見下ろしてくる柊一の言葉に、咲良の心臓は大きく脈打つ。

そう、咲良のライフプランは柊一のものだ。咲良の全ては……柊一のもの。そう思うだけでどうしてだろうか、胸が締め付けられるかのように苦しくなる。けれどその苦しみは甘い苦しみ。

「それとも、こんなふうに手段を選ばない男は嫌か？」

「まさか」

「本当に？」

柊一の顔が、どこか不安げに揺らいだ気がした。答えなんてわかっているはずなのに、不安になんて思わなくてもいいのに。

けれど、柊一を不安にさせているのは自分だということを、咲良も自覚している。信じ切れずに逃げ出して、永遠に彼の手を放してしまうところだったのだから。

もしかして今、自分は試されているのではないだろうか。

だとしたら、信じてもらうためには何をしたらいいのだろうか――

真っ直ぐに柊一に見下ろされながら、咲良はゴクリと喉を鳴らした。ゆっくりと息を吸い込む。

「柊一さん、私とゲームをしませんか?」

こんなことで信じてもらえるかわからない。けれど、決心は見せられる気がした。

「ゲーム?」

咲良の口から出た「ゲーム」という言葉に、柊一は驚いたように一瞬目を見開く。

「そうです。ルールは簡単。私が柊一さんを驚かせられたら、私のことを信じてください」

柊一は咲良が何をしたいのか測りかねたように、数瞬眉をひそめて沈黙する。そして、ふっと笑った。

「ああ、いいよ」

その言葉に咲良も笑みを返す。

正直、咲良は男女間のことには本当に疎《うと》い。これまで「恋」をしたことがなかったのだから、仕方がないと言えば仕方がないのかもしれない。

ああ、じゃあこれが私にとっての初恋なんだ。何だか……最初からハードだな。

そんなことを思いながら、咲良は身じろいでおもむろにクリーム色のロングシャツを脱ぎ捨てた。次いで中に着ていたキャミソールも脱ぎ、自分でブラも外す。ジーンズと一緒にショーツも体から取り去った。最後に眼鏡も取り去って、隔てるもののない状態で柊一を真っ直ぐに見る。

いきなり全ての服を脱いでしまった咲良を、柊一はただ瞬《まばた》きも忘れたように見つめ返した。

本当は消えてなくなりたいほど恥ずかしかった。アルコールだって入っていないのだ。明るい日差しの差し込む部屋で、自分から素肌の全てを晒《さら》すなど、経験値の低い咲良には一大決心だった。

あまりにも恥ずかしくて、首から上が熱い。心臓が頭の方に移動してきたかのようにどくどくと鼓動が鼓膜を揺らし、視界まで揺れている気がする。

それでも……

脱ぎ去った衣服を全てベッドの下に落とし、咲良は陽光に照らされる素肌を隠すこともなく、柊一に向かって手を伸ばした。そっと、彼のシャープなラインの頬に触れる。

「あの……よかったら、どうぞ」

それしか言えない自分に、咲良は強烈に落胆した。もっと驚かせるような言葉があるような気がするのだが、もう何も思いつかない。

それでも何らかの反応を待っていたが、柊一は咲良を見つめたままで身じろぎさえしない。

「あの……柊一さん？」

素肌まで晒《さら》し、不器用ながらも自分の全てを差し出したのに。咲良は眉をひそめてその名を呼んだ。このまま何も反応してもらえなかったら、それこそ恥ずかしくて逃げ出したくなる。

「柊一さん？」

もう一度名前を呼ぶと、柊一はびくっと肩を揺らしてやっと身じろぐ。

「お前……それ、計算してしてるのか？」

「は？」

質問の意味がわからず間の抜けた声を出すと、柊一はぶつぶつ言いつつ視線を彷徨《さまよ》わせている。

「な、わけないか……そんなことが出来るほど器用じゃないよな」

あーとかうーとか声を上げ、柊一は栗色の髪の毛を掻きむしる。乱れた髪の毛の間から、やけに熱のこもった目でひたと見据えられた。

「お前って奴は……素でそれは反則だ。俺を信用しなかったのを少しは懲《こ》らしめてやろうかと、わざと困るようにしたってていうのに……どうしてこうもお前は俺の想像の斜め上を行くんだろうな？」

「は、はあ……」

褒《ほ》められているのかもけなされているのかも、だいたいにして何のことを言われているのかもさっぱり理解不能な咲良は、やはり間の抜けた声で返事をする。

「……本当はお前の困った顔を見られればそれでいいかと思ったんだが……誘惑したのはお前だ。覚悟しろよ？」

「覚悟って……何を。わっ、んひゃ……ッ！」

急に覆い被さってきた柊一が、首筋を舐《な》め上げ、咲良の膨《ふく》らみに直に触れてくる。突然与えられた刺激に、咲良の体はびくんと跳ね上がり、咄嗟《とっさ》に柊一の体を押し返そうと手が動く。けれど咲良は、その動きを必死に堪《こら》えた。

「抵抗するのかと思った」

耳元で低く囁《ささや》かれ、ぞくぞくする。本当は今でもまだ恥ずかしくて、「ちょっと待ってください」とか「やっぱりまた後にしましょう」とか情けないことを言って、逃げ出したい気持ちがある。けれど、決めたから。もう逃げないと。

「……っ、し、しません」

ゆっくりと腕を持ち上げ、おずおずと柊一の首に巻き付ける。そして、引き寄せるようにそのしっかりと筋肉の付いた体を抱き締めた。

「もう、逃げないって決めたんです……だから」

刹那《せつな》、柊一が固まった。そして次の瞬間、体の中の空気を全て出し尽くすかのような、深く長いため息が彼から漏れた。

「……お前、なあ」

柊一は呻《うめ》き声を出す。

「ああっ、もうわかった。俺の負けだ。さすがにそこまで言ってもらえるとは思ってなかった」

「じゃあ、私の気持ちを信じてもらえますか？」

ほっとして柊一を見ると、長い指でぴんとおでこを弾かれる。

「信じるよ」

柔らかく微笑む柊一に、咲良の顔にも笑みが浮かぶ。大切な人に信じてもらえることが、こんなに心をあたたかくするものだと初めて知った。

柊一と一緒にいると、ぽろぽろとどこかへ落としてきた心の欠片《かけら》のようなものを、再び見つけられるような気がする。心を取り戻せる。

視線が絡み合い、微笑んだままの柊一の唇が咲良の唇へ下りてくる。薄く唇を開き、咲良も微笑んでその唇を受け止める。

触れ合うだけじゃ足りなくて、もっと深く交わり合いたくて、差し入れられた彼の舌に自らの舌を絡めた。濡れた音を立てながらお互いの舌を吸い、唇を食《は》み、唾液を交わし合う。

やっと唇が離れた時には、咲良の口からは甘い吐息が漏れていた。

「欲しそうな顔してるな」

親指で咲良の濡れた唇をなぞり、柊一はふっと笑みを浮かべる。艶《つや》めいていて、それでいて危険な笑みに、咲良は魅了された。

……いや、柊一そのものに咲良は魅了されているのだ。既に。

「欲しいです」

素直に答えると、耳元で柊一がそっと囁《ささや》きかけてきた。その囁きに咲良は目を潤《うる》ませる。そして満面の笑みを浮かべながら、ぎゅっと柊一に抱きついた。

「そのゲーム……乗りました！」

見つめ合い、再び柔らかく唇を重ね合う。誓うように、そうっと。

──咲良、ゲームをしよう。ルールは簡単だ。思い合っている限りずっと一緒にいる。喧嘩をしても、幻滅しても、想いが途切れない限りずっと……来世まで。

書き下ろし番外編

あなたのために変わりたい

「他の人には、私たちのことを黙っていましょう」

日曜日の夜、咲良の部屋でくつろいでいた柊一にそう提案すると、彼は明らかに不服そうな表情を浮かべて身を乗り出した。

「咲良は俺と付き合ってるってばれるのが、そんなに嫌なのか?」

「そういうわけではないんですが……」

柊一の言葉は想定内だ。きっと彼ならば二人の関係をオープンにしたがるに違いない。土曜日には史乃の代わりに、既に彼の親とも会っているのだから。というか、柊一にとっては理想通りの展開だったらしいのだが。

その席で柊一は、両親に向かって咲良のことを「結婚したい相手だ」と紹介したのだ。彼の両親は驚いてはいたものの、意外とすんなり咲良の存在を認めてくれて、晴れて親公認となった。だから、柊一がもう誰にも隠す必要がないと思うのも当然と言えば当然だろう。

それはわかっているし、咲良自身もう柊一と離れる気はない。けれど。

「やっぱり、仕事とプライベートはきちんと分けたいんです」

ぴしっとそう告げると、柊一は「頭が硬すぎる」だの「そんな今更」だの不満を漏らした。

「では質問です。柊一さんはどうして、私との関係をオープンにした方がいいと思うんですか？　確かにご両親には紹介していただきましたが、付き合い始めたばかりですし」

婚約でもしたならば話は別だが、柊一との関係はまだこれからだ。咲良の言葉に、柊一はぐっと息を呑んだ後思い切り顔を歪《ゆが》め、深々としたため息をついた。

「いや……オープンにした方がいいというか……隠す必要もないかと思っただけだ。それにいつまでも隠しておけることでもないだろ？」

「それは……」

確かにそうかもしれないと咲良も思う。愛実の言葉を借りるなら、柊一の気持ちに気が付いていなかったのは咲良だけということらしいから。けれどさすがにそれは大げさだろう。

「でも今は、まだ公《おおやけ》にはしたくないんです。お願いします」

咲良はそう言って頭を下げた。

「どうしてそこまで隠したいんだよ」

「もっとふさわしい自分になりたいんです」

柊一の問いに、咲良は頭を上げて真っ直ぐに彼を見た。

「ふさわしい自分？」

「はい。もっと自信を持って仕事ができて、他の人ともちゃんと接することができて……なんて言うのか、柊一さんの隣にいても恥ずかしくない自分になりたいんです」

「……なるほど、ね」

「ダメですか？」

柊一を好きになって、咲良はやっと自分から変わりたいと心から思ったのだ。自分のためではなく、誰かの——柊一のために恥ずかしくない自分になりたいと。高級老人ホームに入所するためではなく、誰かのために自分を高めたいと思ったのは初めてだった。

「……仕方ないな。わかったよ」

咲良の勢いに押されたのか、柊一はため息交じりに渋々うなずいた。

「ありがとうございます！　柊一さん……っ」

思わずぎゅっと抱きつくと、どこか不機嫌そうだった柊一の顔がふっと和《やわ》らいだ。

「今でも別にふさわしくないなんて、俺は思ってないけど？」

優しい笑みに咲良の頬は急激に熱を帯びてくる。そんなふうに自分を認めてもらえるのは嬉しくて、照れくさい。

「ありがとうございます。……でも、私自身、もっと変わりたいんです。少しでも自分に自信が持てたら、その時は堂々と柊一さんとお付き合いをさせてもらってますって宣言しますから！」

　そんな咲良の力強い宣言に、柊一はどうしてか少しだけ苦く笑った。

「……その自信、いつになったらつくのかな？」

「そ、それは……」

「ん？」

　そっと柊一の整った顔が近づいてきて、唇が重ねられる。触れ合うだけのキスに、幸福感が溢《あふ》れてきて頭がくらくらとしてくる。唇が離れ、咲良は真っ赤に染まった顔を俯《うつむ》けた。

「あ、あの……頑張ります」

「まあ、ずっと待ってるから、咲良の思うようにしたらいいよ」

　ちらりと見上げた柊一の目には嘘がなくて、咲良の口元には自然と笑みが浮かぶ。

「……ありがとうございます」

　互いに微笑み合い、二人はもう一度唇を寄せた。


　仕事は正確に。きちんと計画を立てて、漏れがないように。できれば自分自身楽しんで仕事ができれば最高。でも、お仕事マシーンにならないように、自分の殻に閉じこもらない。俯《うつむ》かないで、真っ直ぐ顔を上げる。

変わろうと思ってから、咲良は自分の世界の狭さに愕然としていた。同僚はみんな優しかったし、仕事だって協力し合えば想像以上に早く終わらせることもできた。何より、毎日が充実していた。

「紺野さん、何だか最近変わったよねーって、評判だよ」

昼休み、一緒にランチに出ていた愛実の一言に、咲良はぱあっと顔を輝かせた。

「本当ですか⁉」

「本当、本当。これも室長の力なのかしらねえ」

愛実はパスタを食べていたフォークを咲良に向け、にやっと笑う。そんな彼女に咲良は慌てて口元に人さし指を押しつけた。

「しーっ！　だ、ダメですよ、庄司さん。室長とのことは内緒だって言ってるじゃないですかっ」

「別に内緒にしなくたっていいじゃない。室長、モテるんだから、放っておくと悪い虫が付いちゃうかもよ？」

「そ、そうかもしれませんけど……」

確かにその可能性は否定できない。誰にでも優しくて、信頼も厚くて、おまけにひいき目に見なくてもいい男だ。柊一を好きだという女性が現れたってなんの不思議もない。

でも。

「だから、なおさらなんです。まだ言えません。私なんかって、いじけたことを考えてるんじゃないんです。ただ、少しでも室長に追いつきたくって。不釣り合いだって言われるよりも、お似合いだねって言われたいじゃないですか」

「まじめねえ」

「すみません」

少しだけ呆れた顔をしていた愛実は、うなずきながらにっこりと微笑んだ。

「でも、紺野さんらしいわ。頑張ってね」

「……っ、はい！」

少し前まで、こうやって自分の気持ちを話せる友人ができるなんて、思ってもいなかったことだ。柊一のおかげで、咲良の世界はどんどん広がっていく。そう実感する度、咲良は心の底から柊一に感謝していた。

「よーし！　午後からの打ち合わせも頑張ります！」

「ええー、私はもうだるい。紺野さんだけ頑張りなさいよ」

「そんなこと言ってないで、食べちゃいますよ」

淀んで流れが止まってしまっていた、咲良の感情。流れ出したのは、やっぱり柊一のおかげだ。

「じゃあ、次回の打ち合わせまでに、もう少し詳しい資料を用意しておきますね」

「よろしくお願いします」

打ち合わせも滞《とどこお》りなく終了し、咲良は赤字でコメントをぎっしり書き込んだ資料を手に立ち上がった。

「ではまた来週の月曜日に、同じ時間にお待ちしております」

「紺野さん、なんだか最近印象が変わりましたよね」

そう言ったのは、打ち合わせ相手の広告代理店の男性社員だ。咲良よりもいくつか年上の彼とは、もう何度もこうして打ち合わせで顔を合わせている。

「そうですか？」

「そうですよ。うちの社員で紺野さんのこと知ってる奴は、みんな綺麗になったたって言ってますよ。もしかして、恋人でもできたんですか？」

「ま、まさか！　そんな相手、いませんよ！」

咄嗟《とっさ》に大きな声が出てしまい、咲良はハッとして手の平で口元を覆った。オフィスの一角をパーティションで仕切った場所で打ち合わせをしていたので、同僚達が何事かと好奇の視線を向けてきている。立っているせいでその視線をもろに浴び、咲良は真っ赤になって身を縮めた。

「あ、あの……知り合いの女性誌の編集長さんが、色々アドバイスしてくれただけですよ」

服装からメイクから、史乃が色々アドバイスをくれているのは事実だ。今日の口紅だって、「勝負の時に使いなさい」と言って史乃がくれたものだ。だから打ち合わせの時に使うと言ったら、微妙な顔をして「柊一が不憫《ふびん》だ」と謎の言葉を呟《つぶや》いていたが。

「アドバイスもらってるんですか。凄くいいと思います」

「あ、ありがとうございます」

柊一以外の男の人に褒められることに慣れていない咲良は、どう答えていいのかわからず、赤く染まった顔を深く俯《うつむ》けた。

「紺野さん。よかったら今度、一緒に食事でもどうですか？」

「……………え？」

「返事は次の打ち合わせまでに考えておいてください」

「え？　え？　あ、あの……っ！」

「じゃあ、また来週」

こういったことに慣れていない咲良は、ただあわあわとしたまま彼の背中を見送ることしかできなかった。断らなければいけなかったのに、と気が付いた時にはもう既に遅かった。

「咲良、今日打ち合わせの時、なにかあったのか？」

柊一がそう聞いてきたのは、夕食も終え、咲良が今日の打ち合わせに基づいて資料を手直ししている時だった。

「な、なにがですか？」

なんの前触れもなく聞かれたせいで、咲良の声はみっともなくひっくり返ってしまった。それを誤魔化そうと咳払いをしてみるが、どうにもわざとらしくなってしまう。

「なにって……今日、打ち合わせの後に何だか大きな声を出してなかったか？　なにかトラブルでもあったのかと思って」

「トラブルなんてありませんよ。何事もなく終わりました」

仕切ってはいても同じ場所にいたのだから、何かしら気付かれているかもしれないとは思っていた。だから、食事に誘われたことを正直に話すべきだろうかとも思った。けれど断るつもりなのだから、いらない心配を掛ける必要もないだろう。

「ふうん。本当？」

じっと見つめてくる柊一の目がまともに見れなくて、咲良はさっと資料に視線を落とした。

「本当ですよ。打ち合わせはスムーズに終わりました。来週にはきちんと目処が立つと思います。だから、それまでに詳細な資料を作り直さないとならないんです。資料ももっと集めないとならないし……頑張らないと」

あれもして、これもして……と考え出すと、食事に誘われたことなどすぐに頭の片隅に追いやられてしまった。

「……これは、計画的に動かないとぎりぎりになっちゃうかも……」

思っていた以上にやらなければならないことが多く、咲良は眉をひそめた。そんな咲良の頭に、柊一の手が触れる。

「あんまり根を詰めるなよ？　お前、仕事をまじめにするのはいいけど、もともとまじめが過ぎるからな。少しくらい手を抜かないと潰れるぞ」

「ありがとうございます。でも大丈夫ですよ！」

心配そうに見つめてくる柊一に笑顔でそう答え、咲良は再び資料に目を落とした。

柊一の言っていることもわかる。でも今の咲良には少しくらい手を抜くという選択肢は存在しなかった。どうしても仕事で成功して、理想の自分に一歩でも半歩でもいいから近づきたい……そんな気持ちしかなかった。

酷い寒気と目眩《めまい》に、咲良はぶるっと体を震わせて自分自身を抱きしめた。冬でもないのに厚手のストールを体に巻き付ける。

「大丈夫なのか？　なんだったら今日、会社は休んだ方が……」

熱いスープの入ったカップを差し出しながら、柊一が咲良の顔を覗《のぞ》き込んできた。

「いえ、大丈夫です！　今日は打ち合わせがあるんです。だから、どうしても行かないと……」

前回の打ち合わせから一週間、この日のために咲良はかなり無理をして仕事をしてきたのだ。どうしても成果を上げたい……その一心で、自分の体調にまで気が回らなかった。

「お前、熱があるだろ？」

「解熱剤を飲んだんで、もう大丈夫です」

咲良はそう言って立ち上がったが、すぐにくらりと立ちくらみを起こしてしまう。そんな咲良の体を、柊一が支えた。

「どこが大丈夫だって？」

「く、薬が効いてきたら大丈夫になりますっ」

「打ち合わせは他の奴にさせるから、お前は病院に行ってこい」

心配は嬉しいが、咲良も今日のために無理をしてまでやってきたのだ。今更他の誰かになど任せたくはなかった。だから、そっと肩に触れる柊一の手を思わず払い除けてしまった。

ぱちんと乾いた音が響き、咲良はハッとして柊一を見た。

「ご、ごめんなさい。でも、私……他の人に任せたりしたくないんです」

慌てて頭を下げたが、柊一は重々しいため息をついた。怒りの気配をふんだんに含んだため息だ。

「……どうしてなんでも自分一人で抱え込もうとしてるんだよ。体を壊したらどうしようもないだろう？　少しは俺に頼れよ」

口調は静かでも、やはり怒っていることがはっきりとわかるその声に、咲良は身を竦《すく》ませた。

「で、でも……」

「でもじゃない。そんなに俺は頼りにならないのか？　取引先の男から食事に誘われたのを相談できないほどに？」

「知ってたんですか……？」

「話してくれると思って、今日まで待ってたんだけどね。その様子だと、言わないつもりだったみたいだな」

「すみません……でも、もちろん断るつもりだったし」

しどろもどろになる咲良の腕を掴み、柊一は強引に引っ張った。

「とにかく、今日は休んでろ。足手まといになる」

「足手まといなんて……そんな言い方、酷いです！」

悲鳴のような声を上げ、咲良は柊一の手を振りほどいた。

「足手まといになんて、絶対なりませんから！」

「おい……っ、咲良、待てって……！」

背中にぶつかる柊一の声に振り返らず、咲良は部屋を飛び出した。まだ寝癖も直していない彼を部屋に残して。


会社に来たものの、咲良の体調は悪化の一途をたどった。部屋を飛び出した咲良に呆れているのか、柊一は目さえ合わせてこない。そんな彼の横顔をちらちらと窺《うかが》いながら、咲良は内心で反省してもいた。

意固地になって、柊一に心配を掛け、更にはその厚意さえ無下《むげ》にしてしまったことを。変わりたいと思ったのは、結局のところ柊一に褒めて認めて欲しかっただけ。頑張ったなと、言ってもらいたかっただけ。その気持ちが暴走し、結局柊一を不快にさせてしまった。

——帰ったらちゃんと柊一さんに謝罪しよう。

そう、心から思った。暴走した上に打ち合わせまでうまくいかなかったらあまりにも格好が付かないので、それはしっかりこなそうとも心に決める。

緊張して挑んだせいか、打ち合わせの最中は体調が悪いことなど少しも気にならなかった。今まで頑張ってきた甲斐もあり、打ち合わせはかなりスムーズに終わった。

「以上で大丈夫でしょうか？」

咲良がそう問いかけると、広告代理店の男性は感心したように何度もうなずく。

「いや、短時間でこれだけの資料を……ありがとうございます。さっそく社に持ち帰って、進めさせてもらいますね」

「よろしくお願いします」

男性の返答にほっとした途端、それまで忘れていた体調の悪さが一気に押し寄せてきた。目の前の景色がぐらぐらと歪《ゆが》みだしたが、今はまだ倒れるわけにはいかないとぐっと眉に力を込める。

「それでは次回の打ち合わせは、一度社に戻ってから相談させてもらうのでいいでしょうか？」

「もちろんです」

立ち上がった男性に倣《なら》って、咲良も立ち上がる。ぐにゃりと床がうねった気がした。

咲良は男性が一刻も早くこの場を去ってくれることを願った。けれど。

「ところで紺野さん、先週の食事の返事を聞かせてはもらえませんか？」

そうそっと耳打ちされる。はっきり断りたいのだが、取引先の相手だとやはり遠慮する気持ちが出てしまう。

「あの……それはちょっと……」

「どうしてですか？　いい店を知っているんです」

「でも……」

「そう言わずに、是非」

――ああ、もうダメだ。

なんとか最後までなんでもない振りを通したかったのに、目の前が急速に暗くなってくる。体からも力が抜け落ち、「紺野さん！」と、男性の驚いた声が聞こえた。

意識がだんだん遠ざかっていくのを感じた時だった。

「咲良！」

聞き慣れた柊一の声に、咲良の意識は急激に浮上する。ハッと気が付いた時には、なにがどうなったのか、柊一が咲良を抱き上げていた。男性もそばで驚いたようにこちらを見ている。

「室長……？」

「まったく……凄い熱じゃないか。無理をして」

「あ、あの、もう大丈夫です」

「大丈夫なわけがない。もっと自分を大事にしろと常々言っているだろ？」

ここは会社で、オフィスで、この会話はさすがにまずいんじゃないだろうか……そう思うのに、多分相当高い熱のある咲良には、どうしていいのかさえわからない。

「あ、あの……大丈夫ですか？」

呆気に取られたように声をかけてくる男性に、柊一は余裕の笑みを向けた。ただし、目は笑っていないが。

「大丈夫ですよ。私が付いていますので。それから、申し訳ありませんが紺野は私のものですので、お食事は遠慮させていただきます」

「……室長!?」

ぽかんと口を開けている男性を残し、柊一は咲良を抱えたままさっさと医務室へと向かった。そして、ベッドの上に咲良を下ろすと、自分もベッドの端にどかっと座る。

「あ、あの……柊一さん。さっきのはさすがにまずいのでは……」

もっと取り乱すところなのかもしれないが、あまりの出来事と熱のせいで変に冷静になってしまう。咲良の言葉に、柊一は深々と息を吐き出した後、ふっと微笑んで視線を寄越した。

「まずくない。俺としては、これでよかったと思ってる」

柊一はそう言いながら、咲良の体をベッドに横たえた。丁寧に靴まで脱がせてくれ、肩まで布団を掛けてくれる。

「後悔はしてないけど……ただ、悪かったな。こういうの、咲良は望んでいなかっただろうから」

確かに柊一の言う通りだ。けれど不思議と今、そんなに嫌な気持ちではない。

「咲良はもっと自分を変えたいと言っていたけど……俺は、今のままの咲良で十分満足だ。サイボーグの頃からお前が好きなんだよ？　咲良は一体、どうなれたら満足？」

「それは……」

言われてハッとする。どこまでなんて、考えてもいなかった。先の見えない理想を柊一に押しつけて、咲良は自分だけ頑張った気になっていたのかもしれない。

「……そうですね、私にもわかりません。誰かのために変わりたいなんて思えたのが初めてで、嬉しくて舞い上がっていたのかもしれませんね」

認めてしまうと何だか心がすっと楽になった。

「でもやっぱりあれはやり過ぎです。みんなにばれちゃったじゃないですか」

咲良はわざとむっとした表情をして見せたが、本当はちょっと嬉しかったのだ。人目もはばからず駆け寄ってくれたこと。堂々と自分のものだと言ってくれたこと。

「俺はお前に悪い虫が付かないように、初めから言いたかったんだ。こう見えて、独占欲が半端じゃなく強い。広告代理店の担当を変えろと先方に連絡したいのを、ずっと我慢していたんだぞ」

「……器《うつわ》が小さいです」

思わず出てしまった言葉に、お互い目を見合わせてぷっと噴き出してしまう。

「嫌いか？」

「好きですよ」

「もうこれで逃げられないな？」

「逃げる気なんて、毛頭ないです」

はっきりそう答えると、柊一の瞳に甘い光が揺れる。

「……じゃあ、まずはその風邪を全部もらってやるよ」

「あ……っ、ま、待って下さい。ちょっと、ここ、会社ですよ？　……っ、んんん！」

不謹慎だ！　なんて思いは優しい口づけにドロドロに溶かされていった。

過保護な幼なじみ
大好評連載中！
（毎月第2水曜日更新）
漫画 スミコ《Sumiko》 × 原作 沢上澪羽《Reiha Sawakami》
絶対お兄ちゃんから自立してやるんだから！
いっそ…
俺なしではいられなくなればいいんだ
意地っ張りな彼女×エロ歯科医のラブ攻防戦が待望のコミカライズ！
ETERNITY WEBMANGA
エタニティWEB漫画！
無料で読み放題！
他にも人気漫画が多数連載中!!
今すぐアクセス！
エタニティ Web漫画
検索

本書は、2014年6月当社より単行本として刊行されたものに書き下ろしを加えて文庫化したものです。

エタニティ文庫

恋愛《れんあい》ターゲットなんてまっぴらごめん！

沢上澪羽《さわかみれいは》

2016年7月15日初版発行

文庫編集－橋本奈美子・羽藤瞳
編集長－塙綾子
発行者－梶本雄介
発行所－株式会社アルファポリス
〒150-6005 東京都渋谷区恵比寿4-20-3 恵比寿ガーデンプレイスタワー5階
TEL 03-6277-1601（営業） 03-6277-1602（編集）
URL http://www.alphapolis.co.jp/
発売元－株式会社星雲社
〒112-0012東京都文京区大塚3-21-10
TEL 03-3947-1021
装丁イラスト－アキハル。
装丁デザイン－ansyyqdesign
印刷－大日本印刷株式会社

価格はカバーに表示されてあります。
落丁乱丁の場合はアルファポリスまでご連絡ください。
送料は小社負担でお取り替えします。

ISBN978-4-434-22066-1 C0193